Passionné de jazz, poète, **John Harvey** est connu pour la série qui met en scène l'inspecteur Charlie Resnick. Il a collectionné les prix et récompenses ; *Cœurs solitaires*, premier volet de la série Resnick, a été distingué par le *Times* comme l'un des 100 meilleurs polars du XXe siècle. Harvey a obtenu le Diamond Dagger pour l'ensemble de son œuvre, le Grand Prix du roman noir étranger de Cognac et le prix du Polar européen du *Point*. *Body and Soul* conclut une série policière de trois romans consacrée à Frank Elder, inspecteur principal en retraite après 30 ans de service au commissariat de Nottingham. Harvey vit aujourd'hui à Londres.

# Le Corps et l'âme

Du même auteur
chez le même éditeur

Cycle Charlie Resnick

*Cœurs solitaires*
*Les Étrangers dans la maison*
*Scalpel*
*Off Minor*
*Les Années perdues*
*Lumière froide*
*Preuve vivante*
*Proie facile*
*Now's the Time*
*Derniers Sacrements*
*Cold in Hand*
*Ténèbres, ténèbres*

Cycle Frank Elder

*De chair et de sang*
*De cendre et d'os*
*D'ombre et de lumière*

Anthologies

*Demain ce seront des hommes*
*Bleu noir*

Cycle Will Grayson et Helen Walker

*Traquer les ombres*
*Le Deuil et l'Oubli*

Autres

*Couleur franche*
*Lignes de fuite*

John Harvey

# Le Corps et l'âme

Traduit de l'anglais
par Fabienne Duvigneau

*Collection fondée par
François Guérif*

Rivages/noir

Retrouvez l'ensemble des parutions
des Éditions Payot & Rivages sur

payot-rivages.fr

Collection dirigée par
Jeanne Guyon et Valentin Baillehache

Titre original :
*Body and Soul*

© John Harvey, 2018
© Éditions Payot & Rivages, Paris, 2020
pour la traduction française
© Éditions Payot & Rivages, Paris, 2022
pour l'édition de poche

Tandis que chacun avançait en âge, comme un train approchant d'une gare, elle avait tout à gagner et lui tout à perdre.

Graham GREENE, *Notre agent à La Havane*

I

# 1

À la lisière du village, la maison était la dernière d'une rangée de petites bâtisses en pierre adossées à des champs qui s'abaissaient en pente douce jusqu'à la mer. Elder ferma soigneusement la porte, remonta le col de son manteau pour se protéger du vent, et après un dernier regard à sa montre, s'éloigna sur le sentier en direction de la pointe. Le ciel traversé de nuages commençait à s'assombrir. Bientôt, à l'approche des falaises, le terrain devint inégal et rocailleux sous ses pieds. Des lapins levés par son passage détalaient tout autour. Plus loin, une barque de pêche se balançait au gré des flots. Des mouettes tournoyaient dans les airs.

Sur la pointe, il se retourna pour embrasser la vue derrière lui. Au-dessus du village, la route par laquelle elle arriverait descendait de la lande, sinuant entre un fouillis de rochers, de cailloux, de bruyère et d'ajoncs. Les phares des voitures étaient comme adoucis par un brouillard.

Depuis combien de temps ne l'avait-il pas vue ? Katherine. Sa fille. Une cérémonie de remise de diplômes qui avait mal fini, quand, mésestimant l'importance du moment, il n'avait pas su trouver les mots justes. Depuis, il y avait eu des coups de fil, surtout ceux qu'il passait, lui, emplis de silences prolongés, de réponses laconiques, de soupirs laborieux. Ses rares mails restaient en grande partie sans réponse, de même que ses SMS, plus rares encore. Qu'espérait-il ? Vingt-trois ans, bientôt vingt-quatre, elle avait sa vie.

Et puis, brusquement : « Je voulais passer te voir. Si ça te va… Deux, trois jours, c'est tout. J'ai des vacances.

– Oui, oui, bien sûr, mais…

– Et pas de questions, papa, d'accord ? Pas d'interrogatoire. Sinon je rentre par le premier train. »

Il s'aperçut, une fois qu'elle eut raccroché, qu'il ne savait plus exactement où elle habitait.

Lorsqu'il avait proposé de venir la chercher à la gare en voiture, elle avait répondu que ce n'était pas la peine, elle prendrait le bus. Allongeant le pas, il arriva à temps pour distinguer la lumière des phares qui contournaient la colline ; à temps aussi pour la voir descendre et s'avancer vers lui – bottines, veste rembourrée, jean, sac à dos –, souriant, mais avec une hésitation dans les yeux.

« Kate… Je suis content que tu sois là. »

Quand elle tendit les bras pour saisir les siens, il s'efforça de ne pas regarder ses poignets bandés.

Il ouvrit la porte de la maison et s'effaça devant elle. Elle entra, tête baissée, en se débarrassant de son sac à dos et de sa veste dans un même mouvement.

« Pose tes affaires ici pour l'instant. Tu les monteras tout à l'heure. »

Katherine se pencha pour délacer ses bottines, puis les lui tendit afin qu'il les pose à côté de ses propres chaussures, sous le baromètre du vestibule.

« Tu veux un thé ? Un café ? Il y a du jus si tu préfères. Orange ou…

– Un thé, c'est très bien. Mais d'abord, il faut que je fasse pipi. »

Il lui indiqua les toilettes avant de passer dans la cuisine, remplit la bouilloire au robinet et l'alluma. Avait-elle changé ? Son visage, oui ; aminci, les pommettes plus saillantes, presque décharné. Et elle avait maigri. Du moins lui semblait-il. Difficile de l'affirmer. Grande comme sa mère, elle avait toujours été svelte, avec des membres fins et longs. La distance, c'est ce que tu devrais travailler, répétait son entraîneur d'athlétisme. Le 5 000 mètres, peut-être même le 10 000. Tu as le corps qu'il faut, laisse tomber le 400.

Lui non plus, elle ne l'avait pas écouté.

« J'ai pensé qu'on pourrait manger dehors ce soir, dit Elder. Plutôt qu'à la maison. Si ça te convient. »

Le salon était petit : un unique fauteuil, une table basse, une télévision, un canapé deux places. Katherine serrait son mug dans ses mains, elle avait les yeux cernés. À l'extérieur, il faisait presque noir. La nuit serait bientôt complètement tombée.

« Parfait. Il faut juste que je dorme une heure avant. J'ai un coup de barre.

– Mais tu es sûre de vouloir sortir ?

– Papa, j'ai dit que c'était parfait, d'accord ? »

Bon. Il n'y avait pas si longtemps, elle aurait répondu en levant les yeux au ciel.

Le pub se trouvait un peu plus loin sur la côte. Une construction basse et tout en longueur, le parking presque plein. Elder dénicha une table dans une pièce au fond, repoussée contre un mur.

« Soirée concert, expliqua-t-il en désignant du menton la porte de la grande salle. Ça attire du monde. On pourrait y aller tout à l'heure, pour écouter.

– C'est quel genre de musique ?

– Du jazz, je crois.
– Tu n'aimes pas ça, le jazz. »

Elder haussa les épaules et examina la carte. Merlu ; blanc de poulet nourri au grain ; tarte au fromage de chèvre ; langoustines frites ; romsteck de bœuf.

« Tu es toujours végétarienne ? »

Katherine lui répondit en commandant le bœuf. Elle portait toujours son jean étroit, mais avait passé un col roulé rouge à manches longues. Les poignets bandés apparaissaient seulement lorsqu'elle tendait les bras au-dessus de son assiette. Il n'avait toujours pas posé la question.

« Où habites-tu exactement, maintenant ?
– À Dalston. »

Elder hocha la tête. L'est de Londres. Il y avait vécu quelque temps, à ses débuts dans la Met[1]. Stoke Newington, district de Hackney. Le coin avait dû beaucoup changer.

« Dans un appartement, ou quoi ?
– Oui, une coloc. Un ancien HLM. C'est bien. Mieux qu'une tour.
– Tu devrais me donner ton adresse.
– Je vais sans doute pas rester longtemps. »

Chaque fois que la porte de la grande salle s'ouvrait, la musique leur parvenait plus fort. Trompette et saxophone. Applaudissements. Une voix de femme.

« Tu travailles toujours au même endroit ? demanda Elder.
– Le centre sportif ?
– Oui. »

Katherine secoua la tête.

---

1. Metropolitan Police Service : force territoriale de police responsable du Grand Londres. *(Toutes les notes sont de la traductrice.)*

« J'ai été licenciée. Ça fait des siècles.
– Je ne savais pas. »
Elle haussa les épaules, les yeux sur son assiette.
« Mais tu t'en sors ? Avec le loyer et tout ?
– Ça va. Maman m'aide un peu.
– Ah bon ?
– Elle ne t'a pas dit ?
– Non. »

Si elle l'avait interrogé, il n'aurait pas su dire quand Joanne et lui s'étaient parlé pour la dernière fois. Aux alentours de l'anniversaire de Katherine, probablement, mais des mois avaient passé, et depuis… Il avait sa vie, si l'on pouvait appeler cela une vie, et elle avait la sienne.

Ils s'apprêtaient à commander le dessert lorsqu'une femme sortie de la grande salle s'arrêta à leur table et posa une main sur l'épaule d'Elder. Robe noire, escarpins, coiffure soignée.

« Frank. Je ne savais pas que tu étais là. »

Elder se leva à demi, l'air vaguement gêné. « Salut, Vicki. Je te présente ma fille, Katherine. Katherine… Vicki. Vicki est la chanteuse du groupe. »

Katherine fit un effort pour sourire.

« Kate passe quelques jours chez moi.
– C'est chouette. » Vicki recula d'un pas. « Tu vas venir écouter ? On attaque le deuxième set.
– Je ne voudrais pas rater ça. »

Quand il se rassit, Katherine grimaça un sourire dénué de toute ambiguïté.

« Qu'est-ce qu'il y a ? » grommela-t-il.
Elle rit.

Le groupe jouait « Bag's Groove ». Trompettiste en solo, les yeux hermétiquement fermés, pendant que le saxophoniste l'écoutait en tenant à deux mains la culasse de son instrument. Piano, basse et batterie. Elder entraîna Katherine vers deux chaises inoccupées sur le côté de la scène.

À la fin du morceau, une fois les applaudissements retombés, le trompettiste se pencha vers le micro. « Mesdames et messieurs, la fierté de la péninsule de Penwith… Vicki Parsons. »

Sa voix était riche et profonde, rauque aux entournures. Elle ondulait en chantant, fermement campée sur ses pieds, une main sur le support du micro, laissant aller souplement son autre bras le long de son corps. « Honeysuckle Rose », lent et langoureux, en accentuant le balancement des hanches ; « Route 66 », dans une version enlevée ; « Can't We be Friends », d'un air entendu et malicieux, avec un bref coup d'œil à Elder. Enfin, pour le rappel, elle livra un « Taint' Nobody's Business if I Do » aux doux accents de blues.

« Ben dis donc, dit Katherine quand le concert fut terminé. Tu dois pas t'ennuyer. »

La lune émergeait entre les nuages au-dessus de la colline de Zennor. Un oiseau s'agita dans les arbres au bout du chemin et quelque chose détala tout près dans le noir.

Katherine réprima un frisson. « Au moins, à Dalston, on voit venir son agresseur.
– Tu es en sécurité ici.
– Ah oui ?
– Oui. »

Il voulut tendre la main vers elle, mais déjà elle se dérobait. Inutile de lire dans ses yeux. Une des dures leçons qu'elle avait apprises, il le savait, c'était que la sécurité n'existait pas. Nulle part.

La maison leur parut froide en entrant.

« Tu veux quelque chose avant de monter ?
– Ça va, merci.
– Dors bien, alors.
– Toi aussi. » À mi-hauteur dans l'escalier, elle s'arrêta. « Si je n'avais pas été là, elle serait venue ?
– Qui ça, Vicki ?
– À moins que tu aies quelqu'un d'autre.
– Oui, peut-être. Pas forcément.
– Désolée si je suis un obstacle à tes amours.
– Absolument pas. »

Il fit du thé, s'assit pour regarder les nouvelles à la télé, avec le volume très bas. Ça avait commencé brusquement, comme souvent ces choses-là. Une soirée au pub après l'heure de la fermeture ; trop d'alcool et, dans le cas de Vicki, de l'herbe ; au bout d'une demi-heure, alors qu'elle l'avait frôlé à trois reprises en le croisant, il finit par comprendre le message. Dehors, ils passèrent maladroitement du mur sur le côté du pub aux sièges avant de la voiture de Vicki, puis au lit extra-large de son appartement à Marazion, avec la vue sur la plage à marée basse et le mont St. Michael le lendemain matin. Déjà – quoi ? – six mois, et Elder commençait à se demander si la flamme, le désir qui avait circulé entre eux, risquait de s'éteindre.

Ne pouvons-nous pas être amis[1], oui, voilà.

Il s'éveilla avec un sursaut sur le canapé. Deux heures et demie, légèrement passées. Il éteignit la télé. Tourna la clé dans la porte de l'entrée.

Après avoir gravi l'escalier sans bruit, il hésita devant la porte de la deuxième chambre ; puis entrouvrit doucement le battant. Les rideaux n'étaient

---

1. Allusion à la chanson mentionnée plus haut, « Can't We be Friends » (Ne pouvons-nous pas être amis ?).

pas tirés. Katherine était couchée sur le côté, les doigts d'une main serrant une mèche de cheveux près de sa bouche. Un geste conservé depuis l'enfance. L'autre main avait remonté le drap sous son menton. Sa respiration était régulière, son épaule nue. Elder l'observa un moment, puis gagna sa propre chambre, se mit au lit et sombra, immédiatement, dans un profond sommeil.

# 2

Il faisait beau le lendemain matin. Quand Elder revint de son jogging, Katherine était en train de préparer du café et des toasts.

« Tu cours combien ?
– Dix kilomètres, plus ou moins.
– Tous les jours ?
– Sauf le dimanche.
– Jour de repos.
– Quelque chose comme ça.
– C'est quand même pas mal, pour toi.
– Pour moi. Vu mon âge, tu veux dire. »
Katherine rit. « Quelque chose comme ça.
– Tu voudras peut-être m'accompagner, demain ?
– Peut-être.
– Je me disais que tout à l'heure, si le temps se maintient, on pourrait faire une promenade.
– Ce serait bien.
– D'accord. Laisse-moi prendre une douche rapide avant de mettre du pain à griller pour moi. »

\*

Ils empruntèrent la route de Penzance, garèrent la voiture, puis grimpèrent le sentier en lacet qui longe le cercle mégalithique des Seven Maidens et le bâtiment en ruine abritant autrefois les machines à vapeur, au centre de l'ancienne mine de Ding Dong. En bas, la baie du mont St. Michael avec le cap Lizard tout au fond ; au-dessus, un ciel bleu parsemé de nuages et une buse en vol plané sur un courant d'air.

Elder sortit le thermos de café de son sac à dos et ils s'assirent sur les vestiges d'un muret en pierre, tournant le dos au vent. Quand Katherine tendit la main pour attraper le gobelet qu'il lui avait servi, les mots s'échappèrent de sa bouche avant qu'il n'ait le temps de les retenir.

« Kate, tes poignets…
– Papa…
– Mais je…
– Papa, je t'ai dit "pas de questions", OK ?
– Je voudrais juste savoir ce qui s'est passé. »

Katherine renversa du café sur ses doigts en se levant brusquement et s'éloigna. Quinze mètres plus loin, elle s'arrêta, tête baissée.

« Kate… » Il la rejoignit et posa doucement une main sur son bras. Elle s'en débarrassa d'un haussement d'épaules.

« Pas de questions, c'est ce que j'ai dit. Et tu étais d'accord.
– Je sais, mais…
– Mais quoi ? » Face à lui, maintenant.

« Je n'avais pas… Tu ne peux pas m'interdire de demander.
– Ah non ? »

Elder secoua la tête et soupira.

« Je me suis coupé les poignets, OK ? C'était un accident.
– Un accident ?

– Oui.
– Mais comment diable… ?
– Peu importe. »

Elle soutint son regard, le mettant au défi de protester. Il se rappelait ce visage buté, au jardin public, lorsqu'elle avait quatre ou cinq ans et qu'il lui annonçait que c'était l'heure de rentrer : l'heure de ranger sa chambre, d'arrêter de lire, d'écrire, de se préparer à se coucher.

« Je ne veux pas me coucher.
– Pourquoi ?
– Parce que je fais des rêves. Des cauchemars. »

Des cauchemars encore pires à présent, il n'en doutait pas. Il retourna s'asseoir, et, au bout d'un moment, elle reprit place à ses côtés. Non loin, un tracteur démarra et apparut bientôt, labourant l'un des champs dans la pente au nord, vers St Just, une nuée de mouettes dans son sillage.

« Je croyais que les choses s'étaient un peu arrangées.
– Arrangées ?
– Tu me comprends.
– Ah bon, je te comprends ?
– Je me disais qu'après la thérapie et tout… »

Elle rit. « La thérapie ?
– Oui. Je pensais que ça allait bien. Que tu avais réussi à dépasser…
– Quoi ? Genre, à oublier ? Tu crois que c'est possible ? On voit un psy et ça passe ?
– Non, mais…
– Mais quoi ?
– Je ne sais pas.
– Non, tu sais rien. Ni sur moi ni sur rien du tout. Tu te planques ici et tu t'en tapes ! »

Debout de nouveau, elle repartit à grands pas entre les bruyères. Elder se leva pesamment et la suivit, en gardant une distance prudente.

Le soir, la paix étant restaurée, ils allèrent au cinéma à Newlyn, au Filmhouse. Ils mangèrent un fish and chips, penchés sur le parapet devant le port. Katherine avait changé ses bandages, tandis que les questions non posées continuaient à tourner sans répit. Un accident ? Les deux bras ? Automutilation, ou geste potentiellement plus grave, définitif ? Si elle veut m'en parler, songeait Elder en essayant de se convaincre, elle le fera.

Durant le trajet de retour, détendue, Katherine parla du film qu'ils venaient de voir ; d'amies et de colocataires – Abike, qui était enseignante stagiaire dans une école primaire du quartier ; Stelina, qui se partageait entre ses études et son travail de secrétaire à l'hôpital de Mile End ; Chrissy, qui travaillait dans un bar et posait pour des artistes. À la maison, quand Elder sortit une bouteille de whisky, Katherine refusa d'un signe de tête et fit du thé. Il était tard lorsque, la fatigue prenant le dessus, ils montèrent se coucher.

Elder dormit d'un sommeil agité, entrecoupé de rêves familiers. Une cabane de pêcheur en planches grossières et bâches de plastique maintenues par des cordes et des clous. Le clapotis de l'eau. Des algues. Des cendres. Les restes d'un feu plus loin sur la plage. La carcasse d'une mouette entièrement dévorée. Il forçait la porte, le bois vermoulu cédait sous sa poussée et il trébuchait dans le noir.

Un hurlement déchirant l'éveilla et il fut aussitôt en alerte.

Un hurlement provenant de la pièce à côté.

Katherine était assise dans son lit, les yeux écarquillés, fixés sur la fenêtre ouverte, tremblant de tout son corps. Lorsqu'il la toucha doucement, elle se mit à gémir et releva les genoux contre sa poitrine. Ses yeux dilatés papillotèrent, puis se fermèrent.

« Tout va bien, Kate, dit-il en l'aidant à se rallonger. Ce n'est qu'un rêve. »

Les rêves de sa fille, les siens à lui : une des choses qu'ils avaient en commun.

À seize ans, Katherine avait été enlevée par un homme nommé Adam Keach, emmenée dans une camionnette jusqu'à un endroit isolé sur la côte nord du Yorkshire, une cabane délabrée où elle avait été séquestrée, torturée, et violée. C'était Elder qui l'avait trouvée, nue, avec des hématomes sanguinolents sur les bras et les jambes, des traces de coups sur les épaules et le dos.

Il se pencha pour lui embrasser les cheveux, comme il l'avait fait alors.

Garda un moment sa main dans la sienne et la quitta, endormie.

Le lendemain matin, elle était partie.

# 3

Malgré ses efforts pour les chasser, les paroles de Katherine continuaient à le tourmenter. *Tu te planques ici et tu t'en tapes !* Il y avait là une certaine vérité, se disait-il, plus qu'il n'aurait voulu l'admettre. Et, comme la plupart des vérités, celle-ci était prise dans des circonstances et des événements sur lesquels, à l'époque, il lui avait semblé n'exercer aucun contrôle.

Si seulement il était resté à Londres, rien de tout ça ne serait arrivé. Tout ça. Les dix dernières années.

Imploré par Joanne – c'est une occasion en or, Frank, une chance que je ne peux pas laisser passer ; la direction d'un des salons de coiffure de l'ambitieux Martyn Miles, une percée inespérée dans l'empire de la beauté et de la mode –, il avait demandé à contrecœur son transfert dans le Nord et abandonné son poste de sergent à la Met. Même pas le Nord à proprement parler : Nottingham, les Midlands de l'Est ; la Brigade criminelle, au grade d'inspecteur. La promotion, enfin. Ils avaient entraîné malgré elle leur fille de quatorze ans ravagée par les hormones.

Combien de temps avait-il fallu pour que Katherine décroche de l'école, après une succession d'ultimes avertissements et de renvois temporaires ? ; pour qu'Elder, frustré par des comportements dans lesquels il voyait une inefficacité et une maladresse typiquement provinciales, élève la voix une fois de trop contre ses supérieurs ? ; et pour que Joanne, avec une grâce et un empressement dont l'issue était courue d'avance, tombe dans les bras de Martyn Miles, self-made-multimillionnaire, élu Homme d'affaires de l'année par les Midlands ?

Face à une probable mise à pied disciplinaire, à l'infidélité criante de sa femme, et à une adolescente qu'il avait l'impression de ne plus reconnaître, sans parler de la comprendre, Elder avait réagi en adulte sensé. Piqué une grosse colère. Donné sa démission. Lesté de maigres économies personnelles et d'une retraite à taux minoré, il s'était enfui aussi loin que possible sans quitter complètement le pays. Sa course l'avait mené au fin fond des Cornouailles, à l'extrême sud-ouest, presque assez près de la pointe de Land's End pour respirer le sel de l'Atlantique et sentir les embruns. À part quelques excursions exceptionnelles, il n'en avait plus bougé.

Des petits boulots, un chantier çà et là, un coup de main au moment de la moisson, la cueillette des jonquilles au printemps où il se brisait le dos aux côtés de journaliers venus d'Europe de l'Est. Récemment, et, l'âge venant, moins résistant, il s'était lié d'amitié – autour d'une pinte ou deux, un single malt de temps à autre – avec un inspecteur du coin, Trevor Cordon ; et depuis deux ans, en tant que civil attaché à la Force d'intervention en cas d'incidents majeurs du Devon et des Cornouailles, il apportait sa contribution à quelques enquêtes criminelles de la police. Un double meurtre, deux incendies volontaires, une agression sexuelle.

« Ce serait dommage de laisser toute cette expérience se perdre », avait dit Cordon en remplissant à nouveau son verre.

Elder n'en était pas si sûr. Mais il avait besoin de s'occuper l'esprit, et de payer son loyer.

Il tomba directement sur la messagerie lorsqu'il composa le numéro de Joanne. Elle le rappela un instant plus tard.

« Il y a un problème, Frank ?
— Pourquoi ? Il faut qu'il y ait un problème ?
— En général, oui. Ou alors c'est mon anniversaire. Ce n'est pas mon anniversaire, si ?
— Je me demandais si tu avais l'adresse de Kate...
— Oui, bien sûr. Mais je croyais qu'elle était venue te voir.
— Elle est venue, oui.
— Ne me dis pas. Vous vous êtes disputés.
— Pas exactement.
— Oh, Frank...
— Elle se scarifie, du moins ça y ressemble. Tu le savais peut-être. Elle avait les poignets bandés. »

Il entendit Joanne allumer une cigarette, exhaler longuement la fumée. « J'ai reçu un coup de fil de Londres, il y a une semaine. Les urgences de l'hôpital Homerton. Quelqu'un l'avait trouvée effondrée dans la rue et a appelé une ambulance. Elle s'était entaillé les poignets.

— Bon sang, pourquoi tu ne m'as pas prévenu ?
— Elle m'a demandé de ne pas te le dire. Ça a été ses premières paroles quand je l'ai vue. Elle voulait te le raconter elle-même, plus tard. »

Elder jeta un regard par la fenêtre ; deux corbeaux chassaient une buse qui s'était approchée de leur nid. Si Katherine était venue le voir avec cette intention, sa visite avait été un échec.

« Qu'est-ce qui s'est passé ? Tu as une idée ?

— Elle n'a pas franchement expliqué, tu penses bien. Mais je crois qu'il s'agissait plus ou moins d'une relation… Quelqu'un qui l'avait manipulée, plantée. Je ne suis pas sûre.

— Et ce qu'elle a fait, c'était… C'était sérieux ? Je veux dire…

— Est-ce qu'elle a tenté de se suicider ?

— Oui.

— Je ne sais pas, Frank. Vraiment, je n'en sais rien. D'après ce que j'ai pu juger, elle n'était pas dans son état normal…

— Comment ça, pas dans son état normal ?

— Elle avait bu. Beaucoup, je crois. Et pris des cachets, aussi…

— Nom de Dieu !

— J'ai essayé de lui parler, mais tu sais comment elle est… »

Un silence tomba entre eux.

« Je pense monter à Londres en train demain, dit Elder. Aller la voir.

— Tu es sûr que c'est une bonne idée ?

— Non. Mais je ne veux pas en rester là. Ne rien faire.

— Si tu pouvais la pousser à reprendre une thérapie, ce serait pas mal.

— Oui, peut-être. Mais vu la conversation qu'on a eue l'autre jour, ça me paraît peu probable. »

Il nota l'adresse au dos d'un vieux ticket de caisse.

« Tu sais où c'est ? demanda Joanne.

— À Dalston, quelque part. Je trouverai.

— Vas-y doucement, Frank. N'aggrave pas les choses. »

Quand Elder sortit, il n'y avait plus aucune trace des oiseaux dans le ciel. Quel genre de père ne connaissait pas l'adresse de sa fille unique ? Combien de couples dans son entourage étaient vraiment heureux, et pendant combien de temps ? Combien de familles ?

« C'est parce que vous êtes flic, Frank », avait dit Trevor, l'un de ces trop nombreux soirs où ils avaient fait la fermeture du pub. « Ce boulot pervertit votre mode de pensée, votre façon de voir le monde. Des jeunes de quinze, seize ans, le cerveau dévasté par l'héroïne. Des mômes de neuf ans défoncés au gaz hilarant. L'amour exprimé par des coups de poing au visage ou une autre forme de maltraitance. »

La maltraitance, Elder connaissait.

Autrefois, il croyait aussi connaître l'amour.

Qu'avait dit Katherine ? Tu sais rien. Ni sur moi ni sur rien du tout.

**4**

Il faisait beau le matin, mais lorsque le train atteignit les environs de Londres, le ciel s'était assombri et la pluie menaçait. Elder suivit la foule dans le métro, emprunta la ligne Victoria jusqu'à Highbury & Islington, où il changea et prit le métro aérien. L'adresse que lui avait donnée Joanne se trouvait à dix minutes de marche de Dalston Junction. Une cité : Wilton Estate.

Quand il ressortit dans la rue, le ciel se dégageait à nouveau et le soleil perçait à travers les traînées de nuages. Une femme avec un épagneul noir et blanc approchait, il l'arrêta pour lui demander son chemin. Le chien l'assaillit avec enthousiasme, laissant l'empreinte de ses pattes humides sur son pantalon.

Au croisement de Lansdowne Drive et de Forest Road, il passa entre deux immeubles et traversa l'espace central en direction d'un troisième bâtiment. Katherine habitait un appartement au dernier étage. La peinture qui s'écaillait sur la porte aurait mérité un rafraîchissement. La sonnette fit entendre une faible stridulation indiquant que les piles arrivaient à épuisement. Après qu'il eut appuyé deux fois sur le bouton, une jeune femme en jean et T-shirt vint ouvrir et l'accueillit d'un air étonné.

« Vous n'êtes pas d'UPS ?

– Pas du tout.
– J'attends une livraison.
– Désolé.
– Ils ont dit entre midi et treize heures. »

Elder jeta un coup d'œil à sa montre. « Encore vingt minutes. »

Elle recula d'un pas et le jaugea longuement. « Bon... Vous n'êtes pas d'UPS, vous ne venez pas relever le compteur, vous n'êtes pas bien sapé ni obséquieux comme un témoin de Jéhovah, et en plus, vous n'avez pas de bible... Donc vous devez être de la police.

– Plus maintenant.
– Alors, je donne ma langue au chat.
– Je suis le père de Katherine.
– C'est vrai ?
– Elle n'est pas là, j'imagine ?
– Non, pas pour l'instant. Mais... C'est vrai, vous êtes le père de Kate ?
– Oui.
– Elle n'a rien dit.
– Elle ne sait pas. »

La jeune femme le dévisagea avec insistance. « Vous avez une pièce d'identité ou quelque chose ? En fait, vous pourriez être n'importe qui...

– À part le livreur d'UPS.
– C'est ça, oui. »

Elder sortit son portefeuille et lui montra son permis de conduire.

« Alors, venez..., dit-elle. Entrez. »

Il y avait trop de fauteuils dans le salon, une télévision, des étagères, une table ; un canapé, présuma Elder, jonché de coussins, de journaux et de magazines ; un étendoir croulant sous le linge devant le radiateur.

« Je m'appelle Stelina.

– Frank. »

Sa main, quand il la serra, était ferme et fraîche.

« Je ne sais pas trop où elle est, Kate. À un entretien de boulot, peut-être. Elle ne va sans doute pas tarder. »

Il désigna du menton un ordinateur portable ouvert sur la table, au milieu de divers documents, feuilles de papier, un cahier, plusieurs gros livres. « Je ne veux pas vous interrompre. Vous étiez occupée… »

Stelina fit la grimace. « J'essaie de finir une disserte. Avec deux semaines de retard…

– Qu'est-ce que vous préparez, comme diplôme ?

– Développement des collectivités et politique publique. »

Elder haussa un sourcil. « Bonne chance. »

Elle rit. « J'allais faire du café quand vous avez sonné.

– Merci. Si vous m'en proposez.

– De l'instantané, ça vous va ?

– Parfait.

– Il y a du vrai, mais il est à Chrissy, et elle râle quand on lui en prend. Elle compte les grains. En plus, c'est trop de taf. »

Elder ouvrit la porte-fenêtre et sortit sur le balcon. Quelqu'un avait décidé de cultiver des herbes aromatiques dans un vieil évier, et obtenu un résultat peu convaincant. Les géraniums se portaient mieux, rouges et blancs, dans une longue jardinière fixée au coffrage en acier ondulé. En bas, la femme qu'il avait croisée plus tôt revenait lentement en tirant son chien récalcitrant.

Stelina le rejoignit avec deux mugs. « Kate, ça n'allait pas fort récemment.

– Je sais.

– Vous devez être inquiet.
– Oui.
– Quand elle… » La phrase resta en suspens.

« S'est entaillé les poignets ?
– Oui. Elle était bizarre depuis quelque temps. Elle ne parlait pas. Elle restait enfermée dans sa chambre. Et elle buvait. Je veux dire, plus que la normale. Et la tête qu'elle avait… c'était effroyable. Chrissy a essayé de discuter avec elle. C'est la plus proche de Kate, elles se connaissent depuis plus longtemps toutes les deux. Mais elle lui a dit d'aller se faire foutre et de se mêler de ses oignons. Et puis… » Elle détourna les yeux. « … l'hôpital a appelé. Le reste, vous êtes au courant.
– Je ne crois pas, non.
– Quel salopard, souffla Stelina.
– Qui ? De qui parlez-vous ?
– Winter. Anthony Winter.
– Qui est-ce ?
– Un artiste. Un peintre. Kate posait pour lui…
– Elle posait ?
– Oui, il y avait quelque chose entre eux. Je ne sais pas… »

Quelqu'un frappa à la vitre et lorsqu'ils se retournèrent, c'était Katherine.

« Qu'est-ce que tu fais là ?
– Je suis venu te voir », répondit Elder.

Ils marchèrent au hasard des rues, parlant peu, tous deux évitant prudemment la question essentielle. Le matin, Katherine s'était rendue à un entretien dans une boutique de Stoke Newington qui cherchait une employée à temps partiel.

« Un de ces petits magasins branchés qui vendent des trucs dont on n'a pas besoin à des prix exorbitants.

– Comment ça s'est passé ? »

Katherine se renfrogna. « Ils voulaient quelqu'un qui ait une expérience de la vente. Travailler dans un bar, apparemment, ce n'est pas de la vente. En tout cas, pas pour eux.

– Tu as travaillé dans un bar ? C'est ça que tu fais ?

– Des fois.

– Tu peux toujours demander, tu sais. Si tu as besoin d'aide pour payer le loyer.

– Ça va. Je t'assure.

– Tu m'as dit que ta mère…

– Papa, laisse tomber, OK ? »

Après avoir acheté des sandwichs, un Coca et un soda au gingembre dans Kingsland High Street, ils s'assirent sur un banc à Gillet Square et observèrent les figures des skateurs qui sillonnaient le bitume à vive allure.

« Je suis désolée d'être partie sans te prévenir, dit Katherine au bout d'un moment.

– Pas de problème.

– C'était beaucoup de pression, tu comprends ?

– Sans intention de ma part.

– C'est ma faute, j'aurais dû anticiper. » Katherine sourit. « Combien de temps tu as été flic ?

– Je ne sais pas… Vingt, vingt-cinq ans.

– Je te demande de ne pas poser de questions, et toi, tu lances une enquête.

– Pas du tout. J'essayais seulement…

– C'est pour ça que tu es là aujourd'hui, hein ? Que tu as fait tout ce chemin ? Tu ne lâches jamais prise. »

Elder indiqua les poignets de Katherine d'un signe du menton. « Pas facile, avec un truc pareil.

– C'est du passé, papa. Je ne compte pas recommencer de sitôt. »

Elder mordit dans son sandwich ; un jeune d'une quinzaine d'années, grand, sans casque, exécuta une pirouette en plein saut, manqua le centre de sa planche et tangua dangereusement, battant des bras, avant de retrouver son équilibre et de terminer par une virevolte presque parfaite.

« Stelina a parlé de quelqu'un que tu voyais.
– Stelina ferait mieux de se mêler de ses oignons.
– Un artiste ? Winter ? Anthony Winter ?
– Papa...
– Tu posais pour lui, elle a dit.
– Elle aurait dû la boucler. »

Ne voulant pas commettre deux fois la même erreur, Elder attendit en silence. Une femme toute menue qui ressemblait à un oiseau passa devant eux, poussant deux petits chiens ébouriffés dans un landau.

« Bon, il y a eu quelque chose..., reprit Katherine. Entre nous. Anthony et moi. Rien d'énorme. En tout cas, pas pour lui. Visiblement. Mais pour moi ça l'était. Du moins, je le croyais. Maintenant c'est fini, OK ? J'aurai jamais à le revoir et tout va bien.
– Tout va bien ?
– Papa, c'est ce qui arrive. Les relations se terminent. Tu le sais mieux que moi. Toi et maman. » Elle but la dernière gorgée de son Coca et se leva. « Faudrait pas que tu rates ton train. »

# 5

La première fois qu'elle l'avait vu, c'était à l'école d'art. Central Saint Martins. CSM. Elle attendait Chrissy, assise sous la verrière à côté de l'entrée de Granary Square, en feuilletant un magazine.

« Viens me chercher, avait proposé Chrissy. J'aurai fini à seize heures. Dans ces eaux-là. On ira boire un café. Peut-être un verre après. »

Pourquoi pas ? Katherine n'était pas exactement débordée, à l'époque.

Un peu plus loin, quelques étudiants s'étaient rassemblés autour des tables de ping-pong ; deux d'entre eux se livraient une joute féroce, à grands coups de smashes et de hurlements. Les autres les encourageaient.

C'était si loin, la dernière fois qu'elle avait joué. En vacances. Quelque part en Italie. La Garfagnana. Une « villa ». Rien d'extraordinaire, pas de piscine ni quoi que ce soit, mais il y avait une table de ping-pong. Une vraie, de taille normale. Dissimulée au fond de la grange, comme si les propriétaires, pour une raison quelconque, ne voulaient pas qu'on la trouve. Qu'on s'en serve. Après l'avoir découverte, ils n'avaient pas cessé de jouer. Surtout son père et elle. Ce qui avait considérablement agacé sa mère. « C'est pour ça qu'on a dépensé tant d'argent ? On est venus jusqu'ici pour jouer au ping-pong ? »

Un sujet de dispute, songeait Katherine, entre son père et sa mère, voilà ce que ça avait été. Le ping-pong ! Peu importait qui jouait et combien de temps, ils s'en foutaient. L'un comme l'autre. Ce n'était qu'un prétexte.

Des acclamations saluèrent le smash final de l'un des joueurs, et quelqu'un prit la place du perdant. Elle se demanda si Chrissy aimerait faire une partie, après, quand ceux-là auraient terminé. Mais elle pensa ensuite, connaissant Chrissy, qu'elle refuserait sûrement. Moi ? Tu plaisantes ? Avec tout ce monde qui regarde ? Chrissy, qui, pour autant qu'elle sache, se mettait régulièrement nue devant des étudiants sans la moindre hésitation.

Elle consulta son téléphone : pas de nouveau message, aucun SMS. Des flots d'élèves sortaient à présent, cartons à dessin sous le bras, s'arrêtant pour tripoter leurs portables, envoyer un SMS, allumer une cigarette, mais toujours pas de Chrissy. Katherine glissa son magazine dans son sac et s'approcha de la porte. C'est alors qu'il la bouscula. Il parlait à quelqu'un derrière lui en riant, tête tournée.

« Attention ! » s'écria-t-elle, mais il l'avait déjà violemment heurtée et son sac tomba par terre.

« Oh là là, dit-il de cette voix qu'il avait. Pardon !
— Vous pourriez regarder devant vous.
— Oui, vous avez raison. Attendez, je vais…
— Non, c'est pas grave. »

Il voulut ramasser le sac et le magazine qui s'en était échappé, mais Katherine fut plus rapide.

Quand elle eut remis de l'ordre dans ses affaires et passé à nouveau le sac sur son épaule, il était toujours là, et elle put mieux le détailler. Pas grand, mais pas petit non plus. Entre quarante-cinq et cinquante ans, peut-être ? Elle n'avait jamais été bonne pour donner un âge. Un âge aux hommes. Chauve. Complètement. Ce qui ne voulait pas dire grand-chose, de nos jours. Vêtu d'un manteau qui avait dû coûter un certain prix, en cachemire ; avec des traces de peinture sur ses chaussures.

« Vous acceptez mes excuses ? »

Elle hocha la tête, marmonna une réponse, et il s'éloigna rapidement en direction de Granary Square. Chrissy arriva à ce moment-là.

« Qu'est-ce que tu faisais, à parler avec Anthony Winter ?
– Qui ?
– Anthony Winter.
– C'est qui ? »

# 6

De la gare de Paddington à Penzance, cinq heures et vingt-sept minutes. Beaucoup de temps pour réfléchir. Trop. Des pensées qui tournaient en boucle. Quelles qu'aient été les intentions de Kate, il s'en était fallu de peu – un centimètre ? une heure ? – pour qu'elle se donne la mort. Et pourquoi ? Parce qu'elle était déprimée ? Défoncée à l'alcool et à d'autres substances encore pires ? À cause de – comment avait-elle dit ? – « quelque chose entre nous » ? Parce que « quelque chose » avec un homme qu'elle avait fréquenté, une relation, s'était mal passé.

Les relations se terminent. Tu le sais mieux que moi. Toi et maman.

Il se rendit au wagon-bar et acheta deux mignonnettes de whisky, en but une sur place, deux gorgées, la brûlure au fond de la gorge, alla se rasseoir avec l'autre. Le wi-fi, en panne au début, marchait à présent.

La page Wikipédia consacrée à Anthony Winter, succincte, n'avait pas de quoi inquiéter. Artiste peintre britannique, né en mars 1966, à Salisbury, dans le Wiltshire. D'abord connu pour ses tableaux de paysages urbains, et, récemment, pour ses portraits. Œuvre présentant un mélange de figuratif et de symbolisme, ou d'ultra-réalisme avec des éléments surréalistes.

Études à la Slade School of Fine Art (1984-1987), bref passage au Goldsmiths College (1987-1988) et au Royal College of Art (1988-1990). Participation à plusieurs expositions collectives, dont une au Pavillon britannique de la Biennale de Venise (1998) ; première exposition en solo à la galerie Abernathy Fine Art en 1999, puis à la National Gallery of Scotland (2004), au musée Brandhorst à Munich (2009), à l'Irish Museum of Modern Art (2011) et à la Serpentine Gallery (2015).

Mariage avec la peintre Susannah Fielding (née en 1969, à Beccles, Suffolk) puis divorce. Un fils, Matthew (né en 1992), et une fille, Melissa (née en 1994).

La photo montrait un visage aux traits forts ; un nez assez proéminent, ciselé ; la bouche, figée, à peine l'esquisse d'un sourire ; des yeux bleus, un bleu foncé, hardi et clair. Le crâne rasé, lisse. L'objectif captait avant tout une confiance en soi, une assurance absolues.

Rien d'énorme.

Elder le voyait parler, il se représentait la scène.

Rien d'énorme, Kate, OK ? Souriant. Tournant les talons. Fin de l'épisode. Rien d'énorme.

En tout cas, pas pour lui. Mais pour moi ça l'était.

Les paroles de Kate se perdirent dans le rythme du train, à mesure que défilaient les gares. Bristol Temple Meads. Exeter St Davids. Près d'une écluse, un héron contemplait les eaux du canal avec une concentration parfaite. Une vision entraperçue, aussitôt évanouie.

Papa, c'est ce qui arrive.

Ah oui ? Était-ce inévitable ? Et n'y avait-il rien qu'il pût faire ?

Il avala la deuxième mignonnette de whisky, ferma les yeux.

# 7

À la maison, il y avait un mot glissé sous la porte. *Si jamais tu n'écoutes pas tes messages, on donne un concert ce soir. À l'Acorn. Tu seras là ? Vicki. Bisous.* C'était la dernière chose dont Elder avait envie, de la musique, du bruit, une foule, l'obligation d'être sociable, d'interagir. Mais, le soir, il avait changé d'avis. Une marche jusqu'à la pointe. Le vent dans la tête. La mer qui se jetait contre les rochers en bas. Qu'est-ce que quelqu'un avait dit ? L'isolement, c'est la solitude poussée trop loin. Ou était-ce l'inverse ?

L'Acorn était aux deux tiers plein. Une salle correcte, la plupart des tables occupées, quelques personnes debout au fond et sur les côtés, des hommes essentiellement, une pinte à la main. Pour l'occasion, le groupe avait été rejoint par deux autres musiciens, un tromboniste de Londres et un second saxophone ; le son, plus riche, et, aux oreilles d'Elder, plus satisfaisant. Au milieu d'un arrangement de « A Train » d'Ellington, il sentit un doigt lui presser doucement la nuque.

« Tu es venu. »

Quand il se tourna vers elle, elle l'embrassa tout près de la bouche.

« Tu passes quand ? »

Le sourire de Vicki s'élargit. « Ils me réservent pour la deuxième moitié.
– Arme secrète ?
– Quelque chose comme ça. »

Elle commença par « Honeysuckle Rose », sans fioritures, la contrebasse seulement au début, et le claquement de ses doigts en rythme, puis, au moment du pont, les coups de brosse feutrés des balais sur la batterie. Vicki chantant, comme d'habitude, les yeux fermés la plupart du temps, son corps ondulant souplement, dans une robe en velours bleu nuit, jupe bouffante, taille ajustée, ample au niveau de la poitrine : une femme – et ce n'était pas la première fois qu'Elder le pensait – faite pour porter des décolletés.

Un blues ensuite, suivi d'une interprétation énergique de « What a Little Moonlight Can Do », et puis…

« Voici maintenant une chanson que j'ai apprise avec un enregistrement réalisé par Billie Holiday en 1940. J'avais dix-huit ou dix-neuf ans quand je l'ai découverte, et je n'ai encore jamais eu le courage de la chanter. Alors, on croise les doigts… "Body and Soul". »

Quelques mesures dépouillées au piano, puis les paroles… Je suis si seule jour après jour… qui touchèrent Elder en plein cœur dès la première phrase, une lamentation où se mêlaient l'impuissance, l'amour et le désespoir. La voix de Vicki à la fin, vaincue, terrassée, à peine plus qu'un murmure. Silence. Puis les applaudissements. Elder sortit dans la nuit.

Il marcha en direction du port. Les lumières sur l'eau.

Depuis combien de temps était-il là quand Vicki vint le rejoindre, il n'aurait su le dire, mais il avait le visage et les mains glacés, l'esprit anesthésié.

« Ça ne t'a pas plu ?
– À ton avis ?

– Tu ne m'avais jamais plantée jusqu'à aujourd'hui. » Elle glissa sa main dans la sienne. « En fait, si. C'est un mensonge. »

Il la prit par la taille.

Au bout d'un moment, elle dit : « Ce n'est pas obligé que ce soit le grand amour, tu sais. Pas à notre âge. »

Sans même regarder, il devina qu'elle souriait.

« On prend ma voiture ? demanda-t-elle. Ou la tienne ? »

Il faisait encore sombre quand Elder ouvrit les yeux. Vicki était couchée sur le côté, tournée vers lui. Sa main tressaillait involontairement, son souffle ténu et régulier épousait le bruit des vagues sur le rivage. Prenant soin de ne pas la réveiller, il se leva et alla se poster à la fenêtre ; peu à peu, il distingua les contours du mont St. Michael.

« Reviens te coucher, Frank. »

Dans le lit, elle passa une jambe par-dessus la sienne et posa sa tête sur sa poitrine. « Qu'est-ce qui t'a ému, dans la chanson ? »

Il lui fallut réfléchir avant de pouvoir formuler une réponse.

« La détresse, je suppose. Le côté si-je-ne-peux-pas-t'avoir-ma-vie-ne-vaut-pas-la-peine-d'être-vécue. Et la façon dont tu l'as chantée… tellement crédible.

– C'est une chanson, Frank, rien qu'une chanson. Et si tu n'y crois pas pendant que je la chante, j'ai tout faux ! Mais ce n'est pas moi. Je ne suis pas comme ça.

– Je sais. »

Elle lui caressa le bras. « Tu penses à Kate, n'est-ce pas ? »

Il hocha la tête, lui raconta la relation avec Winter, le peu qu'il savait.

« Je suis désolée, Frank. »

Il se redressa et s'assit sur le bord du lit. « Je vais faire du thé.
– Et tu l'apportes ?
– Et je l'apporte. »

Elder avait eu une petite amie autrefois, avant de se marier, qui tenait absolument à faire du thé tous les matins, qu'il pleuve ou qu'il vente, les jours de semaine ou les week-ends, et à l'apporter au lit sur un plateau avec des toasts. Peu importait qu'ils soient sortis la veille et rentrés très tard ; ni qu'un maudit réveil sonne à l'aube parce qu'elle devait assurer le premier service à son travail, il y avait toujours le thé et les toasts, comme il se devait. Certains matins, il arrivait que le plateau se renverse, et pendant plusieurs jours ensuite ils retrouvaient des miettes logées entre les draps.

Au moment où il commençait à penser que c'était vraiment sérieux, le grand amour peut-être, qu'ils pourraient envisager de se fiancer – il n'avait que vingt-trois ans –, elle lui avait clairement signifié qu'elle avait des projets d'une tout autre nature, d'autres chats à fouetter.

Il ne pensait plus à elle depuis des années.

Chose qui, à vingt-trois ans, avait semblé impossible ; inimaginable.

Tandis qu'ils prenaient leur thé, calés contre les oreillers, il fit part à Vicki de ses maigres hypothèses concernant Katherine et Anthony Winter.

« La première relation sérieuse que j'ai eue, raconta ensuite Vicki, c'était avec mon prof de musique. Au lycée. J'avais dix-sept ans, lui quarante ou quarante et un. Marié. Bien sûr. Et pendant – quoi ? – neuf mois, un peu plus, ma vie a tourné uniquement autour de lui. Le voir, penser à lui, penser à le revoir. Et puis, un jour, terminé. Aussi soudainement que ça avait commencé.

J'étais effondrée, en colère ; je m'endormais en pleurant, je me réveillais en pleurant. Je le guettais pendant des heures dehors, devant son bureau, devant chez lui. J'écrivais des lettres à sa femme qui n'ont jamais été envoyées. Dieu sait ce qui serait arrivé aujourd'hui, avec les mails et les SMS instantanés. »

Elle secoua la tête, soupira longuement, but une gorgée de thé.

« Et à l'époque, qu'est-ce qui est arrivé ? » demanda Elder.

Vicki sourit. « Je me dis toujours… J'ai lu une nouvelle, de Hemingway, peut-être ? Oui, Hemingway, je crois. Bref. C'est l'histoire d'un jeune garçon, Nick, il a quatorze ou quinze ans à peine. Et il apprend que la fille dont il est amoureux a été vue avec un autre. Quand il se couche ce soir-là, il est affreusement triste, bouleversé, certain d'avoir le cœur brisé. Mais le lendemain, au réveil, la première chose qu'il entend, c'est le vent dehors, et les vagues – il habite sans doute près d'un lac, ou de la mer –, et il ne pense plus qu'à aller à la pêche. Il met longtemps à se rappeler qu'il a le cœur brisé.

– C'est ce qui s'est passé ? Pour toi ?

– Pas en une nuit, pas exactement. Mais il ne s'agit pas de ça.

– Il s'agit de quoi, alors ?

– Du fait qu'il *croit* avoir le cœur brisé, parce que c'est ainsi qu'il a appris à penser.

– Comment il l'a appris ?

– Par ce dont tu parlais tout à l'heure. En partie, du moins. Par des chansons. Des trucs qu'il a entendus à la radio. Des films. La télé. Des choses qu'il a vues. Comprends-moi bien… Il est bouleversé, anéanti, tout le monde le serait à sa place. Mais, en fait, il n'a pas vraiment le cœur brisé.

– Et c'est pareil pour Kate, à ton avis ? Elle dramatise ?

– Je ne veux pas dire que ce qu'elle ressent n'est pas réel, bien sûr que non. Elle était blessée, en colère, et elle avait toutes les raisons de l'être. Je dis juste qu'avec le temps, ce ne sera peut-être pas aussi grave qu'elle le croyait. En d'autres termes, elle s'en remettra. Et peut-être » – prenant la main d'Elder – « peut-être qu'en te focalisant sur le sujet, en y accordant trop d'importance, en posant trop de questions, tu empêches ce processus de guérison.

– Donc, je devrais me la fermer, ne rien dire, me mêler de ce qui me regarde ?

– Pas exactement.

– Quoi, alors ?

– Rester en retrait.

– Et si je ne peux pas arrêter d'y penser ? De m'inquiéter ?

– C'est ton problème. Ne lui en fais pas porter le poids. »

Elder se sentit piqué au vif, avec l'impression d'avoir reçu une gifle ; il se raidit, sa respiration s'accéléra. « Il va falloir que j'y aille », dit-il.

Elle s'approcha derrière lui pendant qu'il rentrait sa chemise dans son pantalon et posa la main sur son épaule. « Le problème, c'est que tu es un homme. Et pas seulement un homme. Pendant la majeure partie de ta vie d'adulte, tu as été policier. Tu éprouves le besoin d'agir, de comprendre, de résoudre les difficultés. Et je crois que c'est quelque chose qu'elle doit régler toute seule. Tu peux aider, bien sûr. Soutenir. Mais à part ça... »

Elle recula, et il se tourna vers elle. « Cette relation dont tu parlais, avec ton prof... Tu n'as pas pensé qu'il t'avait utilisée ?

– Frank, je savais très bien ce que je faisais. Je savais qu'il était marié. On s'est tous les deux servis l'un de l'autre. »

Il repensa par la suite à ce que Vicki avait dit. C'était un raisonnement valide – biaisé, peut-être, mais valide néanmoins –, et il reconnaissait que son comportement pouvait être interprété comme une forme d'ingérence, une manière d'aggraver la situation au lieu de l'alléger. Il comprenait, en s'appuyant sur la raison, le discernement et le bon sens, qu'il ferait mieux de lâcher prise. Laisser le temps faire son œuvre et panser les blessures. Mais Winter était un homme beaucoup plus âgé, nécessairement fort de son expérience et rompu aux subtilités de l'amour, alors que Katherine, à ses yeux, n'était encore qu'une enfant.
Son enfant.
Et ça changeait tout. N'en déplaise à Vicki et à ce putain d'Ernest Hemingway.

# 8

Elles étaient sorties en boîte. Le quartier branché de Shoreditch. Toutes les quatre. L'anniversaire d'Abike. Avant, elles avaient mangé dans un restaurant de hamburgers qui venait d'ouvrir ; de la brioche à la place du pain, on croyait rêver, de la sauce piquante, des frites de patate douce. Ensuite, le pub. Et maintenant elles s'enfilaient des cocktails : Cosmopolitan, Screwdriver, Vodka Martini. Abike, qui ne buvait pas, se contentait de Shirley Temple et de piña colada sans alcool. Le DJ partait dans un trip rétro. Missy Elliott, Jamiroquai, Jack 'N' Chill. « Dégage ! » lança Chrissy à un énième dragueur. « Prends ta bite et tire-toi ! »

Il faisait froid dans les rues à deux heures du matin et l'appli Uber de Stelina ne parvenait pas à la géolocaliser. Bras dessus bras dessous, dansant ou trébuchant, Chrissy et Katherine tenant leurs escarpins à la main, elles regagnèrent High Street et hélèrent un taxi.

De retour à l'appartement, Katherine faillit s'écrouler, mais Stelina l'allécha avec une proposition de thé à la menthe poivrée et de biscuits au chocolat. Chrissy offrit à Abike deux Weetabix arrosés de lait tiède dans lesquels elle avait planté une bougie rose, et annonça qu'elle allait se coucher.

« Désolée, dit-elle en réponse aux protestations de ses compagnes, mais je dois être présentable tôt demain matin devant une assemblée d'étudiants de dernière année. Il me faut ma dose de sommeil. »

Une demi-heure plus tard, quand Katherine entra dans la chambre qu'elle partageait avec Chrissy, deux lits simples à quelques mètres l'un de l'autre, celle-ci entrouvrit les yeux.

« Je ne sais pas comment tu arrives à faire ça, dit Katherine.
— À faire quoi ?
— Devant tous ces gens. À poil.
— D'abord, on ne pose pas "à poil", on pose "nue". Il y a une différence. Et puis, c'est comme le sexe. Pour la plupart des gens. Après les premières fois, tu ne stresses plus. »

Sur ce, elle se tourna de l'autre côté et se rendormit.

« Qu'est-ce que tu voulais dire ? demanda Katherine. Hier soir ? »

Elles étaient dans la cuisine, matinales toutes les deux, tandis qu'Abike et Stelina demeuraient absentes au monde. Chrissy versa plusieurs mesures de café dans le filtre de la cafetière.

« J'ai sûrement dit un tas de choses.
— Non, dans la chambre... Sur le fait de poser.
— De poser ?
— Pas à poil, mais nue.
— J'ai dit ça ?
— Oui. »

Chrissy rit. « J'ai dû le lire quelque part. Dans un magazine.
— Mais c'est vrai ?
— Oui, je crois. Enfin, plus ou moins.
— Tu peux expliquer ? »

Chrissy posa la cafetière sur la gazinière après avoir vissé la partie supérieure.

« À poil, c'est banal, le truc de tous les jours. Dans la salle de bains, sous la douche. Ou bien, quand tu es avec quelqu'un, tu vois ? Mais poser nue... je ne sais pas, il y a un côté professionnel. C'est organisé. Surtout quand on pose pour un groupe. Pour une seule personne, j'imagine que ce serait différent, mais devant une classe, tu es le modèle, et eux, ce sont des artistes. Enfin, ils essaient de l'être, ils sont là pour ça. Ils dessinent, ils peignent, peu importe... Ce n'est pas vraiment sur toi qu'ils se concentrent, même pas du tout, tu pourrais aussi bien être un bouquet de fleurs ou un vieux vase... Ils se concentrent sur l'exercice, ils veulent réussir leur dessin. Ils ne te voient même pas, la plupart du temps. Juste des bouts de toi. Un genou ou un bras...

– Un sein ?

– Oui, mais pas... » Elle s'interrompit pour éteindre le gaz. « À leurs yeux, ce n'est pas... S'ils te mataient comme une fille à poil, tu t'en rendrais compte, crois-moi.

– Ça n'arrive jamais ?

– Quasiment jamais.

– Et quand ça arrive ?

– Tu leur balances un regard noir, comme à quelqu'un qui te drague dans une boîte, ils pigent le message. Une fois, il y avait un type... J'ai parlé à la prof – il se trouve que c'était une femme. La semaine suivante, elle l'avait fait asseoir tout au fond, hors de mon angle de vue, problème réglé. »

Elle attrapa la cafetière sur le gaz, pendant que Katherine sortait le lait du frigo.

« Je te l'ai déjà dit, si tu es intéressée, ils recherchent toujours des modèles pour ce cours de dessin du mercredi. Des *bons*. Toi, tu serais parfaite, vu comment tu es gaulée, avec tes formes et tout. Un sujet très intéressant…

– Oh, ta gueule ! dit Katherine en riant.

– Alors, c'est non ?

– Oui, c'est non.

– Le loyer va tomber encore à la fin du mois. Tu ne peux pas compter éternellement sur ta mère.

– Je me débrouillerai.

– Comme tu veux. »

Elles emportèrent leurs mugs de café dans le salon. Katherine regarda ses mails, surfa sur Facebook, sur Tumblr. Chrissy fixait tour à tour ses orteils et la fenêtre.

« Tu gagnes combien de l'heure, déjà ? » demanda Katherine.

# 9

C'était un vieux bâtiment, avec une façade impressionnante, des colonnes et une porte en plein cintre ; bien plus impressionnant que la rue tout autour : une supérette à chaque extrémité, un café ouvrier, un bookmaker, un pressing, une quincaillerie à l'ancienne qui faisait aussi serrurerie et cordonnerie. À l'intérieur, la peinture s'écaillait sur les murs de l'entrée ; le carrelage était fissuré ou ébréché par endroits. L'ascenseur tremblait en emmenant Katherine jusqu'au dernier étage.

« Ça va être fastoche, avait dit Chrissy. Un cours pour des papis et mamies, idéal pour une première fois... Et le prof est une perle. »

La perle l'accueillit à la porte : pantalon en cuir, pull irlandais, crinière de cheveux blancs.

« Katherine, c'est ça ? Je suis ravi de vous rencontrer. Chrissy a raison, vous êtes très belle. »

Gay, pensa aussitôt Katherine.

Elle le suivit le long d'un couloir et pénétra dans une vaste salle avec des fenêtres sur deux côtés, une douzaine de tables installées en demi-cercle autour d'une estrade sur laquelle elle allait sans doute poser. Quelques-uns des participants étaient déjà arrivés ; deux femmes aux cheveux gris échangeaient des paroles aimables, un homme de haute taille, voûté, enlevait son manteau et le drapait soigneusement sur le dossier de sa chaise.

« Le vestiaire est là-bas, dit le professeur en indiquant un autre couloir. Revenez dès que vous serez prête. Nous essayons en général de commencer à l'heure. »

Katherine entra dans la petite pièce et ferma la porte. Il y avait un évier avec une fine serviette sur un crochet, des toilettes derrière une cloison. Une table, une chaise, un vieux plancher, un miroir au mur. Elle était pâle, le visage comme lessivé de toute couleur. Des voix plus nombreuses s'élevèrent dans la salle, à mesure que les autres participants arrivaient.

Elle pouvait repartir, dire qu'elle s'était trompée, il était encore temps.

Un peignoir et quelque chose aux pieds, avait dit Chrissy, c'est tout ce qu'il te faut. Katherine avait apporté un déshabillé en soie orné d'un motif plumes de paon qu'elle tenait de sa mère ; des tennis roses éraflées. Elle passa aux toilettes – tu ne peux pas te lever toutes les cinq minutes pour faire pipi –, ôta ses vêtements, en suspendit certains aux patères derrière la porte et plia les autres sur la chaise.

Après un dernier coup d'œil dans le miroir – elle avait une tête épouvantable, une vraie mine de papier mâché –, elle sortit et referma la porte.

« Katherine... », dit le professeur, en haussant la voix pour attirer l'attention de ses élèves. « Je vous présente Katherine, qui va poser pour nous aujourd'hui. »

Il y eut des mots de salutation, quelques « Bonjour ». Serrant son peignoir sur sa poitrine, Katherine suivit le professeur entre les tables, jusqu'à l'estrade où était maintenant installé un tabouret.

« On commence par s'échauffer le regard, si je puis dire, avec deux ou trois esquisses rapides. Ensuite on passe à un exercice qui requiert davantage de concentration, en travaillant le détail, pendant environ quarante minutes – sans bouger pour vous, bien sûr –, après quoi on fait tous une pause. Quand on est bien reposés, on reprend avec une séance de pose plus longue, debout. Ça vous paraît jouable ? »

Il sourit, attendant que Katherine acquiesce.

« Super. Alors, en position assise d'abord. Le dos droit, légèrement de biais, afin que le corps offre un angle intéressant. »

Reculant de quelques pas, il sourit à nouveau pour l'encourager.

« Dès que vous serez prête. »

Katherine raconterait plus tard à ses amies que ce moment lui avait paru durer une éternité, mais en fait, il s'écoula à peine quelques secondes. La vision, brouillée, de visages tournés vers elle… Elle se débarrassa de ses chaussures, laissa le peignoir glisser sur ses épaules et tomber par terre.

Après la première fois, ce fut facile. Enfin, non, mais plus facile. À part les rares occasions où une remarque lui était directement adressée, Katherine ne parlait à personne ; comme érigeant une sorte de bouclier, invisible, entre les élèves et elle. Elle apprit à compartimenter. C'était indispensable. Restant dans ses pensées, se projetant en arrière ou en avant sur la ligne du temps, retrouvant le nom de la fille qui avait été méchante avec elle pendant sa première année à l'école primaire ou dressant la liste de ce qu'elle achèterait chez Tesco en rentrant. Des pensées interrompues par un tiraillement dans la hanche ou la cuisse que lui causait la position ; l'envie de gratter sa joue gauche qui la démangeait ; le besoin de faire pipi, même si elle suivait toujours le conseil de Chrissy. Lorsqu'elle jetait un coup d'œil aux tables en passant, presque par accident, c'était comme si ces jolies courbes à l'encre ou au fusain, ces bras, ces jambes, appartenaient au corps de quelqu'un d'autre, pas au sien.

Au bout d'un mois à peine, le professeur lui offrit de poser pour un autre cours qu'il donnait à Chelsea. Des débutants, une séance plus longue, mais un tarif horaire plus intéressant aussi.

Katherine accepta.

À ce rythme-là, elle pourrait bientôt arrêter de travailler dans des bars. Profiter de ses soirées et se coucher tôt. Passer davantage de temps à la salle de sport. Réfléchir sérieusement à qu'elle voulait faire de sa vie. Suivre l'exemple de Stelina et reprendre des études, peut-être. Quelque chose qui serait plus utile, cette fois.

Chrissy la réveilla à sept heures en s'asseyant sur son lit avec l'air de souffrir, le visage pâle et bouffi, serrant une bouillotte contre son ventre.

« Quoi ? Qu'est-ce qu'il y a ?
— Il faut que tu me remplaces. À l'école d'art... J'ai mes règles.
— Et alors ? Tu n'as qu'à...
— Je me sens atrocement mal. J'ai le bide en compote et je ne peux pas imaginer de rester quatre heures et demie couchée sur le côté, avec les seins comme des ballons de basket, en ayant peur qu'on voie le fil de mon tampon.
— Dans ce cas, annule.
— Impossible. C'est trop tard. En plus... » La suite se perdit dans un gémissement douloureux. « Kate, s'il te plaît. Juste aujourd'hui. Je ne te le redemanderai pas, je te promets. »

Katherine prit soin d'arriver largement en avance. Chrissy avait envoyé un message pour expliquer, s'excuser, et présenter sa remplaçante à la prof. Celle-ci avait à peu près l'âge de sa mère, pensa Katherine en la voyant rouler consciencieusement une cigarette, assise en tailleur sur le muret devant la salle. Des cheveux noirs ultracourts, un chemisier blanc sous une salopette tachée de peinture.

« Vida, dit-elle en tendant la main. C'est un prénom ridicule. Appelez-moi Vi. »

Elle avait le bout des doigts calleux, la paume tiède et douce.

« Pose classique ce matin. De dos. Vous êtes étendue sur un drap de velours pourpre, croupe offerte, taille creusée. Genre *Vénus à son miroir.* » D'une main, elle releva les cheveux de Katherine. « Et on va attacher ça pour bien exposer ce joli cou. »

Était-ce plus étrange, de sentir vingt paires d'yeux dans son dos plutôt que de leur faire face ? pensa Katherine en se félicitant d'être encore assez en forme ; avec des fesses qui ne pendaient pas, des cuisses fermes et musclées, et des triceps nettement dessinés grâce à la course.

« Ça a été ? interrogea Vida durant la pause-déjeuner.
– Oui, bien. Merci.
– On a un visiteur cet après-midi. Anthony Winter. Vous avez entendu parler de lui ? »

Katherine hocha la tête. « Oui, je crois. » Elle ne dit pas qu'il avait failli la renverser un jour, en fonçant sur elle sans regarder.

« Ça ne changera rien pour vous. Les étudiants seront peut-être plus agités… Ils vont stresser. Ah, et puis on fera le miroir.
– Le miroir ? »

Vida sortit une carte postale de la poche de sa salopette.

« La déesse elle-même. »

La femme du tableau était allongée dans la même position que Katherine, mais il y avait aussi une sorte de chérubin ailé qui tenait un miroir devant elle dans lequel se reflétait son visage. « Ça, c'est l'exercice pour cet après-midi, un miroir encadrant une image. Mais juste posé contre le mur. Pas de chérubin. »

Se sentait-elle plus tendue, sachant que Winter était là ? Absolument pas. Pourquoi sa présence l'aurait-elle affectée ? Que lui importait Winter ? Pourtant, malgré elle, elle avait conscience de ses mouvements dans la pièce tandis qu'il passait d'un étudiant à l'autre, s'arrêtant pour regarder le travail de chacun, pontifiant, cajolant, riant parfois, de son rire à l'inflexion rauque, presque un grognement. Sa voix, sonore et grave ; celle d'un homme qui a l'habitude qu'on l'écoute et lui prête attention.

Fixant son propre visage dans le miroir, comme on le lui demandait, elle ne pouvait pas se réfugier dans son monde intérieur autant qu'elle le faisait d'ordinaire ; le temps lui parut s'écouler plus lentement et elle éprouva une fatigue grandissante à maintenir la position, une douleur sourde dans le bras sur lequel elle s'appuyait.

Enfin, elle entendit Vida remercier Winter, de la part de ses étudiants, pour leur avoir accordé tout ce temps et prodigué ses encouragements ainsi que ses conseils.

« Il n'y a pas de quoi, vraiment. C'est un plaisir. Un plaisir. »

Et elle pensa qu'il était parti. D'un coup d'œil dans le miroir, elle le découvrit alors, debout, parfaitement immobile, cherchant son regard.

# 10

« Il vous a demandée.
– Quoi ?
– Winter… Il veut que vous posiez pour lui.
– Hein ? Sûrement pas.
– Et pourquoi pas ? »

Elles étaient assises sur un muret surplombant le canal ; Katherine mangeait une glace au caramel de chez Ruby Violet, Vida fumait une roulée à l'aspect particulièrement malsain. Pause-déjeuner, le lendemain. Chrissy toujours indisposée.

« Je ne sais pas, dit Katherine. C'est différent. Avec une seule personne, j'aurais l'impression… je ne me sentirais pas à l'aise.

– Mais vous comprenez de quoi il s'agit ? Anthony Winter. Il ne propose pas à n'importe qui. Je connais des filles qui se damneraient pour être son modèle. D'accord, il ne vaut pas un Damien Hirst… Mais c'est un artiste qui monte. Il est déjà très bien coté. Quelques-uns de ses tableaux se sont récemment vendus pour une centaine de milliers de livres. »

Katherine réprima un juron lorsqu'un morceau de glace se détacha du cornet et tomba sur son jean.

« Je suis contente de poser de temps en temps, pour dépanner. » Elle sourit. « Mais je ne considère pas exactement ça comme un métier.

– C'est quoi, votre métier ?

– À dire vrai, je n'ai pas encore choisi. Je croyais savoir ce que je voulais, mais maintenant…

– Vous êtes allée à la fac ?

– Oui. À Sheffield. Management du sport. » Un petit rire. « Ça me paraissait intéressant, à l'époque.

– Et vous avez une idée de ce que vous aimeriez vraiment faire ?

– Non. Pour l'instant, non. »

Vida jeta un coup d'œil à sa montre. « Il faut qu'on y retourne. »

Katherine essuya son pantalon avec une serviette en papier qu'elle jeta en chemin et lécha ses doigts poisseux avant de franchir la porte.

« Donc, qu'est-ce que je dois répondre à Winter quand il m'appellera ?

– Dites-lui non. Je suis désolée, mais non. Je ne veux pas. »

Une semaine plus tard, après avoir passé une heure à chercher vainement une bonne affaire dans un labyrinthe de vêtements chez TK Maxx, Katherine traversa la rue et se retrouva au rayon art de la librairie Foyles, niveau rue, où elle dut se pencher vers l'étagère du bas pour attraper l'ouvrage qui l'intéressait parmi les monographies rangées dans l'ordre alphabétique. *Anthony Winter : Tableaux 2004-2016*, publié en même temps que l'exposition à la Serpentine Gallery.

Le premier groupe de tableaux réunissait des scènes de rues nocturnes, alignements de maisons anonymes, sombres et lugubres, avec toujours une seule lumière – un lampadaire, la fenêtre d'une chambre. Puis, quand on regardait plus longtemps, plus attentivement, quelque chose d'autre apparaissait, qui était jusque-là resté invisible : la silhouette d'un animal rôdant au pied du mur, un chat, peut-être, ou un renard ; quelqu'un dans l'ombre épaisse derrière un rideau, à une fenêtre du rez-de-chaussée ; l'étreinte furtive d'un couple au coin d'une rue.

Venaient ensuite, moins nombreux, des paysages de champs désolés, certains enneigés. Des arbres squelettiques transperçant le bleu intense de l'horizon. Une voiture sur un chemin qui semblait arrêtée au milieu de nulle part ; le crépuscule, un ciel bas, les feux arrière du véhicule, rouge vif, les contours de deux personnes vaguement distinguées à travers la lunette.

À partir de là, les extérieurs cédaient la place à des vues d'intérieurs ; des gens non plus dans l'ombre mais capturés dans de sauvages gros plans ; exposés aux regards. Une peinture épaisse, plus extrême. Le visage d'un homme, la bouche largement ouverte dans un cri silencieux, d'une pâleur exsangue et les yeux assombris ; un enfant en haillons plaqué contre un mur de brique, pleurant, dévasté par les larmes ; une vieille femme aux épaules voûtées, tendant une main ridée vers l'observateur – l'artiste –, comme suppliant d'être libérée.

Par contraste, le premier nu était doux, nimbé d'une délicate lumière ; un modèle jeune, pensa Katherine, quatorze ou quinze ans, des seins à peine naissants, les yeux fermés comme si elle dormait. Puis plusieurs tableaux montrant des parties du corps en plan rapproché : des seins pendants, striés de veines mauves ; un pénis en semi-érection au-dessus d'une masse de poils. Pas de visage. Aucune trace de pitié.

Le livre s'ouvrait sur une double page : de chaque côté, une jeune femme nue, d'une beauté saisissante, cheveux sombres à hauteur des épaules, bouche soulignée au rouge à lèvres, debout devant un miroir ; pose identique sur les deux pages, mais à gauche ses mains retombaient le long du corps, détendues, tandis qu'à droite elle tenait un objet dans lequel Katherine reconnaissait, pour avoir voué une passion aux chevaux durant ses jeunes années, une cravache à longue tige terminée par une claquette en cuir.

Sur le premier tableau, le dos nu du modèle, reflété dans le miroir, était lisse ; sur le deuxième, ses épaules apparaissaient zébrées de lignes rouges qui entaillaient sa peau jusqu'au sang.

Katherine referma vivement le livre.

Une image dans son esprit, la ramenant en arrière : Adam Keach, l'odeur infâme du poisson pourri, le cri des mouettes, les mains qu'il posait sur elle.

Elle se sentit étouffer, en proie à un vertige.

Dehors, sur le trottoir, elle s'appuya à la vitrine et attendit que son étourdissement se dissipe. Lorsqu'elle eut retrouvé une vision claire des voitures et des passants, elle se dirigea à pas lents mais résolus vers le métro.

Cette nuit-là, et les suivantes, les rêves revinrent. Ceux qui la hantaient depuis l'âge de seize ans. Elle se rendit chez le médecin, qui lui prescrivit des cachets pour dormir. S'en procura davantage par elle-même. Contacta son ancien thérapeute et prit un rendez-vous, qu'elle annula au dernier moment. Une semaine plus tard, elle accepta une autre séance de pose, cette fois à l'étage d'un vieux pub victorien à Walthamstow. Presque assez pour couvrir sa part du loyer, mais pas tout à fait. Elle n'appela pas sa mère avant d'avoir largement dépassé l'échéance. Joanne soupira, l'avertit que ce serait la dernière fois, et vira l'argent sur son compte. Un peu plus, pour que tu puisses t'offrir quelque chose.

Katherine s'acheta une robe en velours noir chez Zara et la mit pour aller avec Chrissy à la fête de Vida et Justine, qui célébraient le cinquième anniversaire de leur union civile.

La soirée se tenait dans un club privé de Soho. Un DJ au rez-de-chaussée, des musiciens live à l'étage, une guitare et une basse simplement ; un monde fou, des couples assis sur l'escalier. Katherine se retrouva coincée avec deux homos guillerets qui essayaient de se remémorer les noms de tous les personnages du *Manège enchanté*. Florence ? Dylan ?

Elle réussit enfin à se faufiler entre eux et à réintégrer le vingt-et-unième siècle.

Chrissy avait disparu.

Un verre de vin à la main, prudemment, elle descendit l'escalier et sortit dans la rue.

Il était tard, plus tard qu'elle ne le pensait. Quelques passants, des voitures, l'éblouissement des phares.

« Vous savez ce qu'on recommande pour les soirées ? »

Elle reconnut sa voix avant de tourner la tête. Costume déstructuré, chemise bleue, chaussures marron.

« Non. Qu'est-ce qu'on recommande ?
— Arriver tard, partir tôt.
— Et ne pas y aller du tout ?
— C'est une autre option. Le refus des convenances. » Winter prit un paquet de cigarettes dans sa poche ; lui en offrit une, et, lorsqu'elle refusa, en alluma une et s'adossa au mur.

Katherine but une gorgée de vin.

« Vous refusez de poser pour moi, a dit Vi.
— Exact.
— Une raison particulière ? »

Katherine haussa les épaules.

« Vous n'aimez pas mon travail, peut-être ?
— Je ne connais pas votre travail.
— Vous ne m'aimez pas, moi, alors ?
— Je ne vous connais pas non plus.
— Dommage. »

Le restaurant de l'autre côté de la rue jetait des lueurs rouges et vertes sur son visage, atténuant le bleu de ses yeux.

« Vous êtes payée combien pour une séance, à l'école d'art ?
— Dix livres de l'heure.
— Je vous en donnerai douze. Quinze. Avec le déjeuner offert. »

Katherine secoua la tête. Un couple sortit du club, ivre, hilare, et manqua de faire tomber son verre en la bousculant.

« Pourquoi ? demanda-t-elle. Pourquoi est-ce si important ?
— C'est important ?
— Pour vous, on dirait. »

D'une chiquenaude, Winter lança sa cigarette sur la chaussée. « Tenez, dit-il en sortant une carte de visite de sa poche. L'adresse de mon atelier. Passez quand vous voulez, pour voir comment ça se présente. Si vous n'êtes toujours pas tentée, alors, comme disent les Français, *tant pis*[1]. »

Il la laissa avec la carte dans la main.

---

1. En français dans le texte.

# 11

Trevor Cordon habitait à Newlyn dans une ancienne voilerie, avec un épagneul, une bibliothèque renfermant surtout des romans du XIX$^e$ siècle – il avait entrepris de relire les six tomes des *Barsetshire Chronicles* pour la troisième fois –, et plusieurs piles branlantes de cassettes et de CD glanés dans des boutiques de charité des environs, à Penzance, Redruth, et plus loin encore. Cordon et l'épagneul se faisaient vieux tous les deux, comme en témoignaient leurs genoux qui commençaient à craquer.

Inspecteur dans la police du Devon et des Cornouailles, jamais promu à cause de son intransigeance, alliée à un manque d'ambition, Cordon était satisfait de son travail quotidien, corsant de temps à autre la cuvée locale par des excursions en compagnie de la brigade affectée aux Incidents majeurs – où il avait rencontré Frank Elder, ce dernier ayant été sollicité, en tant que civil, pour prêter main-forte dans la conduite de quelques enquêtes importantes. Tout récemment, un double meurtre, mère et fille, qu'on avait d'abord crues victimes d'un incendie ; la maison qu'elles habitaient, sur un terrain isolé au cœur de la péninsule, avait pris feu, une douzaine d'extincteurs n'avaient pas suffi pour lutter contre le brasier ; plus tard, l'autopsie des corps carbonisés révéla la véritable cause du décès, asphyxie par étouffement et compression violente du thorax, et non pas, ainsi qu'on l'avait présumé, par inhalation de fumée.

Elder et les enquêteurs remontèrent la piste tortueuse de plusieurs témoins potentiels, découvrant un arbre généalogique complexe. Qui avait le plus à gagner, le moins à perdre ? Quelles vexations, quelles jalousies, s'étaient envenimées au fil des années ? Un roman de Daphné Du Maurier, répétait Cordon.

La fille approchait de la soixantaine, deux divorces, deux remariages, cinq enfants, dont trois qui résidaient dans un rayon de cent cinquante kilomètres aux alentours ; sa mère, quatre-vingts ans passés, avait été une petite célébrité en son temps, poète et peintre, muse et maîtresse de l'un des derniers artistes de la colonie installée à Lamorna.

L'art, ça se propage partout, avait dit Elder comme s'il parlait d'une infection.

On finit par attraper les coupables : deux jeunes drogués de seize ans, séduits par la rumeur selon laquelle les deux femmes conservaient des liasses de billets à la maison, un butin facile, qui avaient ensuite donné libre cours à leur déception et à leur colère avant de mettre le feu pour tenter de couvrir leur crime. L'un d'eux essaya de vendre une montre chez un prêteur sur gages de Camborne, et celui-ci, après avoir consulté sa liste des vols répertoriés, alerta la police.

Du temps et de l'argent dépensés inutilement, sans compter les efforts de Cordon et d'Elder. C'était ainsi, parfois. Un gâchis, en apparence, alors que les budgets ne cessaient de s'amenuiser. On gérait du mieux possible.

« Le boulot vous manque, hein ? » dit Cordon. Ils étaient assis au Star Inn, qui allait bientôt fermer. « Vous regrettez d'avoir claqué la porte, je parie.

— Foutre, non ! Une petite dose me suffit, merci. Et encore, c'est parce que j'ai besoin d'argent. »

Cordon s'esclaffa. « Ben voyons. »

Dehors, une étroite bande de trottoir qui filait vers le port, l'air froid. Le ciel étoilé.

« Un dernier verre ?

— Vaut mieux pas.

— Taxi, c'est ça ? »

Elder rit. « Ça fait une trotte, sinon. Et pas question de prendre le volant. Je n'ai pas envie qu'un de vos gars m'oblige à souffler dans le ballon et à me tenir sur une jambe.

— J'ai une bouteille de Bushmills pas encore ouverte. Venez… Vous appellerez un taxi de chez moi. »

Une douce chaleur régnait dans l'ancienne voilerie, qui sentait un peu le chien. Cordon versa deux bonnes rasades de whisky irlandais dans des verres appropriés ; coupa du pain et de généreuses tranches de fromage.

Il y avait une photo aimantée à la porte du frigo, manifestement pas des plus récentes. Cordon et un jeune garçon de quatorze ou quinze ans, côte à côte, sur un petit bateau en pleine mer, le vent dans les cheveux du garçon, les reflets du soleil à la surface de l'eau. Impossible de ne pas remarquer le sourire de Cordon, le plaisir sur son visage.

« Votre gars ? dit Elder. Vous le voyez ?

— Pas depuis qu'il est venu il y a quelques années. Quand je dis quelques années… Ça doit faire cinq ans maintenant, peut-être six. On se parle de temps à autre. À Noël ou le jour de l'an. Aux anniversaires. » Cordon eut un geste fataliste. « Vous savez comment c'est.

– Vous n'êtes pas allé le voir ?

– En Australie ? Vous voulez rire ? Les îles Scilly, c'est déjà trop loin pour moi. » Un sourire lui plissa les joues. « Au début quand il s'est installé, il disait "c'est super ici, tu adorerais, tu devrais venir", et je répondais "oui, oui, bien sûr, mais pas maintenant". On savait tous les deux que ça ne se ferait jamais. » Il attrapa son verre. « Sa mère y est allée une fois, je crois.

– Mais il vous manque ?

– De temps en temps. Et vous ? Votre petite ? Katherine, c'est ça ? »

Elder haussa les épaules. « Elle est à Londres. Pas en Australie.

– Vous la voyez souvent, alors ?

– Pas vraiment.

– Il arrive un moment… Ils ont leur vie.

– Elle est passée il n'y a pas longtemps.

– J'aurais bien aimé la rencontrer.

– Deux jours seulement.

– La prochaine fois, peut-être. »

Il remplit à nouveau le verre d'Elder, puis le sien. L'heure était venue de parler de choses sans importance. Le championnat d'Angleterre de rugby. Les derniers matchs des Cornish Pirates. Une vingtaine de minutes plus tard, Elder reçut une alerte SMS. Le taxi l'attendait au bout de la rue.

De retour de son jogging matinal, après avoir pris une douche et posé la cafetière sur le feu, Elder alluma l'ordinateur. Trois mails, dont un de Vicki.

*Si tu ne l'as pas déjà vu, il y a quelque chose sur Anthony Winter aux nouvelles.*

Un lien vers le site de la BBC News. *L'artiste britannique Anthony Winter menacé d'une action en justice pour rupture de contrat.*

En substance, Winter avait apparemment résilié un accord de longue date avec une galerie et choisi un autre établissement pour héberger son exposition. Rebecca Johnson, conseillère artistique, déclarait : *Anthony souhaite seulement montrer son travail dans un environnement bienveillant et le plus approprié possible. Je suis certaine que ces conflits entre galeristes trouveront une issue qui satisfera les intérêts de chacun.* Suivaient des extraits d'entretiens avec les parties en présence : Rupert Morland-Davis et Tom Hecklington, respectivement propriétaires des galeries Abernathy Fine Art, dans le quartier de Mayfair, et Hecklington and Wearing, à Shoreditch. Aucun commentaire d'Anthony Winter.

Elder tapa *galerie Hecklington and Wearing* dans la barre de recherche.

La galerie avait le plaisir d'annoncer une grande exposition du célèbre artiste britannique, *Anthony Winter : Œuvres nouvelles et récentes*, dont l'ouverture aurait lieu dans trois semaines.

Malgré l'action en justice, présuma Elder.

# 12

L'atelier de Winter était une ancienne fabrique de piano à Kentish Town. Un bâtiment long et étroit, entre un magasin de bricolage et un nouvel immeuble d'aménagement mixte avec bureaux et logements résidentiels. Pas de pancarte, aucune plaque au-dessus de la porte. Juste une sonnette ronde qui semblait en panne.

Katherine recula d'un pas. Les fenêtres du dernier étage étaient noires. Impossible de contourner le bâtiment, le passage était barré d'un côté par un mur de brique surmonté d'un méchant fil de fer barbelé, de l'autre par un haut grillage métallique. Il n'y avait plus qu'à frapper de grands coups sur la porte et à crier.

Au bout de quelques minutes, n'ayant réussi qu'à s'érailler la voix, Katherine battit rageusement du pied et se détourna. Comme s'il avait attendu ce moment, Winter ouvrit la porte.

« Qu'est-ce que c'est que ce raffut ? Vous faites un bruit à réveiller un mort.

— La sonnette ne marche pas.

— Évidemment qu'elle ne marche pas.

— Alors, comment voulez-vous que les gens vous fassent savoir qu'ils sont là ?

— Je ne veux pas.

– OK. Dans ce cas, ne les invitez pas. »

Elle repartait déjà vers la rue en longeant le nouvel immeuble quand il lança :

« Katherine, attendez. »

Si elle avait continué à marcher, peut-être que cela se serait passé différemment. Mais elle s'arrêta, hésita, et revint sur ses pas.

« J'étais occupé, je travaille. Si je suis distrait… » Winter fit un geste évasif de la main. « Maintenant que vous êtes là, entrez. »

Il retourna à l'intérieur, certain qu'elle suivrait.

La pièce, dont une extrémité avait été cloisonnée, occupait toute la longueur du bâtiment. Un escalier incurvé conduisait à une mezzanine avançant sur un tiers de l'espace. La lumière pénétrait par de larges fenêtres cintrées, au ras d'un plancher de bois brut patiné par les ans et taché de peinture. Des toiles, présentées de dos, étaient appuyées contre les murs par groupes de deux ou trois. Des pots de peinture de tailles diverses avaient été entassés sur un meuble à plans en métal, d'autres abandonnés çà et là sur le sol.

Devant la fenêtre centrale, un grand chevalet était tourné vers un lit devant lequel, sur un haut tabouret revêtu d'un tissu en velours, était posé un vase rempli de pavots violets, blancs et rouges à demi fanés, aux tiges inclinées.

« Donnez-moi une minute… Promenez-vous. Rendez-vous utile. Il y a du café. Là-bas au fond. Noir, pour moi. »

L'espace derrière la cloison comprenait, d'un côté, une douche et des toilettes, de l'autre, une petite cuisine très encombrée. Un grille-pain était installé en équilibre sur une pile de livres ; le fil de la bouilloire électrique pendait jusqu'à terre. Un reste de lasagnes avait séché dans un plat ovale sur la cuisinière.

Katherine trouva un pot de café moulu dans le placard au-dessus de l'évier ; et dans l'évier, une cafetière – Chrissy ne jurait que par ce modèle-là – qu'il fallait laver. Le lait était rangé dans un mini frigo où trônait une radio de la marque Roberts, sur le plan de travail.

Des articles découpés dans des journaux et des cartes postales montrant des reproductions de tableaux avaient été punaisés sur le mur.

Katherine crut reconnaître un Picasso – le corps d'une femme éclaté en horribles morceaux, maladroitement rapiécés. Elle ignorait les noms des autres artistes. Un portrait d'un homme reflété dans le miroir d'une salle de bains, tête rasée, peau marbrée, trous noirs à la place des yeux. Un homme nu sur un canapé marron, jambes ouvertes, parties génitales visibles, tenant un petit rat noir dans la main droite. Parmi les coupures de presse, il y avait des critiques des œuvres d'autres artistes, des recettes, des faits divers insolites – trois personnes trouvent la mort en tombant d'une falaise au même endroit le même jour ; des familles fuient leurs maisons prises d'assaut par des fourmis volantes.

Une fois le café prêt, Katherine remplit deux mugs et ajouta du lait dans le sien.

Puis hésita, ne sachant trop que faire.

Un cri soudain jaillit de l'autre côté de la cloison. « Merde ! Putain de merde ! » Et le bruit d'un objet jeté au sol.

Quand elle revint dans l'atelier, Winter s'était écarté du chevalet et essuyait le bout d'un pinceau sur un chiffon déchiré. « Putain, t'as presque fini et y a un pétale qui tombe ! »

Ils s'assirent par terre sur la mezzanine. Un lit et deux fauteuils en toile de part et d'autre d'une petite table pliante. Winter appuya sur une télécommande et des enceintes placées en hauteur diffusèrent de la musique, du classique, une sorte de quatuor à cordes, pensa Katherine, le genre de choses qu'Abike allait écouter en cachette, le dimanche matin, à Wigmore Hall.

« Parlez-moi de vous, dit Winter.
— Il n'y a rien à raconter.
— J'ai du mal à le croire. »

Katherine haussa les épaules et détourna les yeux, évitant son regard.

« Vous êtes d'où ? Enfin, au départ.
— De Londres... On a déménagé à Nottingham quand je suis entrée en sixième.
— On ?
— Mes parents. Ma mère y habite toujours. Mon père vit dans les Cornouailles.
— Et vous, vous êtes...
— En phase d'attente, comme dit Stelina.
— Qui est Stelina ?
— Une de mes colocataires.
— Elle fait quoi ? Contrôleuse aérienne ?
— Non, elle travaille pour l'hôpital public.
— Lequel est en chute libre, sans parachute. »

Katherine ne savait pas si elle devait rire. C'était inconfortable, dérangeant, d'être assise là, en train de parler à quelqu'un qu'elle connaissait à peine. Quelqu'un qui avait l'âge de son père ou plus ; sans doute sur la voie de la célébrité. Elle se retrouvait comme à seize ans. Ce qui n'était pas agréable du tout.

« Donc, pour vous, poser est un à-côté. Pas un métier.
— Je ne crois pas, non.
— D'après Vi, vous êtes un très bon modèle. Et elle a l'œil.

– Je n'ai même pas assez d'expérience pour savoir ce qu'est un bon modèle.

– C'est peut-être mieux. Plus instinctif.

– Ça m'étonnerait. » Elle but une gorgée de café, croisa les jambes au niveau des chevilles. Il l'observait, détaillait le moindre de ses gestes. « D'ailleurs, qu'est-ce qui fait un bon modèle ? À part le physique ? »

Winter se pencha en avant, doigts entrelacés, bras sur les accoudoirs. « Ce qui distingue un bon modèle, un excellent modèle, c'est avant tout le désir de donner à l'artiste ce dont il ou elle a besoin. Et plus ils sont proches l'un de l'autre, plus ils travaillent ensemble... le bon modèle sait ce que c'est sans qu'un seul mot ne soit échangé entre eux.

– Et ça arrive souvent ?

– Très rarement. »

Le portable de Winter sonna. Il regarda l'écran. « Il faut que je réponde. »

En bas, il fit les cent pas. « Rebecca, c'est bon... J'ai compris... Évidemment que j'ai compris. Putain, vous me croyez naïf à ce point ? Oui. Oui, je sais. »

Katherine se leva et alla à la fenêtre. Derrière le magasin de bricolage, la ligne de chemin de fer filait vers l'ouest, Hampstead et Finchley Road. Plus loin, elle voyait le début du Heath, le grand parc autour de la colline de Parliament Hill, de l'herbe et des arbres ; des gens, à peine plus grands que des allumettes, qui couraient, poussaient des landaus, promenaient leurs chiens.

La voix de Winter, plus forte, exaspérée. « Dites à Rupert qu'il n'a qu'à... Oui... Je ne sais pas, débrouillez-vous. Mais que ce soit réglé. »

Par accident ou intentionnellement, il donna un coup de pied dans un pot de peinture en retournant vers l'escalier.

« Désolé. Les affaires, hélas. Je suis censé préparer une expo, dans un an, dix-huit mois. Peut-être avant, je n'en sais rien. Et on m'emmerde avec des négociations à n'en plus finir… »

Il reprit place dans son fauteuil. « Il y a eu un temps, autrefois, quand j'ai commencé, où je n'avais rien d'autre à faire que peindre. C'est tout. Me lever, me mettre devant le chevalet, prendre un pinceau, et peindre. Hockney… Vous avez entendu parler de Hockney ?

– Oui, je crois.

– Quand il était jeune, encore étudiant, il a fabriqué un panneau, une sorte d'affiche, et il l'a collée sur sa commode au pied de son lit, pour que ce soit la première chose qu'il voie en se réveillant. *Lève-toi et travaille immédiatement*. Le veinard. Il a pu faire ça à l'époque, il peut toujours.

– Et vous, non ? »

Winter rit. « Si. Si, bien sûr. Sauf que, vous savez, la vie… la vie vient se foutre au milieu. La vie et l'argent. Avoir une réputation. Ne pas en avoir. Hockney, il a quel âge maintenant ? Quatre-vingts ans ? C'est bon pour lui, il a réussi. Depuis des années. Des dizaines d'années. Il fait ce qu'il aime. Comme il l'a toujours fait. Se teindre les cheveux, fumer comme une putain de cheminée malgré toutes les recommandations ; déclarer son homosexualité avant que ça ne devienne une condition quasiment essentielle. Sauf que maintenant, le truc, c'est d'être bi. Bi, et autre chose. Identité de genre fluide, putain, c'est quoi ça ? LGBT et tout ce bordel. Et quoi qu'il arrive, il est toujours un putain de trésor national. Il pourrait poser à poil avec un pot de chambre sur la tête, debout sur le grand piédestal de Trafalgar Square, et tout le monde l'acclamerait.

– On dirait que vous êtes jaloux.

– Jaloux ? Ce n'est pas le mot. Une forme d'envie, peut-être. Je n'envie pas ses œuvres, quoique je les apprécie, certaines, même un grand nombre d'entre elles, surtout les premières, pas ces conneries de créations sur iPad. Non, quelque part, c'est parce qu'il a gagné le droit de faire ce qu'il aime, de dire ce qu'il aime, sans avoir à se positionner, à anticiper, à courtiser les gens qu'il faut, les bons collectionneurs. »

Muette, Katherine ne savait pas comment réagir à cette furieuse diatribe. Elle récupéra les mugs vides et partit vers l'escalier. « Je pose ça dans la cuisine et…

– Et vous revenez.

– Pardon ?

– Revenez demain. Tôt. On démarrera tôt. Huit heures, vous pouvez être là à huit heures ? Huit heures et demie ?

– Mais je n'ai pas…

– Cette expo, celle dont je parlais au téléphone, ça va être un gros événement. Très important. Et j'ai encore au moins trois toiles à finir avant, voire quatre. Et je n'y arriverai pas tout seul. »

Elle commit l'erreur de le regarder dans les yeux.

« Alors, on dit quoi ? Huit heures pile ?

– D'accord. »

Dehors, elle se sentit vaciller sans comprendre exactement pourquoi.

## 13

Elle pensa à une centaine de raisons de ne pas y aller. Se persuada que ce n'était pas une obligation, ni un besoin ; se réveilla à quatre heures et demie, en tournant en boucle des phrases d'excuse. En réalité, elle avait été forcée d'accepter quelque chose contre son gré, et si, à tête reposée, elle changeait d'avis, il n'y avait rien de mal à ça. Poser nue devant un seul homme, une seule paire d'yeux. Elle en avait des palpitations.

« Kate, tu n'es pas obligée », dit-elle à voix haute.

Elle se le répétait encore en pliant son peignoir pour le fourrer dans son sac, avec des chaussons de danse qu'elle avait empruntés à Chrissy, et une culotte et un soutien-gorge de rechange. Maquillage, portable, écouteurs. Le métro aérien de Dalston Kingsland à Kentish Town West, puis un quart d'heure à pied.

En sortant de la station, elle fit la queue devant le Fields Beneath pour acheter un petit déjeuner sur le pouce, café latte et croissant.

La porte de l'atelier était entrebâillée. Penché à côté du chevalet, Winter mélangeait de la peinture. Le vase et les fleurs avaient disparu, et sur le lit était à présent déployé un grand drap blanc dont les plis retombaient souplement jusqu'à terre.

Sans la regarder, Winter indiqua de son pinceau un paravent en toile de jute dressé non loin. « Vous pouvez vous déshabiller là-derrière. »

Elle ressortit en peignoir et chaussons de danse, et alla se tenir devant le lit, bras serrés autour de la taille pour fermer les pans du vêtement.

« Vous faites quoi ? Un strip-tease ? On n'a pas le temps. »

Katherine ferma les yeux un bref instant, se mordit la lèvre, et laissa glisser le peignoir. Ôta les ballerines.

« Bon, asseyez-vous. Assise, simplement. Au milieu du lit. Oui, très bien. Et penchez-vous en avant, un tout petit peu. Encore un peu. Parfait. La tête légèrement inclinée. Les bras posés… oui, comme ça… posés sur les cuisses. Et maintenant, écartez les jambes. Encore. Encore. Oui, parfait. Mais ne relevez pas la tête. Je ne veux pas voir… je ne veux pas de visage. Juste… Oui, bien. Fixez un point par terre. Et ne bougez plus. Plus du tout. C'est bon ? Vous pouvez rester comme ça ? »

Une demi-heure plus tard, Katherine avait les épaules douloureuses à force de se tenir en appui sur les bras ; elle lutta ensuite contre une furieuse envie de gratter une démangeaison au genou droit ; au bout d'une heure, elle commença à sentir le cadre du lit qui lui sciait l'arrière des cuisses.

Encore combien de temps ?

« OK. Cinq minutes de pause. Étirez-vous, bougez comme vous voudrez. »

Sans plus se soucier d'elle, il sortit fumer une cigarette et marcha de long en large devant la porte, téléphone à l'oreille. Elle aurait aimé s'approcher du tableau pour voir ce qu'il avait peint, de quoi elle avait l'air, mais elle savait que, sans son autorisation expresse, c'était défendu, absolument interdit.

Elle soulagea sa vessie, but un verre d'eau au robinet, fit quelques étirements rudimentaires et reprit la pose dès que Winter revint.

Le déjeuner fut livré par un traiteur vietnamien du quartier : soupe de nouilles et rouleaux de printemps aux crevettes. Après avoir mangé à toute vitesse, Winter ressortit avec son téléphone et ses cigarettes. Attrapant elle aussi son portable, Katherine consulta ses messages. Facebook. Instagram. Chrissy : *Comment ça va ?* Stelina : *Bonne chance !* Une des rares filles de l'entraînement d'athlétisme avec lesquelles elle était restée en contact avait battu son record personnel au 400 mètres, lors d'une épreuve en salle à Sheffield. Sa mère, rien de spécial, juste pour savoir si tout allait bien. Demain, se dit Katherine, si elle y pensait, elle apporterait un livre.

Winter claqua la porte derrière lui. « On y retourne. »

Dans le métro, debout entre des voyageurs de tous âges, des vélos, des poussettes, Katherine essaya de retrouver les paroles d'une chanson, une de ces ballades moroses qu'Abike jouait tard le soir, quand elle ne les condamnait pas à Beethoven ou à un autre du même style : *I ache in the places where I used to play*[1]… C'était quoi après ?

Elle faillit tomber en descendant de la rame à Dalton Kingsland, la jambe gauche ankylosée. Une fois rentrée à l'appartement, elle se fit couler un bain, se servit des sels parfumés de Stelina, emprunta la petite radio portable d'Abike, s'allongea dans l'eau chaude et ferma les yeux.

Les jours suivants se déroulèrent de la même manière.

---

1. Allusion à une chanson de Leonard Cohen : « J'ai mal là où autrefois j'étais léger. »

À l'idée de passer autant de temps seule avec Winter, Katherine avait redouté, entre autres, de devoir soutenir une conversation, mais bientôt, dès que le travail eut sérieusement commencé, elle comprit qu'il n'y aurait pas de conversation du tout. Lorsqu'il ne lui communiquait pas ses instructions, Winter se limitait à demander en marmonnant du bout des lèvres, lorsque la séance avait duré plus longtemps que d'habitude, comment elle se sentait. Il lâchait aussi de violentes imprécations contre lui-même quand son coup de pinceau sur la toile ne correspondait pas à celui qu'il avait en tête.

« Merde, merde, bordel de merde. Tu te prends pour un peintre, non mais je rêve ! T'es pas plus foutu de rendre la couleur de la peau que de déplier tes ailes et de voler comme un putain d'oiseau ! » Il balançait son pied dans un pot de peinture ouvert, lequel répandait une traînée d'orange de cadmium sur le plancher. « C'est bon, faites une pause. Cinq minutes, dix minutes, je m'en fous. »

En l'entendant maugréer, elle avait du mal à ne pas se sentir responsable, bien qu'elle fût incapable de le formuler. Un bon modèle, avait-il expliqué, était un modèle qui donnait à l'artiste ce dont il avait besoin sans qu'on le lui demande. Elle essayait de son mieux, mais ne savait pas du tout comment s'y prendre.

Lorsqu'elle arriva le cinquième jour, le lit avait été tourné face au chevalet, le drap ôté. Winter lui demanda de s'allonger, les pieds par terre, un oreiller sous la tête.

« Mes yeux ? dit Katherine. Ouverts ou fermés ?
— Je ne vois pas vos yeux. »

Au moins, malgré une position dans laquelle elle était particulièrement exposée, elle ne voyait pas ses yeux non plus ; sentait seulement son regard.

Il travailla en silence. Les bruits, légers, du pinceau sur la toile, le raclement du couteau à palette, la respiration de Winter, qui de temps en temps s'accordait à la sienne.

« Il y a quelque chose qui ne va pas », déclara-t-il brusquement, et elle s'aperçut qu'elle était en train de somnoler, sur le point de s'endormir. « Vos chaussures... les espèces de tennis que vous aviez aux pieds... Où sont-elles ? »

Elle s'assit et montra du doigt les vieilles Converse vert pâle qu'elle avait failli jeter plusieurs fois.

« Tenez... » Il les lui lança, l'une après l'autre. « Mettez-les, pour voir. Rallongez-vous. Putain, non, ça ne va toujours pas... Les lacets, enlevez les lacets. Oui, voilà. Écartez les côtés. Écartez. Bien. Très bien. On essaie comme ça. »

Katherine se reversa à nouveau en arrière et ferma les yeux. Dehors, le vent se levait, elle l'entendait tournoyer sur le toit et secouer les fenêtres.

À la fin de la séance, elle rassembla son courage et demanda pour la première fois si elle pouvait regarder ce qu'il avait fait.

« Sûrement pas ! Plus tard, peut-être. Quand j'aurai un peu avancé. Mais ne demandez pas. Moi, je vous dirai. »

« Alors ? » interrogea Chrissy quelques jours plus tard. Stelina était partie à un cours, Abike au cinéma, elles regardaient la télé, assises toutes les deux sur le canapé. « C'est aussi atroce que tu l'imaginais ?

– Je n'imaginais pas que ce serait atroce. Mais que je me sentirais mal à l'aise... Avec un seul regard, tu vois.

– Et tu te sens mal à l'aise ?

– Non, pas vraiment. Enfin, si. Au début. Mais non, plus maintenant. Au bout d'un moment, on oublie… Toi aussi ?

– On plane, tu veux dire ?

– Un peu, oui. »

Chrissy sourit. « Tu t'en faisais une montagne, et maintenant on dirait presque que ça te plaît.

– Oui, dit Katherine avec une hésitation. En un sens, je crois que oui. »

Et c'était vrai. Winter ne s'injuriait plus autant quand il travaillait, et pendant les pauses, s'il n'était pas au téléphone, il lui parlait de choses et d'autres, racontait des anecdotes à propos d'artistes qu'elle n'était pas sûre de connaître. Sa façon de la regarder avait changé, aussi : il suivait d'un œil différent ses déplacements dans l'atelier, son reflet dans les vitres, d'une fenêtre à l'autre. Parfois, il lui souriait. Elle en vint à chérir ce sourire fugace. Et plus cela se produisait, plus elle avait envie de se plier à ce qu'il demandait, de le satisfaire, de demeurer dans une position inconfortable, au point que cet inconfort, proche de la douleur, lui était presque agréable.

« Bonne nouvelle, annonça Winter un matin. Cette expo dans une nouvelle galerie… on dirait que ça va marcher, finalement. Dans neuf mois, peut-être un an. Mais même si c'est un an, il faut accélérer le rythme. Passer à la vitesse supérieure. Demain, on bossera sur autre chose. »

Pour la séance du lendemain, Katherine devait se tenir de profil, le haut du corps tourné vers l'artiste – le spectateur –, les deux bras levés.

« Vos bras, dit Winter. Vous croyez que vous pourrez tenir ?

– Je vais essayer. »

Bientôt, une raideur crispa les muscles de ses mollets, de ses cuisses, et une douleur semblable à un point de côté – sauf que ce n'en était pas un – s'installa dans ses reins à l'endroit de la torsion. Ses bras, pris d'un tremblement, commençaient à retomber.

« Attendez… Ceci vous aidera peut-être. »

Winter lui noua les poignets avec un chiffon dont il se servait pour nettoyer ses pinceaux.

« Voilà. »

Quand il s'écarta, son bras lui effleura accidentellement le sein.

Trente minutes plus tard, elle vacilla, puis, d'un coup, ses genoux cédèrent et elle s'écroula.

Le temps qu'elle reprenne connaissance, elle était retournée là-bas, dans cet endroit qu'elle avait appris à bannir de sa mémoire ; quelqu'un d'autre se penchait sur elle, une autre voix. « Assieds-toi. Viens, redresse-toi. » Lorsqu'elle ouvrit les yeux, c'était Adam Keach qui parlait par la bouche d'Anthony Winter.

Elle vomit.

S'étrangla. Impossible de ravaler la montée de bile dans sa gorge.

Winter attrapa un autre chiffon et le lui tendit pour qu'elle s'essuie la bouche ; le linge laissa une traînée rouge sang sur sa joue.

« Ça va ? »

Elle hocha la tête en battant des paupières, plusieurs fois.

« Ça va ? » demanda-t-il à nouveau, et il sourit.

Le regard qu'il posait sur elle avait encore changé. Jusque-là, il n'avait vu que la nudité offerte à son œil de peintre. À présent, il la regardait, *elle*, nue.

Elle pensa qu'il allait sûrement la toucher maintenant, mais non.

Tout ça, c'était *après*…

# 14

Vicki rendit sans hésiter un avis défavorable. N'y va pas. Pourquoi ferais-tu ça ? Un vernissage privé ? Qu'as-tu à y gagner ? C'est comme si tu avais une plaie et qu'au lieu de la laisser cicatriser, tu la triturais avec un objet pointu. Et Katherine ? Tu as pensé à elle ? Comment le prendrait-elle ? Tu comptes la mettre au courant ?

Elder écouta. Merci pour le conseil, un baiser rapide sur la joue, et il acheta un aller-retour en train Penzance-Londres.

Inutile de prévenir Katherine. À un moment, il avait songé à lui envoyer un SMS, mais ce serait alors difficile de ne pas lui donner la raison. Il imaginait sans peine sa réaction. À présent il était assis, côté fenêtre, dans le wagon « espace zen », avec le journal du matin, un café sans intérêt et un KitKat pour toute compagnie.

\*

La nuit tombait quand il sortit de la gare à Londres. Lueurs indistinctes de phares qui progressaient lentement, promesse ou menace de pluie dans l'air. Il avait besoin de se dégourdir les jambes après être resté assis si longtemps. En suivant Praed Street, il arriverait à Marylebone Road, puis tout droit jusqu'à Euston en passant par Baker Street et le musée de cire Madame Tussauds. Trois kilomètres, tout au plus.

Au croisement avec Gloucester Place, un souvenir lui revint en mémoire. N'y avait-il pas ici une boutique, avec un nom italien ? Gandolfini, c'était ça ? Gandolfi ? Tutus, robes, justaucorps et chaussons de danse. Katherine, dont la meilleure amie au primaire prenait des leçons de danse classique chaque semaine, le jeudi après l'école, avait absolument tenu à l'imiter. La lettre qui leur avait été adressée après son premier cours détaillait les articles nécessaires et fournissait une liste de magasins. Marylebone, c'était le plus proche du salon où travaillait Joanne à Lisson Grove.

Un samedi, se rappelait Elder. Pluvieux. Pas une fine bruine comme aujourd'hui, mais une grosse pluie qui tombait sans relâche. Alors qu'ils traversaient la rue, Katherine avait trébuché et, en voulant la rattraper par le bras, il n'avait réussi qu'à la déstabiliser davantage, de sorte qu'elle avait buté contre le trottoir et s'était étalée de tout son long, une main gantée dans une flaque. Le bruit de la circulation et la voix agacée de Joanne qui relevait la petite. Ne pouvait-il pas faire attention ? Qu'est-ce qu'il fabriquait ? Et Katherine, en larmes, Elder qui se détournait en secouant la tête.

Un instant plus tard, pour tenter de rattraper la situation, Joanne lançait sur un ton guilleret : « C'est là ! Regarde, Frank. Voilà la boutique.

— J'en ai rien à foutre de ta boutique, avait-il aboyé, plus fort qu'il n'en avait eu l'intention.

— Super ! Ça, c'est sympa, Frank. Je te remercie. »

Et pendant tout ce temps, Katherine qui ne cessait de pleurer et le regardait avec des yeux désespérés ; manteau trempé, dépenaillée, impuissante.

À la fin, il avait attendu dehors pendant qu'elles entraient et dépensaient une somme ridiculement élevée pour acheter une jupe rose et un justaucorps turquoise, des chaussons de danse classique, des chaussures de claquettes, et un sac rose destiné à porter le tout.

Moins de six mois plus tard, Ballet Shoes avait été supplanté par Black Beauty ; ils prenaient l'A1 pour emmener Katherine à des séances d'équitation au nord de Londres et la passion du rose avait fini à la poubelle.

« Excusez-moi », dit brusquement quelqu'un en le dépassant, et Elder s'aperçut qu'il s'était immobilisé en plein milieu du trottoir, perdu dans sa rêverie, honteux aujourd'hui de son comportement puéril d'alors. Sachant que, dans des circonstances identiques, il réagirait probablement encore de la même manière. Quant à la boutique, il voyait à présent qu'elle avait fermé. Façade barricadée, panneau *À vendre* au-dessus de la porte. La plupart des gens maintenant préféraient acheter leurs tutus en ligne.

La pluie tombait de plus en fort. Il remonta son col, rentra la tête dans les épaules, et continua son chemin.

À Euston, il prit la Northern line, bondée, et descendit trois arrêts plus loin à Old Street. La galerie Hecklington and Wearing se trouvait à proximité d'Arnold Circus, entre Shoreditch High Street et Bethnal Green Road. *Anthony Winter : Œuvres nouvelles et récentes*, écrit au pochoir sur la vitrine en lettres majuscules de soixante centimètres de hauteur.

Entre les caractères, Elder distinguait les premiers invités ; les tableaux aux murs, flous à cette distance. À l'entrée, un jeune homme en manteau noir vérifiait discrètement les invitations de ceux qui arrivaient.

La lumière au-dessus de la porte se reflétait sur ses chaussures impeccablement cirées.

L'annonce avait été claire. *Vernissage privé. Entrée sur invitation uniquement.*

Dans un restaurant branché de Bethnal Green Road qui servait des hamburgers, Elder trouva une table près de la fenêtre et prit son temps pour manger un chili burger accompagné de frites et de deux bières blondes. Puis, jouant des coudes parmi la foule dans un pub un peu plus loin, il commanda un grand whisky au comptoir, sans glaçons, avec un verre d'eau. Suivi d'un deuxième. Prenant toujours son temps.

« Votre invitation, monsieur ? » La voix était polie, avec un soupçon d'insolence ; un visage jeune, aucune marque sur la peau hormis une fine cicatrice au-dessus d'un œil.

Elder grimaça. « J'ai dû la laisser à la maison.

— Alors je regrette, monsieur... »

Il tendit la main, un billet de vingt livres roulé entre le pouce et l'index. « Je suis venu exprès des Cornouailles. Ce serait dommage.

— Bien sûr, monsieur, je comprends. » Pendant qu'une main faisait disparaître le billet, l'autre poussa la porte. « Bonne soirée. »

Sans pour autant avoir d'idée préconçue, Elder ne s'était pas attendu exactement à ça. Tout en longueur, basse de plafond, la partie centrale de la galerie en forme de L était pleine de gens chics, les femmes, minces et le plus souvent en noir, beaucoup d'hommes aux barbes fournies, un tatouage par-ci par-là, petits anneaux d'oreilles en or, clous en argent. Un brouhaha intense de conversations, et des serveurs et des serveuses en uniforme qui se frayaient un chemin entre les invités, chargés de plateaux offrant canapés et coupes, de champagne, sûrement, pensa Elder.

Deux agents de sécurité, vêtus de sombre comme celui qui surveillait la porte, mais plus vieux et plus costauds – en bref, investis d'une mission plus importante –, se tenaient à chaque extrémité de la galerie, pour le cas où il viendrait à quelqu'un l'idée d'embarquer l'une des œuvres, auxquelles personne, du reste, ne semblait prêter attention.

Elder prit un petit four à la crevette, et, longeant les murs pour contourner la foule, se dirigea vers le fond de la galerie. Deux portraits, aux traits appuyés, d'un homme d'âge mûr qu'Elder aurait sans doute dû reconnaître. Un auteur peut-être ? Un comédien ? Il n'aurait su se prononcer. Plus loin, un paysage, désolé, sans arbres, un ciel bas. Une usine, abandonnée, machines rouillées, verre fracturé. Elder progressa encore et déglutit avec difficulté.

Là, côte à côte, deux toiles. Sa fille, indiscutablement.

Le premier tableau la montrait assise au bord d'un lit, penchée en avant, nue, tête inclinée de sorte que son visage était partiellement dissimulé, mais il la reconnaissait malgré tout ; sur le deuxième tableau, elle était couchée à plat dos, visage à peine visible et jambes largement écartées, un mince filet de sang s'échappant de son vagin et lui coulant sur la cuisse.

Elder crut un instant qu'il allait vomir.

Il pivota brusquement, faillit heurter l'un des serveurs, s'excusa, et fonça vers la sortie. Des invités de plus en plus nombreux se pressaient dans la galerie, le niveau sonore avait encore grimpé.

Va-t'en. Lâche prise.
Le vigile à l'entrée le regarda d'un œil surpris.
« Vous partez déjà ?
– Non, je sors prendre un peu l'air. »

Au bout de la rue, il hésita, revint à pas lents, rentra dans la galerie. La foule s'était tue, écoutant le discours de l'un des propriétaires qui se déclarait fier de montrer ces œuvres originales, tellement vibrantes, réalisées par l'un des plus grands talents de la peinture contemporaine. Sur sa demande, Anthony Winter s'avança à contrecœur tandis que les applaudissements redoublaient. Apparaissant pour la première fois à Elder, environ de la même taille que lui, mais plus charpenté, épaules larges, étoffées. Crâne rasé qui luisait dans les lumières de la galerie.

Winter remercia Tom Hecklington pour ses aimables paroles, remercia l'ensemble du personnel de Hecklington and Wearing dont il félicita le travail, remercia son amie et conseillère Rebecca Johnson sans qui rien de tout ceci n'aurait été possible. Quant aux toiles elles-mêmes, il préférait laisser son œuvre parler à sa place.

Encore des applaudissements.

Elder repartit au fond de la galerie et tourna le coin du L.

Une toile unique sur le mur opposé, plus grande que les autres, éclairée par des projecteurs. Au centre, Katherine était debout, nue, le buste tordu ; mains levées, poignets attachés, bras maintenus en l'air par des chaînes.

Elder avait du mal à respirer.

Katherine qui le fixait, la souffrance dans ses yeux.

Il connaissait ce regard ; il avait vu cette souffrance.

Se détournant vivement, il plongea dans la foule.

« Anthony Winter ? »

L'artiste était entouré d'une dizaine de personnes, des femmes dans leurs courtes robes noires, des hommes avec leurs beaux costumes et leurs barbes.

« Oui ?

— Le tableau au fond. Sous les projecteurs. La fille enchaînée.

— Oui ?

— C'est ma fille, espèce de malade ! »

Winter jeta un coup d'œil inquiet par-dessus son épaule. Elder lui expédia son poing dans le plexus, puis, lorsqu'il se plia en deux, un direct au visage, presque assez fort pour lui casser le nez.

Le sang jaillit. Des hommes poussèrent des cris, des femmes hurlèrent. Les vigiles s'approchèrent en bousculant la foule. Des photos, prises avec des portables.

Winter était tombé à genoux, une main couvrant son visage. Du sang coulait entre ses doigts et gouttait sur le sol.

Elder voulut le frapper à nouveau, mais des poignes fermes le tiraient en arrière. Il fut soulevé de terre, traîné jusqu'à la porte, puis jeté dehors. Déséquilibré, il reçut ensuite un coup de coude bien ajusté à la tempe et s'étala de tout son long. Deux pieds martelant ses côtes l'envoyèrent rouler dans le caniveau, où le talon d'une botte lui éclata la joue.

« Vous en avez eu pour plus de vingt livres, là », dit le jeune portier en riant.

Elder se releva péniblement et traversa la rue en vacillant.

Moins de trois quarts d'heure plus tard, à la gare de Paddington, il montait dans le train de nuit pour Penzance. Il avait mal aux côtes, et, malgré les antalgiques, une douleur lancinante à la joue sous le pansement.

Il lui aurait été difficile, à cet instant précis, de se rappeler la dernière fois qu'il s'était senti aussi bien.

II

## 15

Hadley s'éveilla dans le noir. Le souffle de Rachel ; un rai de lumière filtrant par les rideaux ; le chat roulé en boule dans l'espace entre leurs jambes. Six heures, passées de quelques minutes. Elles étaient rentrées tard, par la M25 après avoir emprunté des routes désertes. C'était au tour de Rachel de conduire, tandis que Hadley somnolait à ses côtés, entrouvrant parfois les yeux si elles croisaient des phares ; de la musique à la radio. Jusqu'au bout de la nuit, comme disait le présentateur.

Elles étaient parties en week-end avec des amies, des copines de fac de Rachel. Sable et galets. Deux belles journées de printemps sur la côte du Suffolk.

« Pourquoi vous ne restez pas jusqu'à demain ? Vous pourriez partir de bonne heure, juste après le petit déjeuner.

– Non, je bosse, avait dit Hadley. Faut que je me lève tôt.

– En plus, il y a le chat, avait ajouté Rachel. Si on la laisse seule trop longtemps, elle risque de se perdre.

– Oh, votre chat, dit l'amie en riant. Vous avez conscience que c'est un substitut d'enfant ? »

Peut-être, pensa Hadley, mais on a essayé, l'enfant. Ça n'a pas marché. Percevant un mouvement, le chat sauta par terre et se mit à ronronner.

Comment se faisait-il, songeait Hadley, coincée derrière son volant au milieu de Hornsey Lane, que certains matins le trajet entre Crouch End et Kentish Town, quelques kilomètres à peine, semblait prendre autant de temps que rentrer de Southwold ? Le manque de transports publics était le principal inconvénient du quartier qu'elles habitaient à Londres – il y en avait d'autres. Mais pour cette même raison, au moins, les prix de l'immobilier restaient abordables. Abordables, à présent que Rachel avait ravalé ses principes et commençait à développer une clientèle privée en dehors de l'hôpital.

Saisissant une occasion, Hadley dépassa un 4 × 4 qui déposait un enfant à l'école, accéléra pour passer au vert et tourna à gauche devant l'église dans l'avenue en pente.

À cause des restrictions budgétaires et d'une énième réorganisation, plusieurs commissariats avaient déjà fermé aux alentours, et, d'après les rumeurs, les jours de celui de Holmes Road étaient comptés. En attendant, il abritait encore l'une des quatre brigades criminelles de la Met dans la région Nord-Ouest, placée sous les ordres de Hadley.

Récemment, la brigade était intervenue après un échange de coups de couteau, résultat d'une dispute qui avait commencé aux portes du collège, puis escaladé rapidement pour finir devant le magasin Argos sur Holloway Road. L'un des jeunes, gravement blessé, un autre décédé avant son arrivée à l'hôpital. Des témoins innombrables, la plupart mutiques. Certains ne parlant que pour désigner de faux coupables. Pour régler de vieilles rancunes. L'enquête avait débouché sur cinq arrestations, avec, parmi les chefs d'accusation retenus, possession d'une arme offensive dans un lieu public et meurtre. L'affaire n'avait pas encore été jugée.

Tout était étrangement calme depuis. Deux membres de l'équipe avaient été détachés aux cambriolages, un autre transféré définitivement au sud de la rivière, un quatrième avait démissionné pour se reconvertir dans l'aide médicale d'urgence.

Hadley parcourut les dernières directives du ministère de l'Intérieur, apposant ses initiales sur les documents si nécessaire. Chris Phillips, fraîchement promu au grade de sergent, était arrivé avant elle, comme d'habitude : trajet direct en métro de Walthamstow à Gospel Oak, le veinard, et une courte marche ensuite.

Le téléphone sonna à 8 h 37. Hadley reconnut la voix de Brian O'Connor, aux Homicides. Présence de la Criminelle requise. Dans le quartier, à quelques minutes en voiture. Phillips prit le volant. Un cordon de sécurité avait déjà été tendu autour du bâtiment et du périmètre immédiat. Hadley passa sous le ruban tandis que Brian, l'inspecteur des Homicides, venait à sa rencontre.

« Bienvenue. »

Elle lui rendit son salut d'un hochement de tête. « Qu'est-ce qu'on a ? »

Le corps gisait au centre d'une pièce qui était manifestement un atelier d'artiste, recroquevillé sur le flanc ; lésions graves sur une moitié du visage et à l'arrière de la tête. Le plancher tout autour était taché, il pouvait s'agir de peinture, ou bien de sang. La femme qui l'avait découvert et contacté la police avait identifié Anthony Winter. Ce qui fut facilement vérifié, malgré les blessures, par une recherche rapide sur Google.

« Le médecin légiste est en route, dit O'Connor. Retardé par les embouteillages.

— Et les techniciens de la police scientifique ?

— Pareil. »

Hadley secoua la tête avec agacement. « Quelque chose d'intéressant, en attendant ?

– L'arme du crime, par exemple ?

– Ce serait pas mal. Disons, acceptable. »

O'Connor grimaça un sourire. « Une paire de menottes anciennes avec une chaîne – presque un objet de collection –, comme celles que portaient autrefois les pauvres bougres qu'on envoyait au bagne de Botany Bay. On dirait qu'elles ont été balancées, là-bas dans le coin. C'est peut-être ce que vous cherchez.

– Chris, ordonna Hadley, allez jeter un coup d'œil. »

O'Connor se tourna à nouveau vers le corps. « En tout cas, la personne qui lui a fait ça voulait se venger, c'est sûr. »

Le sang avait séché depuis longtemps. Plaies profondes et couvertes d'une croûte épaisse, plus sombres sur les bords. Vingt-quatre heures ? Plus ? Hadley désigna du menton une femme assise à l'écart avec l'autre inspecteur des Homicides qui finissait de prendre sa déposition provisoire. « Une amie ? Un membre de la famille ?

– Une sorte d'associée. Johnson. Rebecca Johnson.

– Je lui parlerai quand votre collègue aura terminé. »

Chris Phillips revenait déjà. « Les techniciens sont arrivés.

– Au peigne fin, j'ai envie de dire…

– Compris. »

Le café italien, logé dans une rue perpendiculaire à l'artère principale, était ouvert pour le petit déjeuner. Elles étaient assises à l'une des tables dehors, où l'on risquait moins d'entendre leur conversation. Depuis un moment, déjà. Leurs cafés commençaient à refroidir.

Rebecca Johnson avait une quarantaine d'années, à peu près le même âge que Hadley. Mais alors que celle-ci, après plusieurs années de lutte, avait décidé de baisser les bras et d'accepter ses cheveux blancs, Johnson affichait une masse de cheveux bruns, joliment coupés, et, sans nul doute, teints. Toute sa personne, hormis ses yeux rougis par les larmes autour desquels elle n'avait pas encore essuyé ni rafraîchi son mascara, n'était qu'élégance, réussite, hommage à la mode.

« Pour que ce soit bien clair…, dit Hadley. Votre relation avec Winter ? Vous êtes son agent, c'est le terme ?

— Conseillère serait plus exact.

— Vous l'aidiez à trouver des lieux où montrer son travail, à vendre ses tableaux, ce genre de choses ?

— Oui.

— Depuis combien de temps ?

— Oh… trois ans, presque quatre.

— Donc, vous le connaissiez bien ?

— D'un point de vue professionnel, oui.

— Et autrement ?

— Anthony ? » Une ombre passa dans ses yeux, impossible à déchiffrer. « Aussi bien que la plupart des gens, sans doute. Je ne sais pas.

— Il était réservé ? Plutôt secret, diriez-vous ?

— Oui, je… » Elle s'interrompit, visage détourné.

Hadley patienta tranquillement. Rien ne pressait, pour l'instant, il suffisait de laisser venir.

« Je suis désolée, c'est juste que… parler de lui comme ça, alors qu'il… C'est dur.

— Oui. On peut arrêter, faire une pause. Vous préférez passer au commissariat cet après-midi ?

— Non, non… Ça va.

— Un autre café ?

— Non, merci.

— Je crois que je vais en reprendre un, si ça ne vous ennuie pas. » Hadley fit signe au serveur qui surveillait les tables, debout près de la porte.

« Il y a une chose à comprendre chez Anthony, dit Johnson. Le plus important dans sa vie, c'était le travail. Travailler, c'était… » Elle secoua la tête. « J'allais dire, ce pour quoi il vivait.

– Pas de relation ? Une âme sœur ?

– Il a été marié, il y a longtemps. Deux enfants ? Je ne suis pas sûre… Je ne pense pas qu'il soit resté tellement en contact avec eux, voire pas du tout.

– Et plus récemment ? »

Pour toute réaction, Johnson inclina légèrement la tête. « Je crois qu'il avait des liaisons de temps en temps, mais à ma connaissance, aucune qui n'ait duré ou ne soit devenue sérieuse. En tout cas, pas depuis que je le fréquente.

– Et côté sexualité, toujours à votre connaissance, il était…

– Il n'était pas gay, si c'est ce que vous suggérez. »

Hadley retint un sourire. « Je ne le suggérais pas.

– Il y a cette présomption, non ?

– Quelle présomption ?

– Que les artistes sont homos.

– On dit ça aussi des policiers, répliqua Hadley, imperturbable. Enfin, des femmes policiers. Je suis désolée si j'ai eu l'air de plaquer un stéréotype… mais ça permet parfois de clarifier les choses dès le départ.

– Si seulement c'était possible. De clarifier, je veux dire. » Elle sourit. « Je crois que je vais reprendre un café, maintenant. »

Hadley se renversa en arrière contre le dossier de sa chaise et but son expresso à petites gorgées. Un groupe d'adolescentes passa devant le café, en route pour le lycée : bandanas, écouteurs, sacs à dos, jupes tombant jusqu'à terre.

« Je récapitule, continua Hadley en feuilletant son carnet. Si vous êtes venue ce matin, à l'atelier, c'est

parce que vous étiez inquiète que Winter ne vous ait pas donné de nouvelles depuis deux jours ?
— Exact.
— Et c'était inhabituel ? »
Johnson hocha la tête. « Anthony n'y manquait jamais, même lorsqu'il s'enfermait pour travailler sur quelque chose qui selon lui n'avançait pas... Il m'appelait à la fin de la journée. Surtout en ce moment, avec l'ouverture de l'exposition, les propositions d'acheteurs, les collectionneurs. C'était important de rester en étroite communication.
— Et, plus précisément, la dernière fois que vous lui avez parlé, c'était quand ?
— Vendredi. Vendredi après-midi. Je voulais savoir comment il allait. Après l'incident que je vous ai raconté, à la galerie... Le vernissage, la veille. J'étais avec lui aux urgences. Quelle panique ! Mais ils l'ont recousu, ils ont fait des radios – pour vérifier que son nez n'était pas cassé. Nous y sommes restés jusqu'à... oh, deux heures et demie du matin. Peut-être plus tard. Trois heures.
— Et de là, il est rentré chez lui ?
— À ma connaissance, oui.
— Vous n'avez pas jugé bon de l'accompagner ?
— J'ai proposé, bien sûr, mais il m'a assuré que ce n'était pas la peine. Je lui ai commandé un taxi – un pour moi aussi, nous n'habitons pas du tout dans le même coin –, et j'ai attendu que le sien parte.
— Lui, il est... dans un appartement, je crois que vous avez dit...
— À Camden. Enfin, Chalk Farm, précisément. Pas très loin de l'atelier. Une demi-heure à pied, un peu plus. Il faisait le trajet tous les jours. La partie réflexion, il appelait ça. »

Le serveur apporta le cappuccino de Johnson, jeta un regard interrogateur à Hadley, qui secoua la tête. Elle avait sa dose de caféine pour la matinée.

« Cet "incident" à la galerie…

— Incroyable. Je n'ai jamais vu un truc pareil.

— L'homme qui a attaqué Winter…

— Saoul, j'imagine.

— Il criait quelque chose, vous avez dit.

— Quelque chose à propos de sa fille. Et d'un des tableaux. Je n'ai pas bien entendu. Avec le bruit, le monde qu'il y avait, ça s'est passé si vite.

— Un tableau en particulier ?

— Oui, je crois.

— Et la fille ? Quel rapport ?

— À mon avis, c'était le modèle. Je ne vois pas d'autre…

— Ce serait possible de le voir ? Le tableau ? »

Johnson sortit son iPad de son sac. Elle se connecta, cliqua sur l'image et présenta l'écran.

Hadley regarda attentivement. Le visage de la fille. La pose. Les mains menottées, les bras bizarrement levés, très haut au-dessus de la tête. La souffrance dans les yeux.

« Et ça, c'est la fille du type ? dit Hadley.

— Oui.

— Vous savez comment elle s'appelle ?

— Katherine, je crois. Je suis quasiment sûre. Mais Katherine quoi, je n'en ai aucune idée. »

Hadley observa les détails. Les lourdes menottes autour des poignets ressemblaient beaucoup, ce qui n'était peut-être pas surprenant, à celles qu'on avait découvertes par terre dans l'atelier. Un bref instant, elle visualisa la chaîne qui les réunissait, brandie en l'air, s'abattant violemment. Une fois, deux fois.

# 16

Avant de réunir son équipe, Hadley contacta Alistair McKeon, commissaire en charge de l'unité nord-ouest des Homicides. Il lui laissa ensuite deux messages sur son portable, auxquels elle répondrait plus tard. Chaque chose en son temps, se dit-elle. D'abord, former les rangs.

L'atmosphère était confinée dans la pièce. Fenêtres fermées, tables et bureaux en tous sens ; un tableau blanc, encore vierge – portant seulement le nom d'Anthony Winter –, à côté d'un grand écran de télévision, vierge aussi, dans lequel se reflétaient les visages de l'équipe rassemblée. Une demi-douzaine de personnes, la plupart connues, sauf une, Mark Foster, un jeune policier récemment muté que l'on n'avait pas encore bien évalué.

Howard Dean et Terry Mitchell, penchés l'un vers l'autre, opposant sans doute les mérites et les défauts respectifs des Spurs et d'Arsenal, une vieille rivalité dans les quartiers nord de Londres. Alice Atkins, quinze ans de moins que Hadley – laquelle était son modèle –, assidue et consciencieuse presque à l'excès. Richard Cresswell, le plus vieux de la bande, ancien gardien de la paix, qui, après avoir démissionné et vainement tenté de monter une entreprise de paysagisme avec son frère, venait de réintégrer la police.

Relayée de temps à autre par Chris Phillips, Hadley exposa les faits tels qu'ils apparaissaient à ce jour. Un artiste âgé de cinquante et un ans, Anthony Winter, avait été découvert mort dans son atelier de Kentish Town tôt le matin ; un artiste assez en vogue, apparemment, on pouvait donc s'attendre à une attention soutenue de la part des médias. La cause du décès, en attente de confirmation : traumatisme crânien causé par un objet contondant. L'arme potentielle du crime : une paire de menottes anciennes liées par une chaîne qui reposaient non loin du corps, les analyses étaient en cours. L'heure du décès, approximativement : entre samedi soir et dimanche matin.

« Il n'y a aucune trace d'entrée par effraction, poursuivit Hadley. Donc, pour l'instant, on présume que Winter connaissait le coupable. "Connaissait", c'est-à-dire aussi bien un proche – une mère, une maîtresse – qu'un livreur de Deliveroo. »

Une esquisse de sourire, aussitôt disparue.

Chris Phillips se leva.

« On attend le feu vert des autorités, comme d'habitude, avant de commencer à éplucher les appels téléphoniques et les mails de l'ordinateur et du portable qui se trouvaient dans l'atelier, ainsi que les données Internet. À part son atelier, Winter avait un appartement du côté de Gospel Oak. On verra ce que donnera la fouille là-bas. Probablement un autre ordinateur, au moins, peut-être une ligne fixe. Il faudra explorer tout ça.

– Merci, Chris. Richard, vous suivez la progression de l'ensemble. Donnez un coup de main aux techniciens de la CIU, si nécessaire.

– C'est noté.

– Eh Chris… vous assurez la liaison avec le légiste. Les résultats de l'autopsie.

– Pas de problème.

– Mitch, vous relancez les équipes scientifiques. Tout ce qui peut être utile, empreintes ou autres… Consultez la base de données de la Met et tenez-moi au courant.

– Entendu.

– Howie, il y a des caméras vidéo quelque part. Contrôle de la circulation, reconnaissance automatique des plaques d'immatriculation, que sais-je encore. On aimerait croire que dans le pays le plus performant de l'Europe de l'Ouest en matière de surveillance, on est capables de repérer qui entre et qui sort.

– Je regarde ça tout de suite.

– À voir aussi, continua Hadley, même si ce ne sera pas forcément pertinent… Jeudi soir, Winter a été agressé dans une galerie à Shoreditch. Des coups de poing qui l'ont envoyé à terre. Les réseaux sociaux en parlent un peu, il y a des vidéos. À ce qu'il paraît, l'assaillant n'a pas encaissé que Winter se soit servi de sa fille comme modèle pour plusieurs de ses tableaux. J'en ai vu un, et je comprends. Alice, remontez la piste, trouvez l'assaillant. On n'aura peut-être pas besoin de chercher plus loin.

– Un coup de bol, ça ferait pas de mal, marmonna Mitchell.

– N'est-ce pas ? En attendant, Mark…

– Je croyais que vous m'aviez oublié.

– Comment pourrais-je vous oublier ? »

Mark Foster rougit.

« Vous avez une formation d'historien, non ? C'est l'occasion de mettre vos années d'étude en pratique. Occupez-vous de la vie privée de Winter. Famille, liaisons, vieilles histoires sordides.

– D'accord.
– Parfait. Comme vous le savez, nous sommes en sous-effectif, débordés, et ce n'est pas près de s'arranger. Ce qui veut dire qu'on va bosser comme des malades, sans jamais se plaindre ni compter nos heures supplémentaires. Mais bien sûr, ça ne vous viendrait jamais à l'esprit… »

Grognements, rires…

Le portable de Hadley sonna au moment où elle sortait dans le couloir. « Oui, monsieur le commissaire. Désolée de vous avoir raté tout à l'heure… »

## 17

Katherine avait dormi tard, vaguement consciente des mouvements autour d'elle, des bruits dans l'appartement : des voix, des portes qui s'ouvraient et se fermaient. Elle n'avait pas grand-chose à faire aujourd'hui, aucune obligation, jusqu'au cours de dessin à Walthamstow l'après-midi. Vers dix heures et demie, elle se redressa sur un coude, regarda son téléphone, et se recoucha. Encore cinq minutes. Ensuite elle se lèverait, prendrait une douche, se laverait les cheveux.

Plus tard. Quelqu'un la secouait gentiment par l'épaule en lui disant de se réveiller.

Stelina.

Midi moins le quart.

« Désolée, j'ai dû me rendormir. » Elle ramena ses genoux vers elle pour que Stelina puisse s'asseoir sur le lit, remarqua son expression inquiète.

« Qu'est-ce qu'il y a ?
– Il s'est passé…
– Quoi ?
– Il est arrivé quelque chose.
– Quoi ? Qu'est-ce qui est arrivé ?
– Winter. Anthony Winter.
– Qu'est-ce qu'il a, Winter ?

« – Il… il est mort.
– Arrête ! C'est pas possible. »

Stelina soupira, toucha du doigt son portable et le tendit à Katherine. Celle-ci battit des paupières, les yeux sur l'écran, refusant d'y croire. Pourtant, c'était écrit là. Irréfutable. Les mots. Corps découvert. Circonstances exactes encore inconnues. Elle lâcha le portable, repoussa brusquement la couette, et, bousculant Stelina, se précipita dans la salle de bains et claqua la porte.

Le froid de l'émail blanc sur son front. Ses mains écartant ses cheveux. Les yeux hermétiquement clos, agrippée au bord de la cuvette, elle eut un haut-le-cœur, puis un deuxième, une brûlure dans l'arrière-gorge, et expulsa un mince filet de vomi jaune, affreusement acide contre son palais, sur sa langue.

« Kate, ça va ? »

La vision brouillée par les larmes, Katherine se redressa lentement et s'assit sur ses talons.

Tout continuait à tourner autour d'elle.

« Kate…
– Ça va. J'arrive dans une minute. »

Prudemment, elle se releva, fit couler de l'eau au robinet et s'aspergea le visage ; tira la chasse, rabattit le couvercle. Ses jambes étaient encore faibles quand elle sortit et gagna le salon.

« Viens t'asseoir, dit Stelina en la prenant par le bras. Je vais te chercher un verre d'eau. Assieds-toi. »

Katherine frissonna et serra les bras contre sa poitrine, les yeux rivés au plancher.

« J'ai une séance cet après-midi…
– Je vais les appeler.
– Le numéro… il est dans mon portable. »

Elle but une gorgée d'eau, posa le verre, enfouit son visage dans ses mains. Une agression sauvage. Des circonstances inconnues. Doucement, presque sans bruit, elle se mit à pleurer.

C'était une matinée ensoleillée, la première après plusieurs jours couverts, le soleil si éclatant derrière les hautes fenêtres qu'elle dut se protéger les yeux avant de s'installer.

Anthony, une légère impatience dans la voix, qui lui demandait de se tourner un peu plus vers la droite. « Bien. Maintenant, redressez le dos, à peine. Non, non, c'est trop. Voilà. Parfait. Ne bougez plus. Vous pouvez ne plus bouger ? Oui, oui. C'est ça. Bravo. Ne bougez plus du tout, putain ! »

Un sourire dans sa voix lorsqu'il jura. Presque un rire. Il n'était pas en colère, comme parfois. En colère contre lui-même, toujours, plus que contre elle. Il était même content, pensa-t-elle. Content de ce qu'elle faisait, de la pose qu'elle tenait, en lui obéissant à la lettre.

Éblouie par la lumière, du coin de l'œil, elle le voyait sans vraiment regarder. Pantalon noir, lâche à la taille, chemise noire au col ouvert, deux boutons, pas trois. Poils sur la poitrine, sombres, frisés. Il se penchait vers le chevalet, puis se redressait, un pas en arrière, revenait. Regardait. Toujours il regardait. Depuis combien de jours était-elle étendue là, nue, pour lui ? Exposée, offerte. Un muscle, quelque part dans le bas du dos, commençait à lui faire mal. De plus en plus mal. Plaquant sa langue au palais, elle contrôla sa respiration, absorba la douleur.

Bravo. Ne bougez plus du tout, putain !

Soudain, il était là, tout près. L'odeur de la peinture et du tabac sur ses doigts ; son souffle tiède, tandis que sa bouche s'approchait d'elle.

## 18

Elder s'était reposé le week-end, remplaçant son jogging matinal par une marche, à pas lents, qui plus est, afin d'épargner ses côtes encore douloureuses. Les hématomes viraient au brun sombre, décliné sur plusieurs tons. Vicki effectuait une brève tournée avec le groupe dans le sud du pays de Galles – Cardiff, Swansea, Newport – et Trevor Cordon était parti chez des amis à Redruth, ce qui le renvoyait à une vie sociale quasi inexistante. Une heure ou deux au pub du coin, le Tinners' Arms, une conversation polie avec un voisin, c'était à peu près tout. Il s'endormit une fois de plus devant la télé.

Le lundi, encouragé par un ciel dégagé, il enfila sa tenue de course, mais renonça moins d'un kilomètre plus loin et rentra. Il réussit tant bien que mal à s'occuper le reste de la matinée : lança une machine de linge, enleva les feuilles de la gouttière ; lut un peu, fit un rapide aller-retour au supermarché de Penzance.

À l'heure du déjeuner, il était en train de déballer ses provisions en écoutant d'une oreille les nouvelles sur Radio 4, et songeait à préparer une soupe pour plus tard – poireaux et pommes de terre ? champignons et orge ? – quand il entendit le nom de Winter. Un artiste découvert mort dans son atelier, victime, d'après un porte-parole de la police, d'un ou plusieurs agresseurs inconnus.

Elder alla chercher son ordinateur portable dans l'autre pièce.

Les comptes rendus qu'il parcourut n'étaient guère détaillés, évasifs quant aux causes du décès, se limitant à énoncer des hypothèses. Il pouvait s'agir d'un intrus. Winter se serait débattu. Présentait de vilaines blessures. Avait été bastonné. Un terme vieillot, pour un crime à l'ancienne. Bastonné à mort. Elder pensa à Dickens. Du moins au peu qu'il connaissait de Dickens. L'exemplaire d'*Oliver Twist* qui avait passé des années sur la table de chevet de son père puis sur la sienne. Une adaptation de *La Maison d'Âpre-Vent* qu'il avait vue à la télé quelques années auparavant. L'inspecteur Bucket[1], lui, aurait utilisé « bastonner », pensa Elder. Bill Sykes[2] aussi. La police, disait-on, suivait plusieurs pistes. Sur la photo officielle, l'inspecteur-chef Hadley, chargée de l'enquête, avait l'air calme et compétent de quelqu'un qui a l'habitude de diriger les opérations.

Certains sites montraient des reproductions de tableaux de Winter ; Katherine ne figurait sur aucun d'eux.

Il se demanda si elle avait appris la nouvelle ; quand elle l'apprendrait, comment réagirait-elle ? Pas de réponse sur son portable, ni sur le fixe de l'appartement. Il se retint d'écrire un mail : tout ce qu'il pourrait dire risquerait d'aggraver les choses. Mieux valait attendre, la contacter plus tard. Il se servit un doigt de whisky et entreprit d'éplucher les pommes de terre.

---

1. Personnage du roman de Dickens, *La Maison d'Âpre-Vent* (*Bleak House*).
2. Criminel endurci dans *Oliver Twist*.

Lorsque Chris Phillips entra dans son bureau, Hadley comprit aussitôt qu'il était tombé sur un bon filon.

« Je viens d'avoir Alice au téléphone. Ce vernissage à la galerie, deux jours avant le meurtre… L'homme qui a agressé Winter, elle a trouvé son nom. Elder. Frank Elder. J'ai fait une recherche informatique. C'est un ancien de la police. Sergent à la Met. Enfin, ça fait déjà un bail. Puis inspecteur, transféré à Nottingham vers 2004-2005, affecté à la Criminelle. Il est parti en retraite anticipée il y a six ou sept ans.

– On sait où il habite ?

– Dans les Cornouailles. Un village sur la côte nord, près de St. Ives. C'est le bout du monde là-bas, on dirait. »

Hadley sourit. « On y est allées avec Rachel, il y a deux ans. Dans ce coin des Cornouailles. Je n'ai jamais compris pourquoi elle s'était mis dans la tête de pousser jusqu'à Land's End. Pour ce que ça nous a rapporté… Le jour où on y était, il y avait un brouillard à couper au couteau, on ne voyait pas à un mètre devant soi.

– J'ai contacté la police locale, dit Phillips. À Penzance. Ils le connaissent, Elder. Apparemment, il donne un coup de main aux équipes de temps en temps.

– Alors, il sera partant pour nous aider aussi. Pour vous aider, vous.

– Moi ? » Le visage de Phillips valait le détour. « C'est plutôt à Alice de suivre, non ? Vu qu'elle est déjà sur le coup ?

– Je ne sais pas, Chris… Elder, il était quoi, vous dites ? Inspecteur ? Il risque de monter sur ses grands chevaux si on lui envoie une jeune enquêtrice. Alors qu'avec vous, on montrera à la police du Devon et des

Cornouailles qu'on les prend au sérieux. On obtiendra une meilleure coopération.

– Donc, je ne peux pas y échapper ? »

Hadley sourit. « Mettez ça sur le compte de l'expérience. Les gens sont particuliers, là-bas.

– À ce qu'il paraît. »

Le vent forcissait, la fenêtre de la cuisine vibrait. Une des menues tâches qu'Elder remettait sans cesse à demain. De même que le robinet du lave-linge à remplacer dans la salle de bains. Il s'en occuperait peut-être plus tard, peut-être pas. Quand il avait rappelé chez Katherine, son amie Abike avait répondu : Kate dormait, il valait mieux ne pas la réveiller. Elle avait été secouée par l'annonce de la mort d'Anthony Winter, oui, mais pas au point de perdre les pédales. Abike ne raconta pas à Elder que lorsqu'elle avait regardé dans la chambre, il y avait une bouteille de vodka à moitié vide à côté du lit.

Elder réchauffa la soupe qu'il avait préparée à midi, fit griller des tranches de pain, versa la soupe dans un bol et l'emporta avec le pain dans le petit salon. Vicki lui avait prêté une sélection de CD – Ernestine Anderson, Dianne Reeves –, il les écouterait en mangeant.

« Tu me diras ce que tu en penses, avait-elle dit. Ça te changera de ton truc sinistre. »

Son truc sinistre, avait-il répliqué, c'était le *Requiem* de Mozart, et il ne trouvait pas ça du tout sinistre. Au contraire. Une femme avec qui il avait eu une brève liaison autrefois, professeure de musique à Mounts Bay Academy, l'avait emmené à un concert live à la cathédrale de Truro. Il y était allé sous la pression, en était ressorti enchanté, et avait acheté un CD à la première occasion. À présent, c'était ce qu'il mettait quand il n'arrivait pas à dormir.

À la tombée de la nuit, après avoir terminé son repas, il sortit marcher sur le chemin pour se dégourdir les jambes. Il faisait demi-tour quand il aperçut les phares descendant la colline.

C'est seulement lorsque la voiture eut dépassé l'église et tourné en direction des maisons qu'il la reconnut.

« Une visite de courtoisie, Trevor ?
– Pas exactement.
– Vous voulez entrer ? »

Cordon lui emboîta le pas sur le chemin, baissa la tête pour franchir la porte, accepta un whisky.

« Anthony Winter, dit-il, son verre à la main. Ce nom vous évoque quelque chose ? »

Elder acquiesça.

« Il a mal fini, vous êtes peut-être au courant ? »

À nouveau, un hochement du menton.

« La Met envoie quelqu'un. "Quelqu'un d'intéressant", qui souhaite vous parler. »

Elder resta impassible.

« Ça ne vous pose pas de problème ?
– Absolument pas. » Il voyait que Cordon aurait aimé le questionner, et croyait comprendre pourquoi, du moins pour l'instant, il s'abstenait.

« Onze heures et demie, alors ? Au commissariat.
– J'y serai. »

Cordon leva son verre. « Merci. Restez bien au chaud.
– Oh oui. »

Quand le bruit de la voiture se fut évanoui, on n'entendit plus que la fenêtre qui vibrait et, plus loin, le souffle inquiet du vent dans les arbres autour de l'église.

# 19

Cornouailles, patrie des Corniques, l'une des nations celtes. Chris Phillips avait fait quelques recherches dans le train. 550 000 habitants environ, parmi lesquels 95,7 % de Britanniques : pas beaucoup de chances, pensa-t-il, de croiser un frère. Depuis le temps qu'il vivait à Londres, à savoir trente et un ans sur ses trente-cinq, plusieurs jours s'écoulaient parfois sans que lui soit rappelée la couleur de sa peau.

Le commissariat était un bâtiment long, bas et gris, ingrat, sans attrait. Quand Phillips se présenta à l'accueil, il découvrit que celui-ci était définitivement fermé.

Il s'apprêtait à composer le numéro qu'on lui avait donné quand Cordon apparut. « Réduction budgétaire. C'était ça ou le papier toilette. On y a échappé de peu. » Cordon tendit la main. « Bienvenue à Penzance.

– Merci.
– Frank est déjà arrivé.
– Frank ?
– C'est un ancien de la maison, je croyais que vous le saviez.
– Mais vous êtes copains ?
– On boit un verre ou deux de temps en temps.
– Pas de conflit d'intérêts pour vous ? »

Cordon haussa les épaules. « Entretien cordial, questions générales, présence à titre strictement volontaire… voilà ce que j'ai pensé. Je ne suis pas là pour interférer. Mais si vous ne le sentez pas… »

Phillips secouait déjà la tête. « Allons-y. Ne faisons pas attendre Frank. »

Il monta l'escalier derrière Cordon et le suivit dans un couloir nu à l'étage. La pièce ressemblait à toutes les salles d'interrogatoire qu'il avait fréquentées ; même peinture sale sur les murs, même odeur de transpiration et de désinfectant.

Elder était déjà assis, plutôt décontracté, dans un environnement qu'il connaissait. Jean, col roulé. Il se souleva à demi pour tendre la main à Phillips.

« Merci d'avoir accepté de venir, dit Phillips. Je vous retiendrai le moins longtemps possible.

– Pas de problème.

– Et que ce soit clair : vous êtes ici de votre propre gré et libre de partir quand vous le souhaitez.

– Compris.

– Bien. » Phillips ouvrit son carnet. « Donc, Anthony Winter…. On m'a parlé d'une dispute lors d'un vernissage ? Dans la galerie Hecklington and Wearing, à Shoreditch. Une altercation. »

Un sourire passa sur le visage d'Elder. « Altercation, oui, ce doit être le terme.

– Pouvez-vous décrire les circonstances ?

– C'est très facile. Je me suis énervé. Je l'ai frappé. Deux fois. De toutes mes forces. Les agents de la sécurité m'ont empêché de continuer à le défoncer et m'ont sorti sur le trottoir. »

Phillips hocha la tête. « Vous dites que vous vous êtes énervé.

– En effet.

– Il vous avait provoqué ?

– Pas directement.

– Comment, alors ?

– C'était à cause des toiles. Les tableaux de Winter, qui étaient exposés.

– Qu'est-ce qu'ils avaient, ces tableaux ? » Phillips connaissait déjà la réponse, ou croyait la connaître ; Alice lui avait transféré les images sur son ordinateur pendant le trajet.

« Ma fille, Katherine. Il s'en est servi comme modèle.

– Pour peindre des portraits d'après nature.

– C'est ça…

– Elle a posé nue ?

– Oui.

– Et vous n'étiez pas content ?

– Ce n'est pas aussi simple.

– Vous pourriez peut-être expliquer ? »

Elder revit mentalement les tableaux. « Vous avez des filles, sergent ? »

Phillips fit non de la tête.

« Vous avez des enfants ?

– Malheureusement, non.

– Si vous en aviez, vous ne poseriez pas la question. »

Phillips opina. « Pardonnez-moi. Ce n'est pas de la curiosité mal placée. J'essaie de comprendre.

– C'est important ?

– Je pense que oui. »

Elder regarda Cordon, qui détourna les yeux.

« Votre fille…, dit Phillips.

– Katherine.

– Oui, Katherine. Est-ce la manière dont elle était montrée qui vous a déplu ?

– Oui.

– Vous avez estimé… c'est une simple hypothèse de ma part… Vous avez estimé qu'elle avait été… comment dirais-je… sexualisée ? Exagérément sexualisée ?

– Oui.

– Et vous vous êtes senti déstabilisé ? En tant que parent ?

– Oui.

– Gêné ?

– Oui.

– En colère ?

– Bon sang, oui, combien de fois je dois le répéter ?

– J'essaie seulement d'établir…

– D'établir ! » Elder abattit violemment les mains à plat sur la table. « Mais putain, ça devrait vous crever les yeux !

– Frank, souffla Cordon, vous n'êtes pas obligé de… »

Elder était déjà debout. « Quoi, je ne suis pas obligé ? On dirait que si, au contraire !

– Allons, Frank. Asseyez-vous. »

Elder obéit, une fois sa respiration calmée.

Phillips laissa le silence retomber, puis reprit d'une voix égale, neutre : « Quarante-huit heures après avoir été victime d'une agression violente résultant du fait que, selon vos propres déclarations, vous vous êtes énervé, Anthony Winter a été victime d'une attaque encore plus brutale qui a entraîné sa mort.

– Qu'est-ce que ça veut dire, bordel ? Que deux et deux font quatre, c'est ça ?

– Frank… » Cordon leva une main en signe d'avertissement.

Phillips continua : « Jeudi soir, ainsi que vous l'avez indiqué, les agents de la sécurité vous ont contraint de quitter les lieux… Qu'avez-vous fait ensuite ?

– Qu'est-ce que j'ai fait ? Je suis reparti à Paddington et j'ai pris le train de nuit pour rentrer.

– Et depuis… ?

– Depuis je suis resté ici, dans un rayon de vingt kilomètres autour de Penzance.

– Y a-t-il des gens, si nécessaire, qui pourraient en témoigner ?

– Si nécessaire, oui.

– Donc, pour qu'il n'y ait pas d'ambiguïté, à aucun moment entre jeudi et dimanche soir vous n'êtes retourné à Londres ?

– Enfin, merde ! Vous n'écoutez jamais ce qu'on vous dit ?

– J'écoute, monsieur Elder, croyez-moi. Et ce que j'entends, c'est un homme qui perd vite son calme. Très vite.

– Bravo, mon petit loup. Maintenant, ouvrez grand vos oreilles : si vous voulez encore m'interroger, vous allez devoir m'arrêter, parce que vos questions à la con, là, c'est terminé !

– Frank… »

Cordon voulut se placer sur son chemin, mais Elder le bouscula et sortit en claquant la porte.

Mon petit loup, pensa Phillip. Ça, je le garde en réserve.

## 20

Hadley et le commissaire assistèrent à une conférence de presse hâtivement organisée. Elle parla peu, laissant à McKeon le soin d'énoncer les platitudes habituelles et de prodiguer des paroles rassurantes ; dans sa voix, le soupçon d'accent de Belfast évoquait la sensibilité d'un homme de terrain.

Des correspondants de la BBC et de Channel 4 News effectuaient un reportage en direct depuis l'entrée du poste de police de Holmes Road, tandis que des petits imbéciles échappés des écoles alentour se pressaient à l'arrière-plan en riant et en brandissant leurs doigts.

Résultat de la présence des journalistes, la queue devant la pizzeria Franco Manca était plus longue que d'ordinaire.

Les notices nécrologiques dans la presse rangeaient Winter parmi ces artistes qui, au mépris de la tendance, s'étaient détournés de l'abstraction et de l'art conceptuel. Richard Cork, interviewé à *Newsnight*, confirma l'accession de Winter à un panthéon de peintres figuratifs britanniques au sein duquel figuraient aussi bien Stanley Spencer, Frank Auerbach, Francis Bacon et Lucian Freud.

Des critiques féministes s'exprimèrent avec véhémence sur les réseaux sociaux et dans les pages du *Guardian*, dénonçant la misogynie au cœur de l'œuvre de Winter et la tyrannie du regard masculin. Rachel imprima une sélection des messages les plus virulents et les servit à Hadley au petit déjeuner en même temps que son granola.

« Tu penses qu'on devrait chercher notre coupable de ce côté-là ? demanda Hadley. La mafia féministe ?

– Personnellement, je n'écarterais pas cette possibilité. Je suis allée à une conférence, une fois, je me rappelle. "Psychothérapie et arts visuels", quelque chose comme ça. Il y avait une intervenante, professeure d'histoire de l'art à Leeds, je crois, avec des cheveux rouges et des cuissardes rouges. Je te jure qu'elle m'a foutu les jetons. »

Hadley garda cette image en tête toute la matinée, jusqu'au début de la réunion d'équipe. Cuissardes rouges et cheveux rouges. Est-ce que ça passait mieux, vu par un regard féminin ?

Malgré une certaine activité, il restait encore beaucoup de place sur le tableau blanc interactif. Une photo portrait de Winter ; des clichés du corps, in situ, des gros plans des blessures. Une carte détaillée indiquant la position de l'atelier au milieu des rues et des bâtiments avoisinants. Sur le côté, une photo de Frank Elder, floue et ancienne, et, au-dessous, une photo de sa fille, Katherine, trouvées toutes les deux sur Internet.

Le rapport du médecin légiste à ce jour ne permettait de tirer aucune conclusion ; l'autopsie avait été différée pour des problèmes de personnel ; l'heure du décès n'était toujours pas établie, probablement entre minuit et deux heures du matin le dimanche.

Lors de la fouille, on avait découvert un iMac dans l'appartement de Winter, ainsi que deux téléphones, l'un fixe, l'autre portable. Après avoir obtenu les autorisations nécessaires, la cellule chargée des Enquêtes numériques judiciaires commençait à explorer les mails de Winter et à remonter ses appels durant les quarante-huit heures précédant sa mort.

Les techniciens scientifiques, comme on pouvait s'y attendre, avaient relevé une foule d'empreintes dans l'atelier de Winter, parmi lesquelles celles de Winter, bien sûr, les autres encore non identifiées. Plus précisément, expliqua Terry Mitchell, il y avait trois empreintes sur les menottes et la chaîne : deux, partielles, tandis que la troisième, très claire, appartenait à Winter lui-même.

« Howie, enchaîna Hadley, qu'est-ce que ça donne côté vidéosurveillance ? »

Howard Dean se plaça devant la carte.

« Quatre caméras. Aucune n'est idéale, en ce qui nous concerne. Deux radars de part et d'autre de la rue, ici et ici, tournés chacun dans un sens. Et une caméra devant ce nouvel immeuble – des appartements et des bureaux. Elle couvre la porte d'entrée et un bout du trottoir juste avant l'allée, la ruelle, appelez ça comme vous voudrez, qui mène à l'atelier. Ce qu'elle ne capte pas, c'est le trottoir de l'autre côté, donc quelqu'un qui arrive par là – de l'est, plutôt que de l'ouest – n'apparaît pas à l'image.

— Et cette allée, c'est le seul moyen d'accéder à l'atelier ?

— Oui, à moins d'escalader un grillage de trois mètres de haut surmonté de barbelés qui marque le périmètre de ce magasin de bricolage.

— Vous avez parlé de quatre caméras, dit Hadley. Ça n'en fait que trois.

– La quatrième est fixée à ce poteau, répondit Dean en indiquant une portion du grillage sur la carte. J'imagine qu'elle vise à décourager toute tentative de sectionner les mailles pour embarquer le matériel stocké dehors pendant la nuit. Elle semble pointée sur l'allée de l'atelier, et, en position neutre, c'est le cas. Mais elle est équipée d'un détecteur de mouvements, et au moindre renard qui fourrage dans les poubelles derrière l'immeuble, au moindre tressaillement, y compris dans la cour du magasin, elle pivote. Elle n'est donc pas braquée sur l'allée en permanence. Quelqu'un qui le saurait et voudrait s'approcher sans être vu n'aurait qu'à attendre le bon moment. À quoi il faut ajouter que l'image est très mauvaise, n'importe quel avocat digne de ce nom obtiendrait que cette preuve à charge soit considérée comme irrecevable par le tribunal. C'est loin d'être parfait. »

Un cauchemar, tu veux dire ! pensa Hadley

« Mais le visionnage, ça va ? demanda-t-elle. Vous avancez ? »

Dean secoua la tête. « Il y en a pour des heures et des heures. J'aurais besoin d'une autre paire d'yeux, au moins… À moi tout seul, j'y serai encore dans une semaine.

– Je vais voir ce que je peux faire. Demander du renfort à McKeon, peut-être. » Elle se tourna vers un autre membre de l'équipe. « Mark. Le passé de Winter… Des squelettes dans le placard ?

– Pas pour l'instant, je ne vois rien. Il a été marié à une certaine Susannah Fielding, de 1989 jusqu'à leur divorce dix ans plus tard. C'est une artiste aussi. Peintre. Elle habite à Letchworth… Letchworth Garden City, plus exactement. Deux enfants, Matthew et Melissa, nés en 1992 et 1994. Il n'a eu apparemment qu'une seule liaison importante depuis le divorce, une que j'ai pu trouver, en tout cas. Avec une autre artiste, Adriana Borrell. Une sculptrice. Et ça remonte à au moins dix ans, sinon plus.

– On a une adresse pour elle ?

– Pas encore, hélas.

– Bon, restez sur le coup. On ne sait jamais, ça pourrait être utile. Ou pas… Bravo, tout le monde. Vous avez bien bossé. Chris est descendu dans les Cornouailles pour parler à Frank Elder, à propos de cet incident à la galerie, Alice et moi allons voir sa fille à Dalston. On fait un point demain. D'ici là, s'il se passe quoi que ce soit, une percée quelconque, je veux être prévenue immédiatement. Dans la minute. »

## 21

Rachel l'avait taquinée plus d'une fois parce qu'en voiture elle laissait le volant à ses subordonnés et s'installait à la place du passager. C'est un truc de pouvoir, reconnais-le. Au moins tu ne te mets pas à l'arrière, que je sache, comme une bourge avec son chauffeur. En fait, quand elle avait des documents à lire, sur papier ou à l'ordinateur, des mails auxquels répondre, c'était exactement ce qu'elle faisait. Pour ne pas s'attirer les foudres de Rachel, Hadley avait gardé ça pour elle.

Aujourd'hui, elle était assise à côté d'Alice, qui s'engageait sur le rond-point de St Paul's Road. Une conduite à l'image de sa personnalité : attentive, précise, prudente. Pas du genre à prendre des risques inutiles.

En l'observant à la dérobée, Hadley revit soudain, dans un souvenir éclair, une image tirée d'un de ces films des années soixante dont elle se délectait avec Rachel de temps en temps – ou plutôt s'était délectée, avant que sa promotion au rang d'inspecteur-chef ne réduise de moitié leur temps de loisir. Le noir et blanc contrasté d'une pellicule 35 mm au BFI Southbank ou au Regent Street récemment rénové, un cocktail dans un bar avant la séance, un dîner ensuite.

Rachel, une mordue de cinéma depuis ses années à la fac. Bergman, Bresson, Godard, Kieslowski et Kaurismäki. Et Alice, se dit Hadley, était presque le sosie de Jean Seberg dans *À bout de souffle* : grands yeux clairs, sourcils sombres, coupe garçonne blond foncé. Alice, habillée tout en noir comme d'habitude – pull noir, pantalon noir, baskets noires –, un œil sur le GPS, tournant encore deux fois avant de s'arrêter devant la cité de Wilton Estate.

La jeune femme qui ouvrit la porte était petite. D'origine africaine. Nigériane peut-être ? Elles entrèrent, après avoir décliné leur identité et montré leurs cartes de police.

Katherine Elder était debout près de la porte du balcon, entrouverte. Même dans un vieux jean et un haut informe, sans maquillage, avec les cheveux attachés en arrière, elle était incontestablement très belle, pensa Hadley.

« Merci d'avoir accepté de nous recevoir », dit Hadley.

Katherine hocha la tête et, d'un geste, les invita à s'asseoir. « Vous voulez un thé ou quelque chose ? Un café ?

– Merci, répondit Hadley. Un thé, avec plaisir.

– Il y a du thé au jasmin, je crois. Sinon, du noir. En sachet.

– En sachet, c'est parfait.

– Je vais faire chauffer de l'eau, dit Abike, et après je vous laisse. »

Katherine la remercia d'un sourire.

Hadley admira l'appartement, demanda comment était le quartier ; elle ne connaissait pas vraiment cette partie de Londres. Katherine répondit sans enthousiasme. Elle jouait avec son chouchou, puis finit par l'enlever complètement et libéra ses cheveux.

« Ça a dû être un choc », reprit Hadley quand le thé fut servi, une fois Abike partie. « D'apprendre ce qui était arrivé à Anthony Winter.

– Un choc… Oui.

– Et vous travailliez pour lui, vous étiez son modèle. Depuis combien de temps ?

– Pas très longtemps, en fait. Six mois, un peu plus.

– Malgré tout, lorsqu'on travaille ensemble de cette manière… Vous deviez être assez proches, non ?

– Si… » Sa main qui tripotait ses cheveux, attrapant une mèche, la relâchant.

« Katherine ?

– Je… Oui, on était proches. » Des larmes silencieuses roulèrent sur son visage.

Alice lui offrit un mouchoir en papier.

« Je suis désolée de vous imposer ça, dit Hadley.

– C'est pas grave, je… Je n'arrivais pas à y croire, vous comprenez ? On ne pense jamais… » Elle s'essuya les yeux, se moucha, froissa le mouchoir entre ses doigts. « Anthony, il était toujours… il était *là*, quoi. » Elle fit un geste avec les deux mains, pour figurer un objet solide, une statue, une personne.

« Une présence », suggéra Hadley.

Katherine acquiesça. Renifla. Joua encore avec ses cheveux.

« Donc, Anthony et vous… je veux simplement que les choses soient claires, dit Hadley. Il n'y a pas si longtemps, vous travailliez encore pour lui. C'est bien ça ?

– Non. Non, pas vraiment. La dernière fois… la dernière fois que j'ai posé pour lui, c'était il y a plus d'un mois maintenant.

– Vous avez arrêté parce que… ?

— Les toiles qu'il peignait, à ce moment-là, étaient quasiment terminées. En tout cas, moi, je ne servais plus à rien. Il allait encore les retoucher, évidemment, jusqu'à ce qu'il soit satisfait… Je crois qu'il faisait toujours comme ça, c'était sa manière de travailler. Mais il n'avait pas besoin de moi.

— Et après, quand vous ne posiez plus pour lui ? Vous l'avez revu ? »

Katherine secoua la tête. « Il était très occupé à préparer son expo.

— Et… que ce soit clair… vous ne l'avez plus revu, c'est bien ce que vous dites ?

— Pas exactement. Il y a eu une fois…

— Donc, vous l'avez vu ?

— Oui, une fois. Il m'a demandé si j'aimerais voir les tableaux avant qu'ils partent à la galerie.

— Et c'était quand ?

— La semaine dernière. Lundi. » Elle tritura une mèche de cheveux. « Oui, c'est ça. Lundi.

— Vous êtes sûre ?

— Oui. Parce qu'au début, je ne pensais pas que j'irais… Je ne voulais pas.

— Pourquoi ? »

Katherine s'agita sur son siège. « Il y avait eu un… comment dire ?… un malentendu.

— Entre Anthony et vous ?

— Oui. Et je ne croyais pas… Je ne croyais pas que je le reverrais. Alors, quand il a téléphoné pour me proposer de passer à l'atelier, je ne savais pas si…

— Ce malentendu, c'était d'ordre professionnel ? Lié à votre travail ensemble ? »

Katherine détourna les yeux. « Non. Non, pas vraiment.

— Personnel, alors ?

– Oui, mais… mais j'ai pas envie d'en parler. D'accord ? Je préfère pas.

– Très bien. On laisse ça de côté pour l'instant.

– Rien à voir avec… avec ce qui s'est passé. »

Hadley leva une main rassurante. « Pas de problème. Je vous le répète, on n'a pas besoin de s'en occuper. Pas maintenant, du moins. »

De la rue montèrent les aboiements de deux chiens, l'un aigu, l'autre grave ; une voix de femme ensuite, autoritaire, puis le silence revint.

Alice changea légèrement de position et sollicita l'attention de Katherine. « Quand vous avez vu les tableaux, le lundi, d'après ce que vous avez dit, qu'en avez-vous pensé ?

– Je ne sais pas.

– Vous avez sûrement eu une réaction, non ? En les voyant terminés.

– Oui… J'ai été… surprise.

– Par quoi ? »

Katherine réfléchit avant de répondre. « Ils étaient tellement… Je ne sais pas, c'est peut-être bête… mais ils paraissaient tellement… réels.

– Ressemblants, vous voulez dire ?

– Non, non. Ils avaient quelque chose de… cru. Réels, mais comme magnifiés, je ne peux pas vraiment expliquer. » Elle tripota encore ses cheveux. « Et ils étaient différents. C'était surtout ça. Différents.

– Différents comment ?

– Avec des choses ajoutées, des changements. Pour accentuer le côté dramatique, j'imagine…

– Quel effet ça vous a fait ? »

Katherine garda les yeux rivés au sol.

Alice patienta un moment, pour ne pas la brusquer. Puis : « Katherine ?

– J'ai pas aimé. Ce qu'il avait fait. Je veux dire, je sais que c'est *son* travail, *ses* tableaux, mais... » Elle semblait à nouveau au bord des larmes.

« Mais quoi ? insista doucement Alice. Qu'est-ce que vous n'avez pas aimé.

– Il les avait rendus... plus moches. Même laids. Par exemple, il y en a un où j'ai les bras au-dessus de la tête... Quand je posais, la plupart du temps on utilisait un tissu souple, une écharpe, pour soutenir mes bras. C'est seulement à la toute fin, les derniers jours... Anthony a voulu que je mette les menottes, et jamais aussi serrées que sur les tableaux. Quand on voit ça maintenant, on dirait que je suis prisonnière. Que j'ai mal.

– Ce n'était pas le cas ?

– Pardon ?

– Vous n'aviez pas mal ?

– Non. Bien sûr que non.

– Donc il a changé après ?

– Oui.

– Sans vous le dire ?

– Non, évidemment. C'est vrai, quoi, c'est lui le peintre... Je comprends. Il est libre. Mais bon, encore une fois, c'est difficile à expliquer.

– Vous vous êtes sentie mal à l'aise ? En voyant ce qu'il avait fait ?

– Oui. Comme celui où on dirait que je saigne... là, en bas... on pense que j'ai peut-être mes règles... »

Elle se couvrit le visage de ses mains. Hadley et Alice échangèrent un regard. Alice partit dans la cuisine, et revint avec un verre d'eau qu'elle tendit à Katherine ainsi qu'un autre mouchoir en papier.

« Je suis vraiment désolée, dit Hadley quand Katherine se fut ressaisie. Je comprends que vous soyez bouleversée. Nous ne vous retiendrons pas longtemps. Deux ou trois choses encore… »

Katherine renifla, s'essuya les yeux.

« L'incident à la galerie avec votre père, vous êtes au courant ? »

Katherine hocha la tête. « Il a été commenté sur Twitter, partout.

— Vous n'y étiez pas, vous ?

— Au vernissage ? Non.

— Et votre père, vous saviez qu'il s'y rendrait ?

— Oh non. Si je l'avais su, je l'aurais supplié de ne pas y aller. Je ne comprends pas ce qui lui a pris de se pointer là-bas.

— Sa réaction vous a étonnée ? »

Katherine hésita. « Pas vraiment, non.

— Il se met facilement en colère ?

— Parfois, oui.

— Surtout pour ce qui vous concerne ?

— Peut-être. » Haussement d'épaules. « Sans doute.

— Mon père se serait comporté de la même manière, dit Alice. Rien que de me voir nue, ça aurait suffi. Mais quelque chose de ce genre… je ne sais pas de quoi il aurait été capable. »

La sirène d'une ambulance, à plein volume, envahit la pièce. Puis s'éloigna.

« Avant de vous laisser…, dit Hadley. Avez-vous une idée quant à la personne qui aurait pu s'en prendre à Anthony de cette manière ?

— Non. Non, aucune idée.

— Des ennemis ? Quelqu'un dont il aurait parlé ?

— Non. Mais j'ai pensé…

— Allez-y.

— J'ai pensé que celui qui avait fait ça, c'était… je ne sais pas… un intrus. Un cambrioleur, peut-être. Pas quelqu'un qu'il connaissait, agissant délibérément.

– L'enquête commence à peine. Nous devons envisager toutes les possibilités. C'est pourquoi je vous pose la question. »

Katherine repoussa ses cheveux, réfléchit encore avant de répondre. « Je ne crois pas qu'il ait eu des "ennemis". Non… Anthony ne cherchait pas particulièrement à être aimé. Au contraire, parfois, d'après ce que j'ai vu. Mais des ennemis… » Elle secoua la tête. « Le fait qu'il ait changé de galerie a provoqué pas mal de remous, ça, je le sais. Ceux qui le représentaient avant étaient furieux. Mais on ne tue pas quelqu'un pour ça, non ?

– Peut-être pas. » Hadley se leva après un bref sourire. Alice l'imita. « Merci d'avoir accepté de nous parler et de nous avoir accordé du temps. En raison de votre présence dans l'atelier, nous allons devoir prendre vos empreintes digitales. On procède toujours par élimination…

– Oui, je comprends.

– Il y aurait moyen que vous passiez au commissariat de Shacklewell Lane dans la journée ? Ou bien on pourrait vous y emmener maintenant, si vous voulez ?

– Non, c'est bon. Je dois aller de ce côté-là de toute façon.

– Parfait. Je les préviens.

– Et un numéro de portable sur lequel on peut vous contacter ? Si besoin ?

– Bien sûr. »

Alice nota le numéro. À la porte, elles serrèrent la main de Katherine, Hadley en premier, puis Alice. « Je suis désolée de vous avoir infligé ça », dit Hadley.

Katherine répondit par un sourire las.

Hadley et Alice ne parlèrent pas avant d'être ressorties dans la rue.

« Vous avez remarqué ? demanda Alice. Quand on lui a serré la main ?
– Quoi ? Les cicatrices sur ses poignets ?
– Oui. Scarification, vous croyez ?
– Probablement. Ou plus grave…
– On se renseigne auprès des hôpitaux ? »

Hadley hocha la tête. Elles avaient atteint la voiture. Une femme en burqa remontait lentement le trottoir opposé, portant deux sacs Sainsbury's orange.

« Elle pourrait être mêlée à l'affaire Winter, à votre avis ?
– Je n'y crois pas trop, mais oui, c'est possible. Un malentendu entre eux, a-t-elle dit ?
– Oui. Personnel. Elle n'avait pas envie d'expliquer…
– Elle sera peut-être obligée, on verra. »

Elles montèrent en voiture. Alice démarra, jeta un coup d'œil dans le rétroviseur, mit le clignotant.

« Vous avez assuré avec elle, dit Hadley. C'était très bien.
– Merci. »

Alice tourna la tête au moment de déboîter, et en profita pour cacher son sourire.

## 22

Le temps de retraverser la péninsule, de Penzance à Zennor, Elder s'était suffisamment calmé pour regretter son comportement impétueux et la plupart de ses paroles. Provoquer un sergent de la Met et le mettre au défi de l'arrêter pour présomption de meurtre... Pas très malin. Mais ce qui était fait était fait. Il attendrait qu'ils reviennent le chercher, s'ils voulaient pousser les choses plus loin.

Katherine avait sûrement été interrogée par un autre membre de l'équipe, il se demanda comment elle se sentait. Au lieu de se conduire comme un imbécile, il aurait pu se renseigner auprès du sergent – Phillips, c'était son nom ? – et découvrir qui était chargé de l'enquête. Il n'était pas impossible, même après tout ce temps, qu'il s'agisse d'une ancienne connaissance, quelqu'un avec qui il avait travaillé, un policier en début de carrière ayant ensuite grimpé les échelons.

Ou quelqu'un comme Karen Shields.

Il sourit à la simple évocation de ce nom.

Aux dernières nouvelles – ce qui remontait à cinq ou six ans –, Karen était inspecteur-chef aux Homicides. Une enquête qu'elle était parvenue à élucider avait eu un certain retentissement à l'époque : le meurtre d'un jeune Moldave dont le corps avait été découvert sous la glace d'un lac de Hampstead Heath[1].

Il n'oublierait jamais leur ultime soirée, quelques années auparavant ; par la suite, ils ne s'étaient plus reparlé. Ils avaient passé la nuit ensemble. Karen et lui, pour la seule et unique fois, tous deux boostés à l'adrénaline après une affaire difficile, dossier bouclé, enquête terminée, du moins le semblait-il – dîner au Moro, à Clerkenwell, vin, brandy – quand ils s'étaient dit au revoir devant chez lui et qu'elle l'avait embrassé sur la bouche, tandis que le chauffeur de taxi attendait et que le compteur tournait. Au petit matin, il s'était réveillé soudain, seul dans le lit, une arme pointée sur sa tête.

Puis Karen, nue comme un ver, avait surgi de la cuisine, brandissant une bouilloire en acier inoxydable qu'elle avait abattue sur le visage de l'intrus lorsqu'il s'était tourné vers elle, lui fendant l'os du nez ; la chair de part et d'autre, explosée comme une prune trop mûre.

Elder avait échappé de justesse à la mort.

Que Karen soit chargée de l'enquête sur le meurtre de Winter, ce serait trop espérer.

Elle occupait toujours ses pensées lorsqu'il entendit la voiture de Cordon s'arrêter dehors.

« Vous avez sacrément déconné, là, gronda Cordon à la porte.

– Inutile de me le dire.

– Ah, vous le savez alors ?

– Oui.

– Gestion de la colère, ça se travaille en thérapie. » Elder hocha la tête. « Il est où maintenant, Phillips ?

– La dernière fois que je l'ai vu, au téléphone, en train de parler à sa chef.

– Pour savoir s'il faut me prendre au mot et m'arrêter.

---

1. Voir *Lignes de fuite* du même auteur chez le même éditeur.

– C'est ce que vous mériteriez.

– Bon alors, des excuses en règle ? Amende honorable ?

– À genoux, ce ne serait pas de trop. »

Elder secoua la tête, accablé.

« Mais enfin, qu'est-ce qui vous a mis tellement en pétard ? Il n'a pourtant rien dit d'inacceptable. Le pauvre gars ne faisait que son boulot.

– Je sais, je sais. C'est cette histoire avec Katherine…

– Quand elle a été enlevée ? C'est à ça que vous pensiez ? » Cordon était au courant de ce qui était arrivé à Katherine. Du moins, il connaissait les faits, sans entrer dans les détails. Il ne voulait pas en savoir plus.

« En gros, oui, répondit Elder. Et maintenant, avec Winter, tout me revient.

– C'est vous qui l'avez découverte, n'est-ce pas ? Là où elle était séquestrée ?

– Je suis arrivé le premier, en effet. Les autres suivaient.

– Des choses pareilles, dit Cordon, on a beau se faire aider, ça ne s'en va jamais.

– Elle a vu un psy, elle a passé quelques jours à l'hôpital et pris un traitement. Je ne suis pas sûr que ça l'ait beaucoup soulagée.

– Je ne pensais pas à elle.

– Comment ça ?

– C'est peut-être vous qui avez besoin d'être aidé. De parler à quelqu'un, en tout cas.

– Je ne crois pas.

– L'épisode de ce matin ? Comment vous avez pété les plombs…

– Phillips. Il me provoquait.

– Et à Londres ? Le bazar à la galerie ? »

Elder le regarda fixement. « Je me suis énervé, d'accord ? Mais je n'ai aucun regret. Pour moi, il a eu ce qu'il cherchait. Je le referais sans doute si l'occasion devait se produire à nouveau.

– À votre place, je ne le crierais pas sur les toits. Pas avec un meurtre et une enquête en cours.

– Ne vous inquiétez pas, je n'ai pas plus envie que vous d'avoir la Met sur le dos. Ramenez-moi au commissariat pour que les techniciens prélèvent un échantillon de mon ADN et prennent mes empreintes. Phillips repartira content à Londres. J'espère qu'il acceptera mes excuses. »

Cette nuit-là, le rêve revint. Il s'éveilla poisseux de sueur. Se leva péniblement, ouvrit la fenêtre et respira l'air froid de la nuit. Le ciel était noir, la lune cloîtrée derrière les nuages. En bas, il se servit un whisky, alluma la chaîne, chercha un CD dans la pile.

La musique commença doucement, d'abord les cordes et les vents, puis le chœur...

Elder ferma les yeux.

Vit Katherine. Le visage de Katherine. Pâle, les traits tirés ; effrayée.

Il lui avait téléphoné avant de quitter Penzance, mais son portable était éteint ; à l'appartement, il avait demandé à lui parler.

« Elle n'est pas là, avait répondu Stelina. Elle vient de partir. Je ne sais pas exactement quand elle rentrera.

– Qu'elle me passe un petit coup de fil à son retour, d'accord ?

– Pas de problème. »

Rien. Katherine n'appela pas. Elder l'imagina à côté de sa colocataire, gesticulant et secouant la tête. Articulant silencieusement : dis-lui que je ne suis pas là.

Lorsque le *Requiem* s'acheva une heure plus tard, les premières lueurs pointaient à l'horizon et dessinaient les confins de la mer.

## 23

« Les tableaux de ce mec…, dit Rachel.
– Oui, quoi ? »

Hadley était debout devant la gazinière, où le café commençait à percoler ; Rachel avait bu la moitié de son infâme smoothie, chou kale, épinards et orties, avec son iPad dressé à côté de sa tartine grillée.

« Celui-ci, par exemple. Si un de mes clients m'apportait un truc pareil après une séance d'art-thérapie, je serais carrément inquiète.

– Il vaut mieux que ça sorte, non ? Je croyais que c'était le but.

– Tout dépend s'il s'agit de s'en débarrasser, ou d'élaborer une sorte de brouillon pour un projet qu'on mettra en pratique plus tard.

– Tu crois que c'était son cas ? Winter ?

– Pas impossible. Et si tu ne retires pas le café du feu, il va avoir un goût de pisse de chat.

– Si tu peux mieux faire, à l'avenir tu n'auras qu'à t'en charger.

– J'y penserai, figure-toi.

– Holà ! » Hadley leva une main alarmée. « Attention. Les gouines se prennent le bec ! »

Rachel rit. « Mea culpa. Mais, sérieux, dès que le café commence à monter…

– Rachel !
– … il faut couper le gaz. »

Hadley attrapa le premier objet non tranchant qui lui tomba sous la main, une manique, en l'occurrence, et la lança à la tête de sa compagne.

« Tu crois vraiment, dit-elle un peu plus tard en montrant l'écran, qu'il y a de la perversion là-dedans ?
– Pas toi ?
– C'est de l'art, qu'est-ce que j'y connais ?
– Ne sois pas naïve. »

Hadley goûta son café. Bouilli, incontestablement. « Quand on a interrogé la jeune femme qui a posé pour les tableaux, elle a dit que ces accessoires qui te font réagir, pour la plupart, avaient été ajoutés après.
– Tant mieux pour elle. » Rachel beurra une autre tartine. « N'empêche, c'est peut-être ce qu'il avait en tête à ce moment-là. Ce dont il avait envie, même si, pour une raison quelconque, il ne s'en sentait pas tout à fait capable. Du moins, pas avec elle.
– Mais peut-être dans d'autres situations, c'est ce que tu penses ?
– Qui sait ? »

Hadley eut un sourire narquois. « Ben alors, si *toi*, tu ne sais pas… »

Chris Phillips attendait dans l'entrée, tenant d'une main un gobelet de café provenant de chez Bean About Town, de l'autre une moitié de muffin.

« Vous devriez vous lever plus tôt, dit Hadley. Prendre un petit déjeuner correct.
– Quoi ? Vous êtes ma mère, tout d'un coup ?
– Dieu m'en garde.
– Elle sera contente que vous ayez dit ça. »

Hadley avait rencontré la mère de Chris Phillips à deux reprises ; ancienne infirmière, à présent à la retraite, elle était arrivée de Jamaïque à vingt ans, avait rencontré le père de Chris, un musicien dans un orchestre de bal, et s'était installée dans l'ouest de Londres, à Westbourne Grove. Une forte personnalité.

« Comment s'est passé le voyage chez nos amis les Gallois ?

– À part le fait que c'est un coin paumé ?

– À part ça.

– Officiellement, tout le monde s'est montré très coopératif.

– Et officieusement ?

– Elder et l'inspecteur, Trevor Cordon... ils boivent des coups ensemble. Conflit d'intérêts, évidemment. Mais ça n'aura pas beaucoup d'impact, à mon avis. Plusieurs témoins sont prêts à attester qu'ils ont croisé Elder à divers moments le week-end du 9-10. À moins qu'il ait battu le record de vitesse terrestre ou affrété un avion privé, on n'imagine pas comment il aurait pu monter à Londres, agresser Winter dans son atelier et revenir.

– Mais ce n'est pas impossible.

– Peut-être pas. Je répète que je ne vois pas comment, mais vous avez raison, il ne faut pas complètement l'écarter. Pas encore, en tout cas. D'autant qu'il a un sale caractère...

– Vous voulez parler de l'incident à la galerie ?

– Pas seulement. Il est sorti de ses gonds et m'a planté avant la fin de l'interrogatoire. Heureusement, Cordon a réussi à le ramener après l'avoir calmé.

– Quelque chose en particulier qui a provoqué cette fureur ?

– Les tableaux de sa fille, ça a été l'étincelle. Cela dit, on peut comprendre. Quand on voit une image pareille de sa gamine...

– Ce n'est pas exactement une gamine.

– Pas loin, pour lui. Surtout après ce qui s'est passé.
– Qu'est-ce qui s'est passé ?
– Désolé… Je croyais que vous étiez au courant.
– Au courant de quoi ?
– Sa fille, Katherine. Elle a été enlevée. Il y a six ou sept ans. Séquestrée. Violée. Torturée.
– Bon sang. Pourquoi on ne m'a rien dit ?
– Je suis désolé. Encore une fois, je croyais…
– Peu importe. Pas maintenant. » Hadley changea d'expression. « Elle ne devait pas être très vieille à l'époque.
– Seize ans.
– Le responsable…
– Perpétuité à Wakefield. »

Hadley revoyait la jeune femme qu'elle avait interrogée avec Alice, anxieuse, agitée, tirant distraitement sur ses cheveux. Des cicatrices récentes sur ses poignets. Un historique d'automutilation ?

« Ça change la donne, selon vous ? dit Phillips. En termes de mobile potentiel ?
– Pour Elder ? »

Phillips acquiesça.

Hadley recula d'un pas, absorbée dans ses pensées, se remémorant les paroles de Rachel le matin.

« Je me demande si Winter savait ce qui lui était arrivé, reprit-elle. À Katherine. Quand il a peint ces tableaux.
– Il s'en serait inspiré, vous voulez dire ?
– Possible. En recréant la scène.
– Quel pervers ferait une chose pareille ?
– Aucune idée. Et peut-être que je suis complètement à côté de la plaque. Mais Chris… Passez en revue tous les détails de l'enlèvement, au cas où. Relancez aussi les équipes scientifiques, d'accord ? Howie était censé les harceler, mais qui sait ?

– Et les écoutes téléphoniques, il y a du nouveau ?
– Les techniciens de la CIU traînent les pieds. Richard devait les bousculer.
– Je lui filerai un coup de main.
– OK, parfait… » Elle consulta sa montre. « J'ai un rendez-vous, ça ne devrait pas durer plus d'une demi-heure, max. D'ici là, c'est vous le capitaine. »

Phillips grimaça un sourire. « Je vais essayer de ne pas nous échouer. »

Rebecca Johnson était assise à une table dans un coin, vêtue d'une robe Ghost aux tons pâles dans les bleus et gris que Hadley avait regardée en ligne à peine une semaine plus tôt. Elle ne savait pas trop pourquoi, du reste. Depuis quand ne s'était-elle pas mise en robe ?

« Rebecca, bonjour. Merci d'avoir pris le temps.
– Pas de problème. » Se levant à demi, elle sourit. « Vous savez, je ne sais pas comment vous appeler. Madame l'Inspecteur-chef, on en a un peu plein la bouche…
– Alex. Alex, c'est très bien.
– Bon alors, Alex.
– Vous voulez quelque chose ?
– Non, merci. Ça va. »

Au comptoir, Hadley commanda un double macchiato et se servit de l'eau avec un pichet mis à la disposition des clients, en veillant à ne pas faire tomber les glaçons ni les tranches de citron vert dans son verre.

À ses débuts dans la police, lorsqu'elle avait pris ses fonctions à Holmes Road, le mieux que l'on pouvait espérer, c'était une tasse de café instantané et une cuillère mal lavée. Aujourd'hui, il y avait trois franchises et quatre coffee shops indépendants où il était possible de se rendre à pied dans la rue principale, entre les traditionnelles boutiques de charité et les agences immobilières. Peut-être le monde était-il divisé ainsi à présent : ceux qui lâchaient sans ciller presque trois livres pour un café *flat white* et ceux qui n'en avaient pas les moyens. Le yin et le yang du capitalisme, comme Rachel aimait à le dire.

« L'enquête avance ? demanda Rebecca quand Hadley revint s'asseoir.

— Oh, elle commence à peine.

— Je n'arrive toujours pas à y croire.

— D'autant plus que vous avez découvert le corps, ce n'est pas étonnant.

— On s'habitue, je suppose. Les cadavres. Le sang…

— Pas vraiment. » Hadley sourit. « On apprend seulement à faire semblant d'être habitué. »

Quand son macchiato lui fut apporté, il était parfait. Avec la crème onctueuse sur le dessus, exactement la quantité qu'il fallait.

« Je voulais vous demander…, dit-elle. Apparemment, il y a eu un certain ressentiment lorsque Winter a changé de galerie ?

— Un *certain* ressentiment ? C'est un euphémisme.

— Quelqu'un a été contrarié ?

— Son porte-monnaie, plutôt. Son compte en banque.

— Cela représentait une somme d'argent importante ?

— Des milliers de livres. Des millions, potentiellement.

— Je n'avais aucune idée de ça. C'est vrai, on entend parfois parler de tableaux qui se vendent aux enchères à des prix exorbitants, mais ce sont des œuvres de… je ne sais pas… Warhol, Picasso, ou une vieille toile de Van Gogh qui ramassait la poussière dans un grenier depuis plusieurs générations. Mais Winter, non, je n'avais aucune idée. »

Rebecca finit son cappuccino ; ne restait que la mousse dans la tasse. Une jeune mère qui ressortait coinça sa poussette entre une table et la porte, et un étudiant assis à une fenêtre devant son ordinateur bondit pour lui venir en aide.

« Ce que vous devez comprendre, expliqua Rebecca, c'est que d'un point de vue financier, Anthony a végété pendant des années. Il n'attirait pas les gros poissons, les collectionneurs sérieux, même s'il exigeait déjà des sommes tout à fait correctes. Des montants à cinq chiffres, parfois. Rarement. Abernathy le représentait depuis qu'il avait quitté le Royal College… Pas trop délirant, pas trop flamboyant, ce n'est pas le style de la maison. Mais respectable, la vieille école, une valeur sûre. Ensuite, quand Anthony et moi nous sommes mis ensemble…

– Vous étiez ensemble ? »

Rebecca rit. « Oh, non, pas comme ça. Vous n'y êtes pas du tout. Non, je parle d'une relation strictement professionnelle. J'avais des contacts que ce pauvre vieux Rupert – Rupert Morland-Davis, le propriétaire d'Abernathy – n'avait tout simplement pas. De nouveaux collectionneurs, de l'argent neuf. Russe, bien sûr, et chinois. J'ai travaillé pour le compte d'Anthony et ses prix ont commencé à monter. Mais à un moment, il me faut quand même le soutien d'une galerie… Pendant ce temps-là, Rupert augmentait son chiffre d'affaires à Abernathy sans bouger le petit doigt.

– Combien prend la galerie ?

– Pour la vente d'un tableau ? Cinquante pour cent. »

Hadley émit un sifflement. « Tant que ça ? C'est dingue.

– Ça va, s'il s'agit d'une commission pour laquelle un travail a été fourni. Mais sinon… J'ai donc organisé le départ d'Anthony chez Hecklington and Wearing. Des galeristes jeunes, branchés, avec le vent en poupe.

— Et ce pauvre vieux Rupert, comme vous l'appelez, il n'était pas content.

— Il a failli faire un AVC et a menacé d'intenter une action en justice. Laquelle était dénuée de tout fondement : Anthony n'avait jamais rien signé, c'était un accord informel. En d'autres termes, un *gentlemen's agreement*.

— Et vous n'êtes pas un gentleman.

— Exactement. »

Il y avait quelque chose dans les yeux de Rebecca Johnson, pensa Hadley. Changeaient-ils de couleur quand elle souriait ? Elle but presque la totalité de son verre d'eau.

« Si je résume, dit-elle, ces manœuvres ont plus que chagriné Morland-Davis. Il en a été largement pour ses frais.

— En effet.

— J'imagine qu'il a fait son possible à l'époque pour dissuader Winter ?

— Il y a eu quelques discussions houleuses, je crois. À la fin, Anthony a complètement cessé de lui parler. Tout devait passer par moi.

— Ce qui a pu le rendre encore plus furieux ?

— Sans doute, mais pas… » Elle sourit. « Pas au point de le tuer, si c'est ce que vous pensez. Quand Rupert pique des crises, il est plutôt du genre à lâcher des bordées d'injures. » Un sourire lui plissa le visage. « Il n'a pas fini d'avaler sa couleuvre, d'ailleurs… Je vais vous paraître insensible, mais un bon artiste mort vaut parfois davantage que s'il était en vie. Le prix des toiles existantes augmente quand il est clair qu'il n'y en aura pas d'autres.

– Et la part qui revient à Winter ? Que devient-elle maintenant ?

– Tout dépend de son testament. S'il y en a un. Son notaire doit savoir. Sinon, une fois que j'ai touché ma commission, je présume que l'argent reste à la banque.

– Ce notaire… vous n'auriez pas son nom, par hasard ?

– J'ai son numéro aussi. » Rebecca attrapa son portable. « Donnez-moi une adresse mail, je vous l'envoie. »

Quand ce fut fait, Hadley jeta un coup d'œil à sa montre. « Je dois filer. Ces infos m'ont été très utiles. Merci de m'avoir consacré du temps. »

Elle se levait déjà quand Rebecca la retint d'une main. « On pourrait se revoir un de ces jours ? Pour boire un verre ? »

Hadley mit un moment à répondre. « Non. Non, je ne crois pas. C'est gentil, mais non. »

Rebecca sourit, retira sa main. « Je comprends. »

## 24

Katherine était affalée sur un banc en bordure du sentier qui menait aux courts de tennis, blouson de cuir fermé jusqu'au cou, bouteille à portée de main. Elle ne savait pas depuis combien de temps elle était là. Deux femmes passèrent en parlant fort en polonais, poussant des landaus, les gosses de quelqu'un d'autre. Un troupeau de collégiennes, lançant des jurons à tue-tête, jupes remontées sur les cuisses. Des joggeurs. Un homme aux cheveux blancs tirant un petit chien court sur pattes au bout d'une laisse.

Chrissy avait encore appelé de sa part, un peu à contrecœur. Trois jours de suite qu'elle annulait une séance. L'idée qu'on allait la regarder, même tout habillée, sans parler de nue, lui était insupportable.

Sa colocataire l'avait houspillée. « Il faut que tu te ressaisisses. Tu t'en rends compte, non ? Tu es vraiment dans un sale état. »

Qui aime bien châtie bien, s'était dit Katherine.

Elle leva les yeux quand une femme s'approcha sur la pelouse ; crut un instant la reconnaître, puis décida qu'elle se trompait.

« Katherine ? Kate ? »

Surprise, elle leva à nouveau les yeux en entendant la voix. Veste rembourrée, pantalon noir enfoncé dans des bottines argent, béret bleu qui couvrait presque complètement les cheveux noirs.

« Vi ? Qu'est-ce que tu fais là ?

— Je te cherche. »

Katherine se redressa sur le banc, passa les mains sur son visage.

« Je peux m'asseoir ? »

Elles ne parlèrent pas tout de suite. Katherine avait conscience de la bouteille de vodka à ses pieds.

« London Fields[1], dit Vida. Autrefois, je traînais tout le temps par ici. Il y a longtemps. Je n'étais encore qu'une gamine. Le roman venait de sortir... Amis, c'est ça ? Martin Amis ? » Elle rit. « Ça a beaucoup changé depuis. Maintenant, c'est devenu un quartier branché. Hackney, le rendez-vous des hipsters.

— Comment tu savais que j'étais là ?

— Chrissy. Chrissy me l'a dit. Elle se fait du souci pour toi.

— Ce n'est pas la peine.

— Ah non ? » Vida regarda longuement la bouteille aux pieds de Katherine. « Tu en es à combien ? Une bouteille par jour ?

— Vi, ne te...

— Et des cachetons, aussi ?

— Vi... »

Vida se pencha, attrapa la bouteille, esquiva quand Katherine voulut la reprendre, puis la retourna et versa ce qui restait de vodka dans l'herbe.

« Pourquoi t'as fait ça, putain ? dit Katherine avec colère.

— Il me semblait que tu avais assez bu.

— C'est pas tes oignons, que je sache !

---

1. Parc situé à Hackney, dans l'est de Londres, et roman du même nom (1989), de l'écrivain Martin Amis.

– Non ?
– Non.
– Bon, alors je me suis trompée. »
Elle s'éloignait déjà quand Katherine la rappela.
« Vi, excuse-moi. »
Vida revint s'asseoir et entreprit de rouler une cigarette. « C'était un salaud, tu ne le sais pas ? dit-elle. C'est même étonnant qu'on ne l'ait pas tué avant.
– Non.
– Non, quoi ?
– Ne dis pas ça.
– Pourquoi ? C'est vrai. Il ne pensait qu'à sa gueule. Note bien, les artistes, pour la plupart, ils sont tous pareils. Des égoïstes de première. Anthony, s'il n'y voyait pas un intérêt pour lui, si tu ne lui servais pas à quelque chose, il ne te calculait pas.
– Je croyais que tu étais son amie.
– Tant que ça l'arrangeait, oui. Oh, il daignait venir à mes cours de temps en temps, il jouait le mec bienveillant qui encourage et félicite. Mais seulement pour ce qu'il pouvait obtenir en échange.
– Quoi, par exemple ?
– Toi. »
Katherine la dévisagea d'un air incrédule, sans parvenir à débrouiller le sens véritable de ce qu'elle venait d'entendre. Vida tendit la main pour la toucher gentiment, elle la repoussa.
« Des filles, voilà ce qu'il voulait. Des filles qu'il utilisait et jetait ensuite, quand il avait terminé. Mais avec toi, c'était différent. En tout cas, au début, c'est ce que j'ai pensé. Il voyait quelque chose d'autre chez toi. Et ça saute aux yeux. Dans les tableaux, dans son travail.
– Qu'est-ce que tu veux dire ? »

Vida tira sur sa cigarette. « Je lui ai demandé une fois... ce qu'il voyait chez toi, ce qui te distinguait, et il a dit : la souffrance. »

Katherine cambra brusquement les reins comme si on l'avait frappée par-derrière.

Vida tendit la main vers elle à nouveau. « Je me sens responsable, coupable. Pour ce qui est arrivé.

– Mais tu n'as rien...

– Pas pour ce qui lui est arrivé à lui, pour ce qui t'est arrivé à *toi*. Je n'ai pas été attentive, j'ai manqué de discernement. J'aurais dû voir que tu avais déjà assez souffert. C'était là, là dans tes yeux. Et Anthony le savait. Ça l'excitait, évidemment. »

Katherine s'affaissa sur elle-même, détourna le visage, et pleura. Au bout d'un moment, Vida la prit par les épaules et posa la tête contre son cou.

« Tout va bien, murmura-t-elle. Tout va bien.

– Je l'aimais, dit Katherine. Enfin, je le croyais...

– Je sais.

– Et je croyais...

– Oui, oui. Je sais. »

## 25

Le soleil était bas au-dessus du port, un disque jaune pâle voilé de brume. De petits bateaux se balançaient sur leurs ancres à marée montante. Des mouettes tourbillonnaient dans les airs en jetant de longs cris. Elder était venu à pied jusqu'à St Ives par le Coffin Path, le chemin qui dépassait une ferme après l'autre, franchissait un muret après l'autre, un échalier après l'autre. Des fleurs de bardane s'accrochaient à son pantalon, ses chaussures étaient maculées de boue.

À Wicca, un chien de berger noir et blanc courut en rond autour de lui pour le menacer, puis, sans cesser d'aboyer, le talonna tandis qu'il continuait en direction de Boscubben, et repartit enfin, satisfait, son devoir accompli. C'était ici, près de la fourche où une branche du sentier descendait vers la mer, qu'Elder s'était installé au début, il y avait maintenant des années, après avoir renoncé à son mariage et pris sa retraite de la police du Nottinghamshire.

Sobre et austère, l'ancienne ferme aux murs de pierre nue, avec une seule pièce grossièrement revêtue de plâtre, avait parfaitement convenu à son humeur de l'époque. Les dépendances tout autour étaient à l'abandon, fenêtres obstruées par du plastique, vieux cadenas et anneaux rudimentaires aux portes – triste résultat, ainsi que l'apprit Elder, d'une dispute familiale qui avait dressé frère contre frère, cousin contre cousin, père contre fils.

Peu à peu, il avait ressenti le besoin d'une autre compagnie que les bêtes mises à paître par les fermiers du coin dans les champs environnants ou les sympathiques randonneurs qui s'arrêtaient parfois pour le saluer. À présent, la ferme tout entière avait été rénovée, les nouveaux exploitants avaient renoncé à l'élevage au profit de la culture du maïs, plus rentable, et la maison était louée à des vacanciers pour la deuxième année consécutive.

Les temps changeaient. Certains sombraient, d'autres survivaient.

Joanne et lui avaient reconstruit leur vie, pas parfaite dans les deux cas, mais bon, qui avait une vie parfaite ? Comme son père aimait à le répéter, regarde autour de toi, il y en a beaucoup qui s'en sortent beaucoup moins bien.

Ce qui était indiscutablement vrai, et parmi ceux qu'il connaissait, c'était pour Katherine, toujours pour Katherine qu'il s'inquiétait le plus. Surtout maintenant, alors qu'elle avait semblé remonter la pente après une succession de coups durs : une colocation à Londres avec des amies, d'authentiques amies ; assez de travail, presque, pour subvenir à ses besoins. Gaie, presque, durant leurs rares conversations, ou leurs entrevues plus rares encore.

Jusqu'à maintenant.

Ces poignets bandés. La mort soudaine de Winter.

Elle ne prenait toujours pas ses appels, ne répondait pas à ses SMS.

Elder avait téléphoné à Joanne pour savoir si celle-ci avait reçu des nouvelles de leur fille. Elles s'étaient parlé brièvement la veille ; Katherine se sentait un peu patraque, mais ce n'était qu'un rhume, rien de plus. Aucun souci à se faire, en gros, elle allait bien.

« Tu comptes descendre la voir ? avait demandé Elder.

– Et toi, tu y vas ? » fut la réponse cinglante de Joanne.

Peut-être pas, se dit Elder. Un long trajet pour qu'on vous claque la porte au nez, comme c'était déjà arrivé.

C'est ma vie, papa. Laisse-moi la foutre en l'air comme je veux, et après tu pourras te tirer pour vivre ta vie à toi. Celle-là aussi, t'as qu'à la foutre en l'air. C'est ta spécialité, non ?

Il repoussa sa tasse de café, plia le journal qu'il avait parcouru d'un œil distrait, et rentra à l'intérieur pour payer. Il pousserait jusqu'à l'autre côté de la baie, ferait un tour sur l'île, puis prendrait le chemin du retour. Vicki était revenue de sa tournée dans les Galles du Sud – un succès, semblait-il –, et il avait promis de la retrouver plus tard à Newlyn.

Ils dînèrent au Mackerel Sky – coquilles Saint-Jacques et lotte arrosées d'une bouteille de vin correcte –, tandis que Vicki lui racontait la tournée en long et en large. Un public pas nombreux, mais enthousiaste, et des recettes suffisantes à la fin de la soirée pour couvrir les dépenses du groupe, à quoi s'ajoutait l'argent des ventes du nouveau CD. Sans compter qu'ils avaient bien ri. Même lorsque le mini-van était tombé en panne à trois heures du matin entre Cardiff et Swansea.

Ils se promenèrent ensuite sur le front de mer, les lumières de Penzance au loin, la main de Vicki dans la sienne. Ce n'était pas obligé que ce soit le grand amour, avait-elle dit. Et ça ne l'était pas. N'empêche qu'il se sentait bien en sa compagnie, il aimait écouter ses histoires, rire de ses blagues, l'entendre chanter. Au lit, où elle menait la danse, il était tout à fait content de suivre. Leurs besoins respectifs, lui semblait-il, à peu près équivalents.

Elle appuya la tête sur son bras. « Tu rentres avec moi ?

– Si je suis invité. »

Elle lui envoya gentiment un coup dans les côtes.

Chez elle, à Marazion, ils prirent leur temps. Elle fit du thé, ajouta un trait de whisky dans la tasse d'Elder, se servit un petit brandy. Quand elle lui demanda comment allait Katherine, il haussa vaguement les épaules, il ne savait pas vraiment.

« Tu ne peux pas passer ta vie à t'en vouloir, Frank.

– C'est ce que je fais ?

– On dirait.

– Alors, c'est peut-être ce que je ressens.

– Parce que tu n'as pas toujours été là pour elle ?

– Pour cette raison en partie, oui. »

Elle lui caressa le dos de la main. « Tu as été là quand il le fallait, c'est ce qui compte. Au moment le plus important.

– Ah bon ?

– Cet homme qui l'a enlevée, quand elle était encore ado... Keach, il s'appelait ? C'est grâce à toi qu'elle a été sauvée.

– Et sans moi, il ne l'aurait peut-être pas enlevée du tout.

– Sans toi, Frank, elle serait sans doute morte. »

Elder bascula en arrière sur sa chaise, recula sa main.

« Pardon, je n'aurais pas dû dire ça. C'est juste que je n'aime pas te voir te punir inutilement.

– Pas de souci. »

Mais il y avait un souci, ils le savaient tous deux.

Ils ne parlèrent pas pendant un moment.

« Je préfère rentrer », dit Elder en repoussant sa chaise.

Il arriva jusqu'à la porte de l'immeuble, puis dans la rue, où l'air froid le calma d'un coup.

Vicki était debout au milieu de la pièce. « Tu as oublié quelque chose ? »

Elder haussa les épaules. « Je me suis dit que je pourrais m'excuser.

— De quoi ?

— De m'être énervé trop vite.

— Tu es pardonné. »

Au lit, ils s'allongèrent comme deux cuillères en entrelaçant leurs bras. Être l'un contre l'autre, ils n'avaient pas besoin de plus. Elle ne tarda pas à s'endormir. Elder resta seul avec la pulsation tranquille, apaisée, de ce corps contre le sien, et la nuit dehors, vaste, indéchiffrable, noire.

## 26

L'ambiance au commissariat était tendue, énervée, un peu électrique ; le sentiment que les choses commençaient enfin à bouger. Dehors, le ciel s'assombrissait, la tempête promise par la météo approchait enfin.

« Tu parles d'un nom ridicule, railla Howard Dean. Doris. Qu'est-ce qu'on a à foutre d'une tempête qui s'appelle Doris ?

– Ils font de la surenchère, dit Terry Mitchell. Depuis qu'un mec à la télé a annoncé une probabilité de mauvais temps zéro, et qu'une heure plus tard un arbre sur dix était par terre et la moitié du pays six pieds sous l'eau. »

Phillips leva les deux mains pour réclamer le silence. « On s'installe. »

Tailleur pantalon noir, chemisier blanc, bottes à talons, Hadley prit sa place à l'avant-centre. « Premièrement, je sais que vous avez tous travaillé dur et qu'on ne vous a pas beaucoup remerciés jusqu'à présent. Je vous suis très reconnaissante de ces efforts. Il faut continuer, si nous ne voulons pas qu'ils aient été faits pour rien. »

Murmures étouffés pour marquer l'assentiment, l'approbation.

« L'autopsie, Chris… Un résumé des conclusions ?

– C'est assez clair. Cause du décès, comme on s'en doutait : traumatisme à la tête causé par un objet contondant. Fracture du crâne avec caillots de sang et hémorragie. On constate aussi des blessures internes au niveau du thorax et un saignement résultant de la rupture du diaphragme. D'après les marques sur le crâne, le coup mortel a été porté, comme on s'en doutait, encore une fois, par les menottes qui ont été trouvées à proximité du corps. »

Il consulta ses notes.

« Hématomes et lacérations sur les côtes et l'arrière des jambes, causés par des coups violents portés avec une chaîne, selon toute probabilité, et, pour certains, avec une grosse chaussure ou une botte. On remarque aussi des lésions défensives sur les -mains de la victime. C'est à peu près tout. Le fichier du rapport est disponible, il suffit de cliquer.

– Merci, Chris. Mitch, vous avez quelque chose d'intéressant, je crois ?

– Oui… » Mitchell tapota le clavier de son ordinateur et une image, tel un tableau abstrait, apparut sur le tableau blanc à la droite de Hadley. « On voit ici la traînée de sang laissée par la victime. L'orientation des éclaboussures indique la trajectoire du sang, un angle de trente degrés environ par rapport au plancher. Ce qui signifie que Winter essayait de s'enfuir à quatre pattes, et si on regarde attentivement, ces traces mineures ici montrent qu'il se déplaçait de gauche à droite dans l'atelier en direction du mur le plus éloigné de la porte. »

Il pianota à nouveau sur son clavier et une autre image apparut.

« En gros plan, devant le mur. À en juger par la quantité de sang, il est presque certain que la victime ne bougeait plus, mais précisément à cause de la quantité de sang, on peut déduire que Winter était encore en vie. »

Hadley garda le silence, le temps que chacun intègre ces informations.

« Donc, notre agresseur, dit-elle, l'auteur du crime, était animé d'une rage considérable, déterminé à blesser et à faire souffrir sa victime autant qu'il est humainement possible, et ce jusqu'à la mort. Ce qui suggère, pour moi en tout cas, qu'il ne s'agit pas d'un homicide accidentel – quelqu'un qui serait entré par effraction dans l'atelier et qui, pour une raison quelconque, se serait déchaîné sur Anthony Winter. Je pense que l'agression était intentionnelle. Par conséquent, quasi sûrement, préméditée. Je pense que la victime était connue de son agresseur, et vice versa – rappelez-vous qu'il n'y a aucune trace d'effraction – et... Oui, Mark ? »

Mark Foster rougit quand toutes les têtes pivotèrent vers lui.

« Je me demandais... ce n'est pas pour vous contredire... je vois bien, comme vous, l'idée d'un truc personnel et tout ça... mais...

— Allez-y, crachez le morceau.

— Est-ce qu'on ne pourrait pas imaginer quelqu'un qui serait entré par un moyen ou un autre, qui ne connaîtrait pas nécessairement Winter mais s'en serait pris à lui pour une raison X... disons, un cambrioleur... et puis l'agression aurait dégénéré ?

— Vous avez raison, Mark, merci. Le scénario que vous proposez est tout à fait envisageable. Peut-être pas aussi envisageable que le mien... mais oui, absolument, il faut le garder à l'esprit. »

Rires. Tous les yeux braqués à nouveau sur Foster, qui devint écarlate.

« Au fait, reprit Hadley, cette femme avec qui Winter a eu une relation... sculptrice, c'est ça ? Adriana quelque chose... Vous l'avez localisée ?

– Pas encore. Elle vit à Chypre la moitié de l'année, je cherche son adresse là-bas.

– Bien, persévérez.

– Entendu. »

Hadley balaya les visages du regard. « Quoi d'autre ? »

Pas grand-chose. Évidemment, les empreintes de Katherine Elder étaient présentes à divers endroits de l'atelier. D'autres – pas toutes – avaient été identifiées. On avait relevé des empreintes partielles de Katherine sur la chaîne, ce qui n'était pas étonnant non plus, au vu du tableau pour lequel elle avait posé.

Les éléments de preuves – cheveux et fibres textiles – étaient nombreux mais ne permettaient de tirer aucune conclusion. On cherchait encore d'éventuelles traces de sperme et de sécrétions vaginales sur les draps et le matelas. Les données récupérées à partir des différents appareils de Winter révélaient un intérêt soutenu – rien de surprenant, de l'avis de Hadley, compte tenu de la nature de certaines de ses toiles – pour divers sites sadomaso, ainsi que des contacts épisodiques avec le porno plus classique. Il jouait un peu aussi : parmi ses jeux favoris, le poker en ligne. Des techniciens passaient en revue pour la deuxième fois ses appels téléphoniques, cherchant un indice, tout ce qui pourrait mener à un début de piste. Malgré des heures de visionnage et l'aide à temps partiel de deux autres agents, Howard Dean n'avait toujours pas fini de regarder les images de vidéosurveillance.

Secondée par Chris Phillips, Hadley résuma les résultats de l'enquête et évoqua à grands traits les autres approches possibles ; le commissaire McKeon attendait son rapport après la réunion.

## 27

Malgré les divers éléments mis en avant par Hadley pour le rassurer, McKeon n'était pas content. Cela dit, pensa-t-elle, le commissaire était rarement content. Chez lui, peut-être, avec son épouse et les quatre enfants que la rumeur lui attribuait, dans sa belle maison à Totteridge, au nord de Londres, d'où l'on voyait la M25 au loin et la Ceinture verte qui ne cessait de s'amenuiser comme une peau de chagrin, là, peut-être, il était content. Du moins, apaisé. Hadley avait rencontré son épouse lors d'une soirée semi-professionnelle à laquelle, lui avait-on fait comprendre, elle se devait d'assister si elle nourrissait la moindre velléité de promotion. Mary McKeon, contrairement au personnage peu séduisant que s'était figuré Hadley, était une femme chaleureuse aux joues illuminées par des fossettes, issue d'une communauté rurale dans le comté d'Antrim, dont l'accent, après son troisième ou quatrième verre de vin, ne laissait aucun doute quant à ses origines. Hadley l'avait trouvée extrêmement sympathique.

De retour dans son bureau, elle mangeait le sandwich ciabatta mozzarella-avocat-tomates que Chris lui avait rapporté du Wine Cellar quand Howard Dean frappa à sa porte.

« J'espère que vous n'avez pas ce petit air satisfait pour rien, Howie.

– Non, je ne crois pas. On visionne toujours les images de la vidéosurveillance, et on est loin d'avoir fini… Mais il y a ça. »

Elle posa son sandwich, ouvrit son ordinateur et inséra la clé USB que lui tendait Dean dans le port approprié. Puis, ayant cliqué sur le fichier, elle regarda plusieurs fois, avec une attention croissante, ce qui apparaissait à l'écran.

« Ma foi, dit-elle, je pense que vous avez peut-être raison. »

Le sourire de Howard s'élargit comme celui du chat du Cheshire.

« Alice, lança Hadley, debout à la porte. Il faut qu'on réinterroge Katherine Elder. Si elle n'est pas chez elle, cherchez-la. Elle va devoir répondre à quelques questions. Et cette fois, ici, au commissariat. Emmenez Howie avec vous.

– Je suis le gardien de la diligence, c'est ça ? »

Hadley sourit à Howie. « Vous allez à Dalston, tout de même. »

Katherine ne répondait pas à son portable. Personne ne décrochait le téléphone fixe. Quand les deux agents se présentèrent à l'appartement, Stelina venait d'arriver. Elle prétendit d'abord qu'elle ne savait pas où était Katherine, ni quand elle rentrerait. Devant la gentille insistance d'Alice, elle finit par coopérer. « Allez voir à London Fields, peut-être… Ou à Gillet Square. Elle traîne parfois là-bas. »

Sur le balcon, Stelina regarda les deux policiers remonter en voiture en se demandant si elle avait bien agi. Katherine était fragile en ce moment, elle se repliait sur elle-même et restait seule de plus en plus souvent. Et l'alcool : après ce qui s'était passé la dernière fois, ce n'était pas bon signe. Ne risquait-elle pas de se remettre en danger ?

Stelina rentra à l'intérieur, ne sachant comment – si tant est que ce fût possible – se rendre utile.

Ils trouvèrent Katherine assise par terre en tailleur à Gillett Square, tête baissée, col remonté. Non loin, un groupe de bruyants adolescents jouaient à se bousculer en lançant des jurons, provoquant le courroux d'un autre groupe, plus restreint, de Noirs plus calmes et plus âgés, rassemblés autour de deux d'entre eux qui disputaient une partie d'échecs manifestement très serrée.

« Bonjour, Katherine, dit Alice. Vous vous souvenez de moi ? »

Katherine cligna des yeux dans la lumière, éblouie. La tempête qui menaçait la veille s'était dissipée, laissant un ciel gris troué de bleu et un vent froid qui faisait danser divers papiers gras et cartons d'emballage alimentaire dans le parc.

« Alice. Alice Atkins. Et mon collègue… Dean.

— Bonjour, Katherine », dit Dean en souriant.

Katherine ne réagit pas. Un gamin de onze ou douze ans traversa le parc à vive allure en roue arrière sur son vélo, levant haut son guidon.

Alice s'accroupit, une main par terre. « Katherine, vous vous rappelez ce qu'on vous a dit ? Qu'on aurait peut-être besoin de vous interroger encore… ? Eh bien, c'est ce qu'on aimerait faire, mais cette fois, au commissariat. »

Face à Alice, Katherine battit à nouveau des paupières, comme si elle voyait flou. « Au commissariat ?

— Oui, c'est ça.

— Shacklewell Lane ?

– Non, Kentish Town, où se trouvent nos locaux. Vous n'avez pas à vous inquiéter, on vous amène et on vous ramène.
– Je ne sais pas...
– Quelques questions, Katherine, c'est tout. Plus vite vous répondrez, plus vite ce sera fini.
– Je ne sais pas... », répéta-t-elle, visage détourné, piquant du nez pour éviter de regarder les deux policiers.
« Pour être honnête, dit Dean, je crois que vous n'avez pas trop le choix. »
Elle leva les yeux vers lui. « Comment ça ?
– Ce qu'il veut dire, expliqua Alice, c'est que si vous ne venez pas de votre plein gré, nous serons obligés de vous placer en état d'arrestation. »

Le silence était tombé dans la salle d'interrogatoire, rompu seulement par le léger bourdonnement des appareils d'enregistrement audio et vidéo. Plus assourdi, mais pourtant perceptible, le bruit de la circulation croissante sur Kentish Town Road. En bout de table, l'ordinateur d'Alice Atkins, relié à un écran.
Après avoir mis en marche le dispositif, Alice déclina son identité, son rang, et fit de même pour l'inspecteur-chef Alex Hadley. Elle renseigna aussi la date et l'heure précises.
« Vous n'êtes pas en état d'arrestation, Katherine, dit Hadley, mais vous allez être interrogée en audition libre. Vous n'êtes pas obligée de parler. Cependant, vous risquez de nuire à votre défense si, durant l'entretien, vous ne mentionnez pas un élément que vous présenterez plus tard devant la justice. Tout ce que vous direz, en revanche, pourra être retenu comme preuve. »
Pétrifiée, effrayée, Katherine tripotait une mèche de cheveux.

« Je vous le répète, vous n'êtes pas en état d'arrestation et vous êtes libre de partir quand vous le souhaitez. Vous avez le droit de demander l'assistance d'un avocat. D'accord, Katherine ? Si vous n'en connaissez pas, nous pouvons vous en procurer un. »

Rien. Katherine se mordit la lèvre inférieure et détourna les yeux.

« Katherine ? Vous comprenez, n'est-ce pas ?
– Oui.
– Et voulez-vous qu'un avocat soit présent ?
– Non. » Un souffle, presque inaudible.
« Pardon ?
– Non.
– Très bien. »

Hadley se renversa légèrement en arrière et consulta les documents posés devant elle. « Lors de notre entretien précédent, vous avez dit que la dernière fois que vous aviez vu Anthony Winter, c'était le lundi avant sa mort.

– Oui. Oui, c'est ça.
– Quand vous êtes allée voir les tableaux pour lesquels vous aviez servi de modèle, à l'atelier.
– Oui.
– Et vous ne l'avez pas revu ensuite ?
– Non. C'est ce que j'ai dit.
– Vous êtes sûre ?
– Évidemment. Pourquoi je le serais pas ? »

Hadley pivota pour faire face à l'écran. « J'aimerais vous montrer ces images prises par une caméra de vidéosurveillance dans Highgate Road. Vous lisez la date indiquée en dessous ? Samedi 8, vingt-trois heures trente-cinq. »

L'appréhension était visible dans les yeux de Katherine.

« Prenez votre temps, continua Hadley, et dites-moi ce que vous voyez. »

Katherine jeta un rapide coup d'œil à l'écran. « Je ne sais pas, c'est trop sombre pour distinguer quoi que ce soit.

— Essayez encore. Regardez bien. »

Alice repassa la séquence.

« Quelqu'un qui marche… Une femme… Je ne sais pas.

— Une femme qui marche dans Highgate Road ?

— Ça, c'est vous qui l'avez dit.

— Près du passage qui mène à l'atelier d'Anthony Winter ? »

Katherine exhala un long soupir. « Peut-être… Comment vous le savez ? »

Alice cliqua sur une deuxième séquence.

« Et là ? demanda Hadley. La même personne qu'on vient de voir dans Highgate, il y a une minute. Mais ici… puisqu'on reconnaît l'immeuble, à gauche… elle marche vers l'atelier. Mêmes vêtements, même démarche. C'est la même personne, vous êtes d'accord ?

— Oui. Peut-être. Je ne sais pas.

— Regardez encore. »

Katherine obéit. La femme avançait vers la caméra, tête baissée, une moitié de l'image dans l'ombre.

« On ne peut pas être sûr… Son visage. On ne distingue pas son visage…

— Ce n'est pas vous, donc ?

— Quoi ?

— Ce n'est pas vous ?

— Qu'est-ce que vous racontez ? » D'une voix plus forte à présent, inquiète, frôlant la panique. « Moi ? Comment ça pourrait être moi ?

— Observez la silhouette, Katherine, l'allure… Elle est mince, grande, sportive, presque. La couleur de ses cheveux. Et ses vêtements, regardez.

— Qu'est-ce qu'ils ont, ses vêtements ?

— Elle porte un blouson en cuir, non ?

— Possible. Je ne sais pas.

— Un blouson en cuir et un jean.

— Et alors ?

— Comme le blouson que vous portez aujourd'hui. »

Katherine se recula brusquement contre le dossier de son siège. « C'est… c'est ridicule. Ça ne veut rien dire. Il y a des centaines de blousons comme celui-là. Des milliers.

— Et moi, je pense que c'est vous, Katherine, sur cette image. Vous qui approchez de l'atelier d'Anthony Winter à onze heures trente-cinq passées de quelques secondes le samedi 8 avril, la nuit où il a été tué.

— Non, non ! Ce n'est pas vrai ! » Katherine se prit le visage à deux mains et le griffa jusqu'au sang, un ongle perfora la peau sous l'œil gauche. « Non, non, ce n'est pas moi, et je veux partir. Vous avez dit que je pouvais partir quand je voulais. »

Elle était debout à présent, les deux mains dressées devant elle, doigts écartés, comme pour repousser les policières bien qu'aucune d'elles n'eût bougé.

« Je veux partir ! Je veux rentrer chez moi. »

Hadley se leva. « Très bien, c'est votre droit. Alice va vous ramener.

— Non, non. Je peux rentrer toute seule.

— Vous êtes sûre ? demanda Alice. Ça ne m'embête pas. »

Katherine secoua la tête en reculant d'un pas.

« Au moins, laissez-moi mettre un sparadrap sur cette entaille que vous avez au visage.

– Quelle entaille ? » Katherine essuya du sang sur sa joue. « C'est pas grave…
– Et les autres ? interrogea Hadley.
– Où ça, les…
– Sur vos poignets. »

Instinctivement, Katherine ramena les bras contre sa poitrine. « C'est rien.
– Rien ?
– Ça n'a rien à voir avec vous.
– Rien à voir avec Anthony Winter ?
– Non ! » Katherine s'était penchée sur la table pour hurler sa réponse.

« Fin de l'entretien, déclara calmement Hadley. Il est seize heures dix-neuf. »

## 28

Vicki chantait une version endiablée de « Tain't Nobody's Business » quand Elder sentit son téléphone vibrer dans sa poche. Dehors, il s'abrita de la fine bruine sous l'auvent du pub pour écouter la voix de Katherine, faible, tremblante, entrecoupée de sanglots.

« Bon… Et là, maintenant, tu es où ? demanda-t-il.
– À la maison.
– À l'appartement ?
– Oui.
– Il y a quelqu'un avec toi ?
– Oui. Chrissy. Et Stelina.
– C'est arrivé quand, tout ça ?
– Cet après-midi. »

Bon sang, pourquoi ne l'avait-elle pas appelé plus tôt ? Il réfréna sa question.

« Écoute-moi, ma chérie. Essaie de ne pas t'inquiéter. Repose-toi. Dors, si tu peux. Je serai là demain matin. Et ne t'inquiète pas, d'accord ? Enfin, essaie.
– Oui… Tu es sûr ?
– Mais oui, je suis sûr. Passe-moi Stelina, deux minutes… Et je te dis à demain, on va arranger ça. »

Au bout d'un moment, après un peu d'agitation, Stelina prit le combiné. Elder lui demanda de veiller à ce que sa fille ne puisse accéder à aucun cachet, y compris ibuprofène et paracétamol. « Planquez l'alcool. Attention aux objets tranchants… Montez la garde, Chrissy et vous, c'est important. »

Stelina promit. Abike aussi ouvrirait l'œil, dit-elle.

Elder raccrocha. Il pensa d'abord rentrer dans le pub pour prévenir Vicki, puis se ravisa ; il l'appellerait plus tard. Le plus important, pour l'instant, c'était d'attraper le train de nuit.

Une fois en route, il téléphona à Joanne et la mit au courant de ce qui s'était passé. Rien de très grave, sans doute, mais il voulait quand même qu'elle sache. La police ratissait toutes les infos possibles, il n'imaginait pas autre chose. Sinon Katherine aurait été inculpée et placée en état d'arrestation. D'après ce qu'elle avait raconté, il déduisait que les inspecteurs tentaient d'assembler divers morceaux du puzzle en espérant que certains finiraient par s'emboîter. Dès demain, il se rendrait au commissariat, il parlerait à la personne qui était chargée de l'enquête et débrouillerait tout ça. Il lui donnerait des nouvelles, qu'elles soient bonnes ou mauvaises. Et oui, si elle pouvait faire quelque chose… Il embrasserait Katherine de sa part, bien sûr.

Il ferma les yeux.

Dormit d'un sommeil agité.

À Paddington, il paya pour prendre une douche, acheta un sandwich au bacon et un café dans l'un des rares points de vente ouverts, puis prit le métro, direction Highbury & Islington en changeant à Oxford Circus, et, de là, la ligne aérienne jusqu'à Dalston Junction.

Il ne faisait pas encore tout à fait jour quand Stelina lui ouvrit la porte.

Katherine dormait, un doigt dans la bouche, serrant ses cheveux dans son autre main. Sans bruit, pour ne pas la réveiller, il s'assit par terre à côté du lit et resta là, à la regarder et à écouter son souffle léger. Ses paupières tremblaient doucement dans son sommeil.

Hadley s'aperçut qu'elle avait parcouru trois fois le document à l'écran sans vraiment comprendre ce qu'elle lisait. Son esprit, du moins en partie, était ailleurs. Ce matin, avec Rachel... Authentique dispute, ou simple prise de bec à nouveau ? Tout ça à propos d'une invitation chez des amis – encore des amis de Rachel, en fait ; c'était toujours, presque toujours, des amis de Rachel –, un dîner pour lequel elle n'était pas sûre d'être libre.

« Bon sang, Rachel, c'est dans trois semaines. Comment veux-tu que je sache ?

– J'aimerais juste pouvoir dire qu'on y sera.

– Alors, dis-le. Dis-leur que oui, on viendra. Je ne peux pas promettre, c'est tout.

– Comme d'hab.

– Qu'est-ce que je suis censée comprendre, là ?

– Oh, laisse tomber.

– Écoute, si c'est si important, vas-y, toi. Vas-y toute seule.

– D'accord, très bien. J'irai.

– Dis-leur que je suis désolée, mais j'ai un boulot qui ne me permet pas de m'engager si longtemps à l'avance.

– Trois semaines ?

– Putain, oui, trois semaines. »

Prise de bec ? Ou était-ce plus grave ? Plus fondamental ?

Le téléphone sonna, elle décrocha. L'agent à l'accueil. « Quelqu'un qui demande à vous voir. Elder. Frank Elder. Il insiste.

– Faites-le monter. »

Doucement, se répétait Elder. Reste calme. Tu ne gagneras rien si tu t'énerves et que tu déboules là-haut comme un éléphant dans un magasin de porcelaine. Tu ne veux surtout pas que ça s'engage mal dès le début, elle risque de se braquer.

À peine eut-il mis le pied dans le bureau de Hadley que ses bonnes résolutions volèrent en éclats.

« Monsieur Elder… »

Il la fusilla du regard, sans serrer la main qu'elle lui tendait.

« C'est vous qui êtes responsable de cette enquête ? Le meurtre d'Anthony Winter ?

– Oui.

– À propos duquel vous avez interrogé ma fille, ici ?

– Exact.

– Je peux savoir ce que vous foutez, exactement ? »

Hadley bloqua sa respiration en soutenant le regard d'Elder. Puis elle se leva, passa derrière lui pour fermer la porte et reprit place à son bureau.

« Monsieur Elder, asseyez-vous, s'il vous plaît.

– Je préfère rester debout.

– Comme vous voudrez.

– Vous avez interrogé ma fille sans qu'un avocat ne soit présent ?

– Nous lui avons proposé une assistance juridique, elle a refusé.

– Et sans la présence d'un adulte accompagnant ?

– Il était inutile de…

– Pardon ?

– D'après mon évaluation, c'était inutile.

– Foutaises !

– Votre fille a quel âge ?

– Vingt-trois ans.

– Exactement. Il ne s'agit pas d'une mineure.

167

– Ce n'est pas la seule raison... Allez-y, cherchez sur votre putain d'ordinateur. Guide à l'usage des Adultes accompagnants, en accord avec les codes de pratiques découlant de la loi de 1984 sur la police et les preuves judiciaires.

– Je suis tout à fait consciente...

– Ah bon ?

– ... des motifs pour lesquels la présence d'un adulte accompagnant est requise, et j'ai pris ma décision en conséquence.

– Trouble mental ou autre forme de fragilité psychique... Ce n'est pas ce qui est dit ?

– Si.

– Et ça ne vous a pas paru évident ?

– Non. Absolument pas. Sinon je n'aurais pas fait ce choix. »

Elder secoua la tête, incrédule. « Vous connaissez le passé de Katherine ?

– Un peu.

– Vous lui aviez déjà parlé ? Avant-hier ?

– Une fois. En entretien informel.

– Et quelle a été votre opinion ? Concernant son état mental ?

– J'ai trouvé qu'elle était nerveuse, peut-être plus que la normale, mais c'est souvent le cas dans pareilles situations, comme vous le savez sans doute.

– Nerveuse, c'est tout ?

– Manquant de confiance en elle... Mais capable de s'exprimer clairement.

– Et pas de fragilité psychique ?

– Non.

– Vous avez remarqué ses poignets ? J'imagine qu'il y a encore des cicatrices.

– Oui.

– Et qu'avez-vous pensé ?

— J'y ai vu les signes probables d'un comportement d'automutilation.

— Mais pas une fragilité psychique ? »

Hadley ferma un instant les yeux.

« Je suis désolée…

— Désolée !

— Je comprends maintenant que c'était une erreur d'interprétation. Mais si mes enquêteurs ou moi avons contribué sans le vouloir à aggraver la détresse de votre fille, je vous présente mes excuses et je vous assure… Non, laissez-moi terminer… Je vous assure que tout a été fait pour qu'elle soit à l'aise. Tout. Cependant je dois vous rappeler que nous enquêtons sur un meurtre.

— Elle est soupçonnée ?

— Pas pour l'instant, non.

— Vous l'interrogiez à quel titre, alors ? Témoin potentiel ? »

Hadley secoua la tête. « Personne d'intérêt.

— Comment ça ?

— Vous savez que je ne peux pas vous le dire.

— Donc vous aurez peut-être besoin de l'interroger encore ?

— Ce n'est pas exclu.

— Auquel cas…

— Auquel cas je veillerai à ce qu'un adulte accompagnant soit présent pour la soutenir, la conseiller et l'assister tout au long du processus, et pour garantir aussi que ses droits soient respectés.

— Et si cet adulte, c'est moi ? »

Hadley hésita avant de répondre. « Je suis sûre que votre expérience considérable vous permettra de lui offrir le meilleur soutien possible.

— Merci.

— À présent, monsieur Elder, vous comprendrez que je suis assez occupée… Mais je vous en prie, laissez-nous vos coordonnées afin que nous puissions vous contacter le plus rapidement possible si nécessaire. »

Cette fois, Elder accepta de lui serrer la main.

Elder sonna à l'appartement et Abike ouvrit la porte. Katherine dormait toujours. Il y aurait quelqu'un avec elle toute la journée. Un peu plus loin dans Kentish Town Road, il repéra un restaurant turc au-dessus duquel subsistait l'enseigne d'une ancienne boutique. Il dégustait un kebab d'agneau avec une sauce chili quand son téléphone vibra dans sa poche. Joanne, pensa-t-il, qui voulait savoir ce qu'il en était, mais il ne reconnaissait pas le numéro, pourtant précédé de l'indicatif de Notthingham.

« Frank Elder ? Colin Sherbourne, à la Criminelle du Nottinghamshire. Je ne sais pas si vous vous souvenez de moi. L'enlèvement de votre fille. Je n'étais qu'un simple enquêteur.

– Oui. Oui, enfin, je crois. »

Grand, un peu dégingandé. Visage mince. Une moustache.

« J'ai essayé de vous joindre toute la matinée. Maureen… Maureen Prior, vous vous rappelez ? Elle m'a suggéré d'appeler la police de Penzance. J'ai parlé à un dénommé Cordon. C'est lui qui m'a donné votre numéro.

– Qu'est-ce que vous vouliez ?

– Adam Keach.

– Oui, quoi ?

– Pendant qu'il était transféré de Wakefield à Lincoln, il y a eu un accident. Un carambolage sur l'A1 juste avant Retford. Il s'est évadé. On ne l'a pas encore retrouvé. »

# III

## 29

Le commissariat central avait déménagé et se trouvait à présent de l'autre côté de la ville, au début de Maid Marian Way, non loin du Playhouse Theatre et de la cathédrale. Colin Sherbourne n'était plus dégingandé, son corps s'était épaissi pour rattraper la longueur des membres ; toujours une moustache, mais taillée avec soin. Costume trois-pièces prêt-à-porter, chemise bleu pâle, cravate sombre. Poignée de main ferme quand il accueillit Elder devant l'ascenseur.

« Frank. Ça fait un bail. »

Elder acquiesça.

« J'aurais espéré des circonstances meilleures. »

Elder le suivit dans son bureau ; rangement impeccable, odeur de lotion après-rasage, fenêtre avec vue dégagée sur Derby Road.

« Qu'est-ce qui s'est passé, bordel ? » demanda Elder.

Sherbourne s'assit, attendit qu'Elder se soit installé en face de lui. « Pendant le transfert de Wakefield à Lincoln, le mini-van de la prison qui transportait Keach a été heurté sur la bretelle de l'A1 en direction de l'A57 par une Ford Mondeo qui venait en sens inverse. Sur le mauvais côté de la chaussée, un gars totalement à la masse qui devait rouler à cent ou cent dix. Le chauffeur a réussi à éviter un choc frontal et l'a pris de biais. Le mini-van s'est couché sur le côté, la Mondeo a fait un tonneau et s'est retrouvée sur le toit comme une tortue. »

Elder se contenta de lever les yeux au ciel.

« Le conducteur de la Mondeo a traversé le pare-brise – est-ce qu'il était même attaché, ce malade ! Mort sur le coup. Son passager a été emmené à l'hôpital Queen's Meds ; entailles, lacérations et fractures si nombreuses qu'on ne peut pas les compter. Le chauffeur du mini-van s'en tire avec des blessures graves au visage et aux mains, causées surtout par l'airbag. L'autre agent pénitentiaire, celui qui était assis à côté de Keach, menotté à lui, s'est cogné la tête contre l'intérieur du mini-van quand celui-ci s'est renversé et a perdu connaissance. Il est à Queen's aussi, commotion cérébrale.

– Et Keach ?

– On ignore s'il est blessé. Ce qu'on sait, en revanche, c'est qu'avant l'arrivée des secours, il avait ouvert les menottes avec la clé attachée à la ceinture de l'agent et pris la poudre d'escampette, comme on dit. »

Elder visualisa la scène, entendit le froissement de la tôle, le fracas du verre explosé.

« C'est du grand n'importe quoi ! s'exclama-t-il. À commencer par le rond-de-cuir qui a décidé que Keach était éligible pour un transfert d'établissement de catégorie A à catégorie B.

– Il s'est bien comporté, il a joué le jeu… Il a dit qu'il regrettait, qu'il était sincèrement désolé. Il a récité ses prières.

– Et pourquoi seulement un gardien ? Je croyais que la norme, c'était deux.

– Ils étaient deux, si on compte le chauffeur.

– Bon sang !

– Réduction d'effectifs, sans doute. Ou bien on a considéré que Keach n'était plus éminemment dangereux.

– Espérons que cette décision ne revienne pas hanter celui qui l'a prise.

– Amen. » Sherbourne jeta un coup d'œil à sa montre. « Briefing dans dix minutes. Vous voulez y assister ? »

La salle de réunion était bondée. Une vingtaine de policiers, certains en uniforme, d'autres non. Elder tressaillit en découvrant l'agrandissement de la photo épinglé au tableau. La dernière fois qu'il avait vu Keach, celui-ci avait un peu plus de trente ans, un visage mince, des cheveux en broussaille, un regard fixe. À presque quarante ans, il était plus enveloppé, avec des lèvres charnues, des yeux éteints. Elder se demanda ce qu'il faudrait pour les rallumer.

Sherbourne se plaça à l'avant-centre et montra la photo.

« Adam Keach, sept ans de détention, condamnation à perpétuité assortie de trente ans de sûreté. Il s'est évadé à onze heures trente ce matin, quand le mini-van dans lequel il était transféré de Wakefield à Lincoln a eu un accident grave, et il est toujours en fuite. D'après les premiers éléments, il s'agit bien d'un accident, pas d'un coup monté pour permettre l'évasion, mais ce sera évidemment à vérifier. L'autre voiture, une Ford Mondeo, a été volée dans la matinée à Gainsborough. Deux racailles qui s'offraient une virée, défoncés à l'héro, sûrement, mais on verra. Kenny, c'est ton domaine. À toi de gérer. »

Un policier barbu debout sur le côté leva une main en signe d'assentiment.

« Malheureusement, continua Sherbourne, l'hélico avait été appelé pour une intervention au sud du comté suite à un incident avec usage d'arme à feu. Le temps que l'appareil arrive sur les lieux de l'accident, Keach avait réussi à se terrer quelque part. La zone autour est en grande partie rurale, avec des champs, des constructions éparses et des fermes, mais au sud de l'A57 il y a Clumber Park et au sud encore, la forêt de Sherwood.

– Il s'est planqué dans le grand chêne », lâcha un plaisantin.

Sherbourne ne releva pas.

« Le premier village est Ranby, sur l'A1 au nord. La station-service la plus proche se trouve encore un peu plus au nord, à Blyth. À mon avis, il ne bougera pas et essaiera d'attendre la nuit. Il cherchera un moyen de transport, des vêtements. Mais pour l'instant, l'hélico continue à tourner et il y a des patrouilles sur les routes. Si on l'attrape avant la tombée de la nuit, on pourra le border dans son lit à Lincoln avec un petit chocolat chaud avant le chant du coq. Sinon, on risque d'en avoir pour un bout de temps. »

Les conversations s'élevèrent dans la pièce puis retombèrent, couvertes par la voix de Sherbourne.

« On épluche tous les associés et partenaires connus, relations familiales… bref, la routine. Ses parents vivent toujours dans le coin, semble-t-il, à Kirkby-in-Ashfield. Il faut les voir. Jason, tu te charges de ça. Ensuite il y a deux frères, Mark et Dean… »

Il s'interrompit ; quelqu'un demandait la parole.

« Oui, Simone ?

– Mark, on le connaît. Il a un petit casier, rien de spectaculaire, vols et infractions mineures. Dernièrement, il habitait en ville, à St Ann's.

– Parfait. Allez le voir, vous et Billy. Les autres, il va falloir frapper à des portes et passer des coups de fil. Mais attendez… Avant ça, j'aimerais vous présenter quelqu'un. »

Elder se détacha du mur auquel il s'appuyait.

« Frank Elder était inspecteur ici à Notthingham autrefois. Ceux d'entre vous qui ne sont plus tout jeunes se rappelleront peut-être. C'est largement grâce à Frank qu'on a réussi à mettre Keach derrière les barreaux. Il travaille depuis peu avec les forces de police du Devon et des Cornouailles, et je compte m'appuyer sur lui aujourd'hui. »

Mains levées pour saluer, murmures approbateurs.

« Frank. Il y a quelque chose que vous aimeriez dire, à ce stade ?

— Merci, Colin. Deux choses seulement, je crois. La première… Quand Keach a commis ses crimes, il agissait, du moins en partie, pour impressionner un homme nommé Alan McKeirnan, condamné à perpétuité pour le meurtre de Lucy Padmore en 1989. McKeirnan avait un acolyte, un certain Shane Donald, qui a été relâché récemment. On sait qu'il a des contacts dans le Nottinghamshire. Keach a pu croiser Donald en prison, ça vaudrait le coup de vérifier. »

Il marqua une pause, prit le temps de respirer.

« Deuxièmement… Colin a choisi, par délicatesse, je pense, de ne pas le mentionner, mais la jeune fille que Keach a enlevée et abusée sexuellement était ma fille, Katherine. Je suis donc particulièrement motivé pour contribuer à ce qu'il retourne en prison le plus vite possible… et avant qu'il ne puisse nuire à d'autres. Merci. »

Elder recula d'un pas. Sherbourne lui serra la main, et l'équipe se dispersa.

## 30

Katherine roula sur le dos et s'étira : bras, torse, jambes, orteils. Elle se rappela les matins où elle se levait aux premières lueurs du jour, voire avant, s'aspergeait le visage, enfilait sa tenue et ses chaussures de course, et hop, dehors. Après quelques échauffements, elle partait à petites foulées régulières, accélérant pour passer à une allure plus soutenue, jusqu'au sprint final. Encore des exercices, cette fois pour récupérer, un peu d'haltères, et la douche. L'épuisement. Le sentiment d'être revigorée : prête pour la journée.

Trois soirs par semaine au stade, avec son entraîneur ; le dimanche matin, sauf si elle participait à une compétition. Sa nervosité alors, à l'approche du moment, la montée d'adrénaline dans ses veines. Les discrets regards qu'elle jetait tout autour dans le vestiaire, prenant la mesure de l'adversaire. Des filles qu'elle avait vues avant, et battues ; d'autres venant de plus loin, grandes, minces, pleines d'assurance. Et, en boucle dans sa tête, les paroles de l'entraîneur : reste calme, détends-toi, garde ton mental.

Comme elle avait détesté ça, parfois. Les tripes nouées quand elle se mettait en position de départ, les crampons calés dans les starting-blocks. Tête levée. Tête basse. Le coup de pistolet. Au bout de soixante mètres, il lui semblait ouvrir les yeux et comprendre ce qui se passait, où elle était. Des coureuses de chaque côté. Qui la dépassaient. Soixante-quinze mètres, quatre-vingts. Merde !

Le bras de l'entraîneur sur ses épaules. Bravo, tu t'es très bien débrouillée. On ne peut pas battre tout le monde, ni espérer gagner à chaque fois. Mais je parie que tu as amélioré ton record. Un ou deux centièmes, au moins… La main qui se posait gentiment dans son dos, ébouriffait ses cheveux. Ne t'inquiète pas, tu progresses de jour en jour.

C'était quelqu'un d'autre : pas elle. Une vie qu'elle avait laissée derrière elle.

« Tu faisais de la course avant, non ? avait demandé Chrissy un jour. Comme c'est quoi son nom déjà ? Dina quelque chose ? »

Katherine posa les pieds par terre. « Non, pas moi », dit-elle tout haut. Elle attendit que sa respiration se calme et gagna la salle de bains. Abike avait laissé la radio allumée, du classique, Radio 3. Un mot de Chrissy, écrit au rouge à lèvres sur une serviette en papier de Itsu : *Suis partie montrer mes nibards. À toute.*

En sortant de la douche, Katherine s'habilla et se sécha les cheveux. Glissa deux tranches de pain dans le toaster, mit du café dans la cafetière. Le café de Chrissy, mais avec un peu de chance, elle ne s'en apercevrait pas. Il faisait peut-être assez chaud pour le boire sur le balcon. Quelqu'un était assis dans une voiture en bas, radio à plein volume, basses martelées. Un petit chien qui aboyait. Une sirène de police au loin. Un avion dans le ciel. Posant son café et ses toasts en équilibre sur des pots de fleurs retournés, elle déverrouilla son téléphone, regarda ses messages, passa aux actualités du jour.

*Menace d'attentat terroriste à Amsterdam.*

*20 ans, canon, et la plus jeune milliardaire du monde.*

*Un violeur et meurtrier s'évade de prison.*

Katherine se plia en deux comme si elle avait reçu un coup de poing dans le ventre. Lâcha son téléphone et se couvrit le visage de ses mains. Au bout d'un moment, elle se redressa lentement et inspira en crispant les mâchoires.

Ramassa son téléphone.

Adam Keach, condamné à la réclusion perpétuelle pour le meurtre d'Emma Harrison, seize ans, et le viol de…

Katherine se leva brusquement, chancela, essaya de retrouver l'équilibre, vacilla à nouveau. Elle bascula en avant et se rattrapa à la rambarde.

« Tu fais quoi, là ? lança Chrissy par la porte ouverte. J'espère que tu n'envisages pas de sauter, parce que c'est une sacrée chute avant d'arriver en bas. »

Dans la chambre, Chrissy la serra dans ses bras pendant qu'elle pleurait. Elle l'écouta raconter son épreuve, écouta les mots qui sortaient de sa bouche comme un flot de pierres. La séquestration, la douleur. S'éveillant d'un impossible cauchemar au son de la voix de son père… Katherine. Kate, c'est moi. Puis une autre voix, riant, cruelle. Elle est belle, hein ? Du moins, elle l'était. Ensuite, elle ne se rappelait rien, rien jusqu'à ce qu'elle soit dans l'ambulance, étourdie par les gaz et par l'air, agrippée à la main de son père. Vivante, alors qu'elle avait eu si peur de mourir.

Le téléphone de Katherine sonna à l'endroit où elle l'avait laissé, sur le balcon, et Chrissy alla le chercher.

« Kate, dit-elle en revenant vers la chambre. C'est ton père. »

Katherine fit non de la tête.

« Elle vient de s'allonger, répondit Chrissy. Est-ce qu'elle peut vous rappeler dans un petit moment ?
– Je me demandais si elle avait appris…, commença Elder.
– Le type qui s'est évadé ? Oui, elle sait.
– Et… ça va ?
– Ça ira. »
Chrissy raccrocha, passa dans la cuisine et remplit la bouilloire au robinet. Elle était encore sous le choc, après ce que lui avait raconté Katherine. Se demandant comment on pouvait se remettre d'un truc pareil. Comprenant qu'on ne s'en remettait jamais.

## 31

La maison d'architecte en béton et verre où habitait Joanne se dressait sur une hauteur, dans un quartier résidentiel non loin du centre-ville. Du premier étage, on voyait clairement le château de Belvoir et les collines du Leicestershire, de l'autre côté de la vallée de la Trent.

Elle s'y était installée avec Martyn Miles au plus fort de leur liaison, après qu'Elder eut battu en retraite dans les Cornouailles ; ensuite, une fois l'ardeur des premiers temps retombée, quand Miles s'était envolé vers d'autres aventures, il lui avait laissé l'usage de la maison à titre gracieux pendant aussi longtemps qu'elle le souhaiterait. Grandeur d'âme pour laquelle Elder le haïssait encore plus.

Il était descendu au Premier Inn et avait appelé Joanne dans sa chambre pour lui expliquer les raisons de sa présence. Elle avait déjà appris l'évasion aux infos. « Passe vers six heures, six heures et demie, avait-elle dit. Je serai rentrée. »

Elle ouvrit la porte. Profond vestibule habillé de bois clair, spots discrets au plafond. « Salut, Frank. Viens, accroche ton manteau… J'étais en train de me servir un verre. »

Elle resta debout au milieu du salon, son verre de vin à la main. Grande – une des premières choses qu'il avait remarquée chez elle –, grande et mince. Katherine en avait hérité. Un dîner dansant, ç'avait été une de ces soirées de bienfaisance pour gens chics à laquelle le supérieur hiérarchique d'Elder l'avait sommé d'assister. Joanne accompagnait un gros bonnet local à qui elle servait de potiche. Sa robe semblait peinte sur son corps, elle paraissait encore plus grande avec ses talons. Il n'aurait jamais pensé qu'elle lui accorderait ses faveurs. En quoi il se trompait.

« On va prendre un peu l'air », avait-elle dit en l'attrapant par le bras.

Même alors, elle avait dû faire le premier pas. Ses yeux brillants et langoureux, le goût de cerise sur sa langue.

« Un peu de vin, Frank ? Il y a du rouge si tu préfères.

– Plus tard, peut-être.

– Comme tu veux. »

De nouveaux tableaux ornaient les murs, abstraits, dans les jaunes et verts. Des images floues, imprécises.

Joanne posa son verre pour allumer une cigarette. « Aucune nouvelle ? »

Elder secoua la tête. « De Keach ? Non, pas pour l'instant. Plusieurs signalements, mais rien qui ait pu être vérifié.

– Tu crois qu'on va le retrouver ?

– Tôt ou tard, oui.

– Et c'est pour ça que tu es là ? Pour participer aux recherches ? »

Il haussa les épaules. « Je ne suis pas très utile… Le responsable de l'enquête, Sherbourne, a l'air d'assurer.

– Qu'est-ce qui s'est passé ? Il s'est échappé au cours d'un accident ? C'est ce qu'ils ont dit.

– Apparemment, oui. »

Ils s'assirent chacun à un bout d'un long canapé, face à une fenêtre qui occupait presque toute la largeur de la pièce. Lanternes argentées éclairant une terrasse en pierre, le jardin plus loin.

« Alors…, dit Elder. Tu vis toute seule ici ?
– En général. Pas toujours.
– Et en ce moment ? »

Un lent mouvement négatif de la tête. Aucun maquillage, même appliqué avec la plus grande dextérité, n'aurait permis de dissimuler les cernes sombres sous ses yeux.

« Kate est au courant ? demanda-t-elle. Pour Keach ?
– Oui. J'ai parlé à une de ses colocataires. Elle a assez mal réagi. Tu imagines. En plus du reste… Ça ne pouvait pas plus mal tomber.
– Mais elle ne risque rien ?
– Avec Keach ? Non, je ne crois pas. Je ne vois pas comment il pourrait être un danger… Il va surtout essayer de se planquer. »

Joanne termina son vin et se leva. « Tu es sûr que tu ne veux rien boire ?
– Bon, d'accord. Juste un verre. »

Elle revint avec une bouteille de côtes-du-rhône et un verre vide. Alluma une autre cigarette.

« Je t'ai dit qu'ils avaient interrogé Kate au commissariat, reprit Elder. À propos du meurtre de Winter.
– Je ne comprends toujours pas pourquoi…
– Aucune raison précise, d'après ce que j'ai pu en juger. Ils cherchent tous azimuts.
– Ils n'ont pas de… comment on appelle ça ? Cette série télé… suspect numéro un ?
– Si c'est le cas, ils n'en parlent pas. Mais j'ai exigé d'être présent s'ils questionnaient encore Kate.

– C'est possible ? *Vraiment ?*

– Compte tenu de son état mental, oui. Surtout maintenant.

– La pauvre. » Joanne baissa la tête. « Elle n'avait pas besoin de ça. Alors qu'elle commençait à peine à se remettre… après ce qu'elle s'est fait. »

Elder se leva et s'approcha de la fenêtre. Les ombres envahissaient le jardin, des lumières s'allumaient aux fenêtres çà et là sur la colline : d'autres vies. Combien de familles connaissait-il qui étaient véritablement heureuses, et pendant combien de temps ? Combien d'enfants ? Qu'avait dit le poète ? Ils te foutent en l'air, tes père et mère[1].

Il se retourna face à la pièce. « Cette histoire avec Winter. Ce qu'il y avait entre Kate et lui… Tu étais au courant ? À l'époque ?

– Non, pas vraiment. Pas au début, en tout cas.

– Donc tu savais quelque chose ?

– Je savais qu'ils avaient une relation, oui.

– Et tu n'as rien dit ?

– Comment ça, je n'ai rien dit ? Ce n'est pas une enfant, Frank. Elle a vingt-trois ans, presque vingt-quatre.

– Et lui, il avait quoi ? Cinquante et quelques ? Bon sang ! Presque aussi vieux que moi.

– Oui, Frank. Exactement.

– Exactement ? Ça veut dire quoi, ça ?

– Ça veut dire que ce n'est pas la peine d'être un psy pour voir qu'il y a un problème à cet endroit-là. »

Elder éclata de rire. Un rire amer. Un aboiement. « Tu te prends pour Sigmund Freud tout d'un coup ?

– C'est pas drôle, Frank.

---

1. Premier vers du poème de Philip Larkin, « This Be The Verse » : « They fuck you up, your mum and dad. »

– Je sais que c'est pas drôle. Putain, c'est carrément ridicule.

– Pas si ridicule que ça.

– Tu plaisantes ?

– Réfléchis… Elle avait quel âge quand tu as disparu ?

– Je n'ai pas disparu.

– C'était tout comme.

– Je n'avais pas tellement intérêt à m'attarder dans le coin, tu me l'avais bien fait comprendre.

– Tu aurais pu rester pour elle.

– Ah oui ? Et dormir sur le canapé du salon pendant que ton amant te sautait en haut dans notre lit ?

– Si tu l'avais vraiment voulu, si ça t'avait semblé suffisamment important, tu aurais trouvé un moyen. Mais non, tu as préféré te tirer dans les Cornouailles en jouant les victimes. Pour "panser tes blessures", soi-disant.

– Tu ne m'as guère laissé le choix.

– C'est des foutaises, Frank, et tu le sais. Tu cherchais une raison de partir depuis le début. Dès qu'on est arrivés ici.

– De quitter cet endroit, peut-être. Mais pas toi. Ni Kate.

– Tu as eu de la chance, hein ? Je t'ai fourni une bonne excuse.

– Eh merde ! » Elder lança son verre par terre. « Tu fais chier ! »

Il attrapa son manteau et sortit en claquant la porte derrière lui. Dans la rue, quand il se retourna vers la maison, il vit la silhouette de Joanne encadrée dans la fenêtre. La deuxième fois qu'il se retourna, elle n'y était plus.

Au moment où il bifurquait à gauche sur Castle Boulevard, son téléphone sonna dans sa poche.

« Un signalement confirmé, dit Sherbourne. À la station-service de Blyth en fin d'après-midi. Il a menacé un jeune dans les toilettes pour hommes avec un couteau…

– Un couteau ? Où s'est-il procuré…

– C'est ce qui a été rapporté, avec un couteau. Il l'a obligé à retirer deux cents livres au distributeur et il s'est fait la malle avec sa carte de crédit, son code secret et les clés de sa voiture. Une Honda Civic, bleu métallisé. L'alerte a été donnée, le numéro d'immatriculation, la description complète. On la retrouvera abandonnée quelque part, une fois qu'il en aura choppé une autre.

– Il est parti dans quelle direction ?

– À part ce que je vous ai dit, on ne sait rien de plus. Mais je vous tiens au courant.

– D'accord, Colin. Merci. »

Elder rentra la tête dans les épaules, et, mains dans les poches, prit la direction de son hôtel. Il appellerait Katherine de sa chambre, en espérant qu'elle veuille lui parler.

## 32

Elder avait mal dormi : les mêmes rêves obscènes, lancinants. Il avait parlé à Katherine avant de se coucher et tenté de la rassurer ; il comprenait évidemment qu'elle soit bouleversée, mais elle n'avait pas à s'inquiéter à propos de Keach. Celui-ci était l'objet d'une véritable chasse à l'homme et retournerait bientôt en prison, comme il se devait.

Ce qui n'était pas tout à fait la vérité, il le savait après avoir assisté à la réunion du matin.

Il y avait eu plusieurs signalements – à Sheffield, Doncaster, Leeds –, l'un émis avec intention de nuire, les deux autres par des âmes serviables, tous erronés. Le jeune homme, un gérant de supermarché, dont Keach avait volé la voiture et la carte de crédit à la station-service de Blyth, avait compensé ses pertes en vendant son témoignage – *Terreur à l'arme blanche* – au *Sun*. La carte avait été utilisée deux fois encore avant la fermeture du compte.

Le passager de la Ford Mondeo rescapé de l'accident, apprenti soudeur de dix-sept ans très porté sur le LSD et les cannettes de Special Brew, était le cousin du conducteur. Ni l'un ni l'autre ne connaissait Adam Keach ; il n'y avait aucune connexion. C'était un accident, incontestablement. L'un des employés pénitentiaires était rentré chez lui avec quelques points de suture, l'autre attendait les résultats d'une IRM à l'hôpital.

À Kirkby, le lundi matin, quand deux agents en uniforme et un inspecteur se présentèrent à la porte de la petite maison mitoyenne où habitaient les parents de Keach, le père refusa d'ouvrir et consentit seulement à leur parler par la fente de la boîte aux lettres. À l'étage et au rez-de-chaussée, les rideaux étaient hermétiquement clos.

« Non, il n'est pas ici. Il n'est pas venu et il ne viendra sûrement pas. Faudrait qu'il soit idiot, non ? Il sait bien que c'est le premier endroit où vous le chercherez.

– J'aimerais vous croire, répondit l'inspecteur, mais nous allons quand même devoir vérifier. »

Quelque part à l'intérieur, un petit chien jappait.

Il fallut menacer d'enfoncer la porte pour que celle-ci soit enfin ouverte. Le père de Keach, âgé de soixante-dix ans environ, cheveux blancs, mains tremblantes, semblait s'être recroquevillé sur lui-même. Un vieillard avant l'âge. Sa femme était assise dans un fauteuil roulant derrière lui, la tête affaissée sur le côté. Partout flottait une odeur de tabac froid, de vêtements humides et de lente dégradation. Des déjections canines, dures et rondes comme des crottes de lapin, avaient été déposées çà et là dans la cuisine et sur les marches de l'escalier.

Lorsque l'animal, un terrier marron et blanc aux dents jaunes, bondit sur l'inspecteur, celui-ci le repoussa de la main, puis, d'un coup de pied bien ajusté, l'envoya bouler dans un coin où il s'aplatit en gémissant.

Des pigeons nichaient sous les combles au-dessus de la cage d'escalier.

D'Adam Keach, il n'y avait pas la moindre trace.

« S'il se manifeste, dit l'inspecteur en tendant sa carte au père, vous feriez bien de nous contacter. »

Tandis que les policiers s'éloignaient, le vieil homme déchira la carte de ses doigts tremblotants et jeta les morceaux par terre.

Le frère d'Adam Keach, Mark, habitait avec sa femme et l'un de ses fils, Lee, près de Victoria Park. Le fils aîné avait quitté la maison quelques années auparavant et vivait à présent avec sa propre famille à l'autre bout de la ville, entre Radford et Hyson Green. Il y avait aussi une fille, Sophie, née avec un handicap cognitif, qui résidait dans un foyer d'hébergement à proximité.

Âgé d'un peu plus de quarante ans, Mark n'avait jamais conservé un emploi très longtemps, sauf pendant les deux ans qu'il avait passé derrière le comptoir d'un marchand de journaux dans le centre-ville ; le reste du temps, il avait touché toutes les allocations possibles et vécu de petits boulots, le plus souvent payés au noir. Entre vingt et vingt-cinq ans, quelques menus larcins l'avaient fait connaître de la police, et, plus tard, embringué par des copains du pub dans une série de cambriolages à Mapperley Park, il avait été pris littéralement en train de tenir l'échelle. Condamné à douze mois ferme, il avait purgé les six premiers mois de sa peine en prison puis effectué des travaux d'intérêt général durant les six autres mois.

Sa femme, Amy, qui travaillait cinq jours par semaine à Argos depuis quinze ans, l'avait prévenu : s'il s'avisait seulement de monter dans le tram sans billet, le soir même, avant l'heure du dîner, elle aurait balancé toutes ses affaires sur le trottoir et fait changer la serrure.

Il ne doutait pas qu'elle tiendrait parole.

Quand le sergent Simone Clarke et son collègue Billy Lavery se présentèrent le matin, Amy ouvrit la porte. C'était son jour de repos.

Elle était petite, trapue, avec une figure ronde, des cheveux ternes, en sweat-shirt et jogging.

« Ben alors ? Vous débarquez pas à l'aube avec vos flingues à bout de bras ? C'est pas comme ça que vous faites maintenant ?

— Vous regardez trop la télé, répondit Billy Lavery.

— Ouais, c'est ça.

— On peut jeter un coup d'œil ?

— Si vous vous essuyez les pieds d'abord et que vous me foutez pas le bordel… Mais il est pas là, vous le savez ça, hein ? Avec ce qu'il a fait à ces pauvres gamines, jamais il mettra un pied chez moi.

— Et votre mari ? demanda Simone Clarke. Il partage votre sentiment ?

— Un peu qu'il partage mon sentiment ! Il a pas son mot à dire, vous pouvez me croire. »

Simone la croyait.

Amy Keach recula d'un pas et leur fit signe d'entrer avec un geste du menton. Assis à la table de la cuisine, le jeune Lee buvait un thé.

« Tu n'as pas vu ton oncle, récemment ? demanda Billy Lavery.

— Lequel ?

— Celui que tu veux.

— Mon oncle Dean, j' l'ai vu samedi de la semaine dernière. Y nous a skypé d'Australie. Du côté de Brisbane, par là. L'image était à chier. Ça faisait tout le temps des bugs. Le débit chez nous, c'est vraiment de la daube.

— Et oncle Adam ?

– Y viendra pas ici. » La réponse fut accompagnée d'un vigoureux mouvement de la tête.

« Comment ça se fait ? Ils ne s'entendent pas, ton père et lui ?

– Je parle pas de mon père. C'est ma mère… Elle y fendrait le crâne en deux avec une poêle, ce serait vite vu. »

Pendant ce temps, Simone s'était engagée dans l'escalier. À mi-hauteur, elle hésita en entendant un bruit furtif dans l'une des chambres, mais ce n'était qu'un chat, un gros chat tigré aux yeux dilatés et à la queue gonflée, qui s'avança vers elle en la regardant avec mépris avant de filer.

Il n'y avait personne dans les chambres et les lits étaient faits. Désodorisant dans la salle de bains, les toilettes.

« C'est propre chez vous, dit Simone.

– Vous venez pour me donner des leçons ou quoi ?

– Pas du tout. Mais c'est vrai que ce n'est pas toujours facile, avec des hommes à la maison… Quand mon copain passe une ou deux nuits chez moi, c'est tout de suite le boxon. »

Amy lui fit un clin d'œil. « J'espère qu'y a une compensation pour vous quelque part. »

Simone sourit. « Mark n'est pas là ?

– Non, il bosse. Il a un pote qui a une camionnette, vous voyez le genre ? Pour faire des petits déménagements, débarrasser des caves… Tous les boulots sont bons à prendre. Brendan, il s'appelle. De temps en temps, Mark lui file un coup de main. Moi, ça m' fait marrer quand j' le vois descendre de sa camionnette, parce qu'elle est blanche et que Brendan, il est noir comme l'as de pique. Vous, à côté, ne l' prenez pas mal mais vous avez l'air d'un café latte.

– Je ne le prends pas mal. Vous ne savez pas quand il rentrera ?

– D'ici une heure ou deux. Difficile à dire.

– Ni où ils travaillent ?

– Pas loin de Wollaton, je crois qu'il a dit. Ben, tenez, vous avez qu'à l'appeler sur son portable. »

Simone enregistra le numéro dans ses contacts.

Elle téléphona quand ils regagnèrent leur voiture et communiqua l'adresse à Lavery. « Vas-y, toi, d'accord ? Moi, je retourne au commissariat. S'il y a quoi que ce soit de louche, tu le convoques. Appelle si tu as besoin de renfort.

– Pourquoi tu ne m'accompagnes pas ? »

Simone baissa la voix. « Parce que le Brendan, si c'est celui auquel je pense, je suis sortie avec lui une fois. Plusieurs fois, en fait. Ce serait peut-être un peu bizarre.

– En supposant qu'il se souvienne de toi », répondit Lavery en riant.

Simone fit mine de le frapper sous la ceinture et, quand il se pencha en avant, lui envoya une taloche sur la tête.

« Un peu de respect. Je te rappelle que j'ai plus de galons que toi.

– Ah ouais, c'est vrai.

– Parfaitement. Allez, direction Wollaton.

– Bien, sergent.

– Et arrête de ricaner.

– D'accord, sergent. »

Elle avait beau fouiller sa mémoire, elle ne revoyait pas grand-chose de Brendan à part sa peau sombre dans la faible lueur de la lampe de chevet.

Ils entassaient des cartons dans la camionnette, une foule de cartons contenant des livres. Un professeur d'histoire à l'université qui partait à la retraite sur la côte du Dorset et confiait le travail de toute sa vie à un garde-meubles. Il emportait avec lui – son autre passion à part l'histoire – quelques éditions originales datant de l'âge d'or du roman policier. Margery Allingham. Michael Innes. Freeman Wills Crofts.

Billy Lavery entraîna Mark Keach à l'écart.

Lui reposa les mêmes questions.

« Combien de fois faut que je vous le répète ? dit Keach. J'ai pas vu Adam depuis que je lui ai rendu visite à Gartree quand il était en détention provisoire. Maintenant, si ça vous ennuie pas, je peux bosser ? »

Quand Lavery revint au commissariat, on venait d'apprendre que Shane Donald avait trouvé un point de chute à Worksop, dans le nord du comté. Non loin du lieu de l'accident au cours duquel Adam Keach s'était évadé, et du dernier endroit où il avait été aperçu.

## 33

« C'est loin, Letchworth Garden City ? » demanda Hadley en enfilant son manteau le matin.

Rachel leva les yeux de son journal. « Quarante, cinquante ans. Pour y finir ses jours… »

Alice prit le volant.

Menaçant au départ, le ciel s'éclaira à mesure qu'elles approchaient de leur destination. Après avoir quitté l'A1, elles passèrent devant le Spirella Building, une ancienne fabrique de corsets somptueusement restaurée. Des amies de Rachel y avaient fêté leur dixième anniversaire de mariage, profitant du parquet flottant en érable de la salle de bal pour exécuter un brillant numéro Fred-et-Ginger.

Elles se garèrent et longèrent à pied une rangée de jolies maisons de style Art nouveau, pourvues de luxuriants jardinets soigneusement entretenus.

« Ça doit pas être mal d'habiter ici, fit remarquer Alice.

– Si on a envie de mourir à petit feu, oui.

– Vous ne diriez pas ça si vous viviez en coloc derrière la gare routière de Finsbury Park.

– Ah, c'est malin. »

Alice rougit.

Il y avait des roses, des vraies, autour de la porte du numéro 17.

Hadley appuya sur la sonnette. Frappa. Sonna encore.

Au bout d'un moment, le battant fut ouvert par une femme d'environ quarante-cinq ans, vêtue d'une tunique violette et d'un legging noir, aux cheveux vaguement roux maintenus en arrière par un bandeau noir. Une traînée de peinture vermillon sur sa joue droite.

« Susannah Fielding ?

– Elle-même. »

Les policières montrèrent leur carte. « Inspecteur-chef Alex Hadley. Ma collègue, Alice Atkins... »

Susannah Fielding sourit. « Le côté maternel de la police, c'est ça ? Tout en sensibilité ?

– Alice vous met quelqu'un à terre mieux qu'un pilier de rugby et elle jure comme un soudard. »

Alice rougit encore.

« Entrez. Et excusez-moi de vous avoir fait attendre. Quand je travaille au fond, je n'entends pas toujours la sonnette. »

Elles la suivirent dans un couloir où étaient accrochés de petits tableaux, traversèrent une cuisine-salle à manger, et sortirent dans le jardin de derrière.

« Je me suis dit qu'on pourrait s'installer ici. Il ne fait pas trop froid, je crois. Si vous voulez vous asseoir, je vais nous préparer du thé. Sauf si vous préférez du café ? »

Elles prirent place sur des chaises en fer forgé sous une sorte de tonnelle. Au fond du jardin, la double porte d'une remise qui servait d'atelier était ouverte.

« J'ai aussi des muffins, dit Susannah en revenant, chargée d'un plateau. Pommes et noix de pécan. Tout frais de ce matin. Quand je n'arrive à rien dans l'atelier, je me console en faisant des gâteaux. C'est un miracle que je ne sois pas devenue énorme.

– Vous travaillez sur quoi en ce moment ? demanda Alice.

– Oh, encore une nature morte. Des fruits dans un saladier, des fleurs dans un joli vase. Toujours la même chose. Je ne sais pas pourquoi je m'acharne. Chaque fois, je me dis que ce sera la bonne, le tableau parfait… Mais vous n'êtes pas venues pour écouter les confessions d'une artiste modérément célèbre. » Elle sourit d'un air engageant. « Vous avez été assez polies comme ça. »

Un merle atterrit sur la terre entre deux buissons et se mit à picorer allègrement.

« Vous avez reçu la visite de l'agent de liaison auprès des familles, dit Hadley.

– En effet. Un homme tout à fait sympathique. Un peu distant, peut-être… Il a très bien expliqué les tenants et les aboutissants, les pourquoi et les par conséquent. » Elle coupa un muffin en deux. « J'imagine qu'on ne peut toujours pas récupérer le corps ?

– Je crains que non. Pas pour l'instant. »

Susannah mordit dans le muffin, hocha la tête pour montrer qu'elle le trouvait bon. « C'est une des curiosités de la vie… Votre ex-mari, à qui vous n'avez quasiment pas parlé, que vous n'avez pas *vu* depuis presque vingt ans, meurt, et c'est vous qui devez organiser l'enterrement.

– Je ne sais pas trop comment ça fonctionne, dit Hadley. Mais si vous ne voulez vraiment pas…

– Non, non. » Susannah agita une main. « Ça va. Enfin, ça ira, j'en suis sûre. Il faut penser aux enfants. Je dis les enfants, mais vous me comprenez… Ils sont restés plus ou moins en contact avec Anthony. Surtout

Melissa, quand elle était plus jeune. Et je suppose que c'est ce qu'ils attendent. Un enterrement en famille.

— Melissa… Quel âge a-t-elle ? Vingt-deux ? Vingt-trois ?

— Vingt-trois. Matthew a deux ans de plus.

— Et ils sont…

— Melissa est à la fac mais elle fait une pause. Elle a commencé un peu tard… disons qu'elle a eu du mal à se décider. Elle s'est d'abord orientée vers des études d'art et, à la fin de son année préparatoire, s'est aperçue qu'elle détestait ça. Marcher dans les pas de ses parents, c'était sans doute trop de pression. Ensuite elle a essayé la littérature, à l'université d'Aberystwyth dans les Galles du Nord – pas longtemps. » Elle sourit. « Trop de gros livres, trop de lecture. Je ne sais pas à quoi elle s'attendait. *Les Hauts de Hurlevent*, peut-être. Thomas Hardy sur Snapchat. Bref, maintenant elle est en histoire à Leicester. Enfin, pas exactement, puisqu'elle prend un semestre sabbatique.

— Et donc… elle vit à la maison ?

— En partie, oui. Elle a toujours sa chambre à Leicester, dans une coloc d'étudiants. Et une chambre ici, bien sûr. Elle va et vient entre les deux… Il est prévu qu'elle retourne en cours à l'automne. Normalement.

— Et Matthew ?

— Contrairement à tout ce que je pouvais souhaiter, il est dans l'armée – 26e régiment royal d'artillerie. » Encore un sourire, désabusé, sur les lèvres de Susannah. « Moi qui ne l'ai jamais laissé jouer avec des armes quand il était petit, voilà le résultat. Maintenant il est lieutenant, responsable d'une mission d'appui feu en Afghanistan. Comment ils appellent ça ? "La puissance de frappe derrière le poing d'acier ?"

— Il est là-bas en ce moment ? »

Susannah hocha la tête. « À Kandahar. Avec la Force internationale d'assistance et de sécurité. Mais je ne sais pas pour combien de temps.

– Vous allez être contente qu'il rentre pour l'enterrement », dit Alice.

Un sourire triste, cette fois. « Oui, avant de repartir ailleurs. Mais bon… » Elle se leva, pressant ses mains l'une contre l'autre. « … C'est la vie, on joue avec les cartes qu'on a reçues. Si vous voulez bien m'excuser, je vais chercher la bouilloire pour remettre de l'eau dans la théière. »

Dès qu'elle eut le dos tourné, Hadley fit mine d'essuyer une larme en se passant un doigt sous l'œil. Alice acquiesça.

Un merle mâle avait rejoint la femelle ; un léger parfum de fleurs flottait dans l'air. Non loin, une tondeuse démarra, s'arrêta, repartit. Combien de jeunes hommes avaient été tués à l'arme blanche à Londres la semaine précédente ? se demanda Hadley. Six ? Sept ? À Enfield, Bromley, Peckham, Brent Cross, Battersea, Bow. Combien étaient morts à Kandahar ? Habiter un endroit comme celui-ci n'était peut-être qu'une illusion, se dit-elle, la vie telle qu'un quaker idéaliste l'avait imaginée au tournant du siècle dernier. Même s'il devait y avoir des banques alimentaires, ici comme ailleurs. N'y en avait-il pas partout de nos jours ? Des couteaux aussi.

Susannah revint, les yeux rouges, la bouilloire à la main. « Qui veut encore du thé ? »

Hadley tendit sa tasse, refusa un autre muffin, demanda à Susannah si, à sa connaissance, Anthony Winter avait rédigé un testament.

« Non, je n'en ai aucune idée. Je n'ai pas été contactée par son notaire ni par qui que ce soit. En tout cas, s'il y a un testament, je ne figure sûrement pas parmi les bénéficiaires. Les enfants, peut-être, mais pas moi. » Elle secoua la tête, reprit place sur sa chaise. « Je me rappelle une conversation que nous avions eue, Anthony et moi, au moment de notre divorce. Je ne te donnerai même pas, avait-il dit, la merde collée à la semelle de mes godasses.

– Sympa », murmura Alice.

Susannah haussa les épaules. « Ça a le mérite d'être clair.

– Sa succession ne sera pas négligeable, dit Hadley. Une fois que les ventes récentes auront été prises en compte.

– J'ai bien quelques tableaux de lui, reprit Susannah. Qui datent de ses débuts, évidemment. Quand ses toiles n'avaient pas encore ce côté pervers... Du porno de troisième classe, si vous me demandez mon avis. Mais qui suis-je, n'est-ce pas ? Une artiste qui peint des fleurs... Et qu'est-ce que je comprends à tout ça ? Une femme peintre, putain ! »

Encore des larmes. Elle posa sa tasse sur la soucoupe, si violemment que celle-ci se fendit. « Pardon, je...

– Ce n'est pas grave, dit Hadley. Pas de problème.

– Si, c'est grave. Putain, c'est carrément grave... » D'un brusque mouvement du bras, elle envoya bouler la tasse et la soucoupe.

Alice recula vivement ; Hadley se leva d'un bond. Susannah était debout aussi, tête basse, la respiration agitée. « La vie, dit-elle au bout d'un moment. C'est... c'est tellement injuste, putain.

– Vous voulez rentrer à l'intérieur ? demanda Hadley avec sollicitude.

– Non, non. Ça va. Je préfère être ici. » Elle s'appuya à deux mains sur la table, puis finit par se rasseoir. « Vous savez, je ne me permettais jamais aucun juron, avant. Oh, parfois entre mes dents, rarement, quand je ratais un coup de pinceau… Je disais que ça trahissait un manque de vocabulaire. Mais ensuite, quand Matthew est revenu en permission… Enfin, je les avais déjà tous entendus, mais pas nécessairement dans cet ordre-là. Melissa aussi, depuis qu'elle allait à la fac. Putain par-ci, putain par-là, c'était l'interjection universelle. Autrefois, dans les journaux, on notait "P" suivi d'astérisques. Ils sont écrits en entier maintenant, même les plus orduriers. »

Elle sortit un mouchoir en papier de la manche de sa tunique, se tamponna les yeux et se moucha. « J'ai plus juré en cinq minutes que pendant ces six derniers mois. Mais bon, vous devez avoir l'habitude.

– On nous en sort quelques-uns », reconnut Hadley en souriant.

Susannah lui rendit son sourire.

« Vous dites que vous n'avez quasiment pas parlé à votre ex-mari depuis vingt ans. C'est-à-dire, depuis le divorce ?

– Oui.

– Et sa remarque sur la semelle de ses godasses ?

– Pareil. Le 26 juillet 1997. Une date que je ne suis pas près d'oublier.

– Melissa avait quel âge ? Trois ans, par là ?

– Trois ans et demi. Matthew, un peu plus de cinq.

– Ils ont dû en souffrir.

– Matthew, surtout. À l'époque, en tout cas. Il était assez grand pour comprendre ce qui se passait. Pas les pourquoi ni les comment, mais oui, il comprenait, et il était en colère. Très en colère.

– Contre les choses ? La situation ?

– Contre moi. Il pensait que tout était ma faute. C'est ce que son père lui avait dit.

– Et Melissa ?

– Elle, elle était trop petite. Elle voyait seulement que son papa s'en allait.

– Et elle vous a tenue pour responsable aussi ?

– Non. Du moins, je ne pense pas. Enfin, peut-être plus tard, mais sur le coup, non. C'était Anthony qui partait… Tout d'un coup, il n'était plus là. Il l'abandonnait, pour des raisons qu'elle était incapable de débrouiller.

– Mais plus tard, dit Alice, quand elle a grandi… ? »

Susannah soupira. « On finit par accepter, non ? À la surface, en tout cas. C'est ce qu'on fait.

– Et Melissa a accepté ?

– Pendant un moment, oui. » Elle tourna la tête comme si un mouvement dans le jardin avait attiré son attention.

Hadley attendit un peu, puis demanda : « Vous ne sauriez pas, par hasard, qui aurait pu souhaiter la mort d'Anthony ?

– À part moi, vous voulez dire ? » Susannah rit. « Non. Je ne vois pas. Si ce n'est, sans doute, la moitié des gens qu'il rencontrait. »

\*

En partant, Hadley s'arrêta devant l'un des tableaux dans le couloir. Un portrait d'une adolescente de quatorze ou quinze ans, avec des traits doux, des cheveux bruns à hauteur des épaules.

« C'est Melissa ?

– Oui, répondit Susannah. Elle venait d'avoir quatorze ans. J'ai dû pratiquement la soudoyer pour qu'elle accepte de poser. Ça m'a coûté six mois de leçons d'équitation.

– Il est très beau, ce tableau.

– Merci.

– Elle est ravissante.

– Dommage qu'elle ne le pense pas, elle. »

À la porte, Hadley tendit la main. « Merci de nous avoir reçues.

– C'est moi qui vous remercie d'être venues jusqu'ici. Malgré les sentiments que j'éprouve pour Anthony, j'espère que vous trouverez le coupable.

– On le trouvera. »

Alors qu'elles franchissaient le portail, Hadley se retourna et surprit un mouvement furtif à l'une des fenêtres de l'étage. Une main, qui fermait un rideau.

Elles avaient presque atteint la voiture quand son portable sonna. Chris Phillips, impatient de lui communiquer un nouvel élément. On avait découvert quelque chose de croustillant, caché dans l'ordinateur de Winter.

« D'accord, Chris. On sera là dans une heure, une heure et demie max. Gardez ça pour vous en attendant. »

Hadley raccrocha, ouvrit la portière. « C'est bon, Alice. La balade à Munchkinland[1] est terminée. »

---

1. Contrée du pays d'Oz, dans *Le Magicien d'Oz*.

## 34

La maison était située non loin de la gare. Deux étages dans un état de délabrement avancé, presque à l'extrémité d'une rangée de maisons identiques. L'une des fenêtres au rez-de-chaussée avait été grossièrement obturée avec du plastique sombre, l'autre avec une couverture ; rien aux fenêtres de l'étage, hormis une épaisse couche de poussière ; près de la porte, deux poubelles dont le contenu débordait. À l'arrière, un petit jardin carré, nu, où gisait une bicyclette cassée, donnait sur une étroite ruelle. La police locale du commissariat de Potter Street avait confirmé que Shane Donald habitait bien là.

Deux policiers en uniforme, l'un armé d'un bélier cylindrique en métal, attendaient de chaque côté de la porte ; deux autres dans la ruelle derrière. Colin Sherbourne avait appelé Elder avant de quitter Nottingham en compagnie de ses hommes pour lui demander si, compte tenu de son historique avec Donald, il souhaitait se joindre à eux.

Tout le monde attendait à présent que Sherbourne donne le signal.

Trois... deux... un... La porte fut enfoncée d'un seul coup de bélier et les agents firent irruption à l'intérieur. « Police ! » Jason Lake et Kenny Cresswell s'élancèrent dans l'escalier en hurlant, aux anges. Après toutes ces heures passées derrière un bureau à fixer des écrans d'ordinateur, ça, c'était ce qu'on kiffait, de l'action, le vrai truc. Billy Lavery et Simone Clarke inspectaient les pièces du rez-de-chaussée, tandis que Colin Sherbourne et Elder se tenaient en retrait.

La porte de la chambre au fond était fermée. Cresswell l'ouvrit d'un coup de pied et découvrit Shane Donald qui avait reculé entre le lit défait et la fenêtre. Il régnait une odeur de cannabis et de draps sales.

À la fenêtre, le cou tordu pour regarder dehors à travers la vitre crasseuse, Donald aperçut deux policiers mastoc qui lui souriaient en lui adressant un salut à deux doigts.

« N'y pense même pas, Shane, dit Jason Lake. Pas sans un parachute.

— Allez vous faire foutre !

— Ça viendra. Mais avant, sois sage, habille-toi. Tu vas attraper la mort comme ça. »

Donald était nu, vêtu seulement d'un slip jauni. Poils épars sur son torse maigre, côtes apparentes, peau grisâtre. Sa paupière droite commença à tressaillir.

« J'ai rien fait, putain.

— Personne ne t'accuse, répliqua Kenny Cresswell.

— C'est quoi ce bordel alors ? Vous avez pas le droit.

— On veut juste te poser quelques questions, Shane. Parler gentiment.

— De quoi ?

— D'un vieil ami à toi.

— Qui ça ?

— Adam. Adam Keach.

— C'est pas un ami. »

Colin Sherbourne apparut sur le seuil. « Il n'y a personne. Ne perdons pas de temps, on l'embarque.

– Tu as entendu ce qu'il a dit, Shane. Enfile vite quelque chose, tu vas visiter le gnouf du coin.

– Et vous allez rester ici à me regarder pendant que je m'habille ?

– Tout le plaisir est pour moi. »

Sherbourne et Elder attendaient sur le trottoir quand ils sortirent.

« Qu'est-ce que vous foutez là, vous ? lança Donald en reconnaissant aussitôt Elder.

– Content de te revoir, Shane, dit Elder. Ça faisait longtemps. »

Debout à moins d'un mètre, Donald se racla la gorge et lui cracha au visage.

Sherbourne choisit de conduire l'entretien avec Jason Lake, pendant qu'Elder et le responsable du commissariat suivaient la retransmission vidéo dans une pièce voisine.

« Adam Keach n'est pas un de vos amis, c'est ce que vous avez dit ?

– Ouais.

– Mais vous le connaissez ? Vous savez qui c'est ?

– Peut-être.

– Shane…

– D'accord, je sais qui c'est. Je sais ce qu'il a fait. Je lis les journaux, hein ? Je regarde les nouvelles.

– Bien sûr. Mais il n'y a pas que ça.

– Vous voulez dire quoi ?

– Je veux dire que vous le connaissez. Personnellement.

– Ah ouais ?

– Vous l'avez rencontré. Vous avez passé du temps avec lui.

– Conneries !

– Vous ne l'avez pas rencontré ? Vous ne lui avez pas parlé ? Ce n'est pas ce qu'on nous a raconté.

– On vous l'a raconté ? Qui ? Vous êtes en train de tout inventer.

– Ça remonte à quelque temps, vous avez peut-être oublié.

– J'ai rien oublié du tout…

– À Gartree. Vous étiez incarcéré. Pour vol, je crois. Agression avec intention de porter atteinte à l'intégrité physique. Vous vous souvenez ? La prison de Gartree ?

– J'y étais, ouais, mais…

– Keach aussi, en détention provisoire. Je répète que ça remonte à un certain temps, peut-être est-ce la raison pour laquelle vous avez du mal à vous rappeler ? »

Allez, pensa Elder avec impatience devant l'écran. Admets que tu le connais. Pourquoi nier ? Sauf si, bien sûr, tu as quelque chose à cacher ?

« Ouais, peut-être, grommela Donald en évitant de regarder les deux policiers. Je me rappelle maintenant.

– Keach et vous, vous aviez des choses à vous dire, je suppose. Des points communs. »

Donald ne répondit pas.

« Des fréquentations communes, aussi. Alan McKeirnan, par exemple. »

La paupière droite de Donald s'agita.

« Ça a été une sorte de mentor pour vous, non, Shane ? McKeirnan ? Il vous a appris toutes les sales combines que vous connaissez. »

Donald se trémoussa sur son siège. « Ce qui s'est passé… ce qu'il a fait… c'était lui, pas moi… cette fille… j'ai jamais… les jurés, ils l'ont bien vu. »

Comme au championnat de ligue 1, pensa Elder, les jurés peuvent être manipulés, les juges montrent le mauvais carton.

« Vous avez été en contact avec lui récemment, Shane ? McKeirnan ?

— Ça va pas, non ?

— Vous êtes sûr ?

— Putain, évidemment que je suis sûr.

— Et Adam ?

— Hein ?

— Adam Keach ?

— Ben quoi ?

— Vous étiez en contact avec lui.

— Qui c'est qui dit ça ?

— À Wakefield. Vous étiez en contact avec lui là-bas. »

Donald déglutit, regarda la caméra, puis détourna les yeux.

« On peut vérifier, vous savez. Portables, SMS, messages glissés sous la porte.

— OK, une fois peut-être. Une fois ou deux. C'est loin tout ça. Et c'est lui qui est venu me chercher.

— Mais vous étiez amis. Vous étiez potes, quoi. Vous faisiez des plans ?

— Hein ? » La paupière, encore. « Quels plans ?

— Pour quand il sortirait. Des coups que vous pourriez monter ensemble. »

Donald secoua la tête. Longuement, vigoureusement. Touché, pensa Elder. Vous avez mis le doigt sur quelque chose.

« C'était excitant, hein ? continua Sherbourne. Ça vous faisait bander ? De penser à comment vous alliez vous éclater tous les deux. Ensemble. Comme au bon vieux temps.

– Non, non ! » Donald recula si violemment qu'il bascula sa chaise en arrière. Jason Lake, prêt à se lever pour intervenir. « Pourquoi vous dites ça ? C'est n'importe quoi.

– Je vois le tableau d'ici…

– Le tableau ? Qu'est-ce que vous déconnez ? Y a pas de tableau.

– Vous et Adam. »

Donald baissa la tête.

Presque imperceptiblement, Sherbourne se pencha en avant. Laissa un silence s'installer. « Où devez-vous le retrouver ?

– Hein ?

– Il vous a contacté. Depuis qu'il est en liberté.

– Non. Non, pas du tout.

– Allons, Shane. Vous n'avez pas envie de vous épargner ça ? Aidez-nous, et on pourra vous aider. Pas d'embrouilles. Personne n'aura rien à vous reprocher. »

Donald se troubla. Il frotta ses mains l'une contre l'autre puis serra le bord de la table.

« Vous êtes sorti de prison depuis un bout de temps maintenant, Shane. Vous vous êtes tenu à carreau. Ça, c'est admirable. Il y a de quoi être fier. Vous ne voudriez pas faire un faux pas et gâcher tous ces efforts. Risquer de retourner en cabane.

– Non.

– Pardon ?

– Non, je veux pas.

– Alors, dites-nous où il est, Shane.

– Qu'est-ce que j'en sais, moi ?

– Dites-nous où vous deviez vous retrouver.

– On doit pas se retrouver. Il m'a pas contacté, OK ? J'arrête pas de vous le répéter. Vous pouvez me demander encore, je vous répondrai pas autrement. Je sais pas où il est, et j'en ai rien à cirer. »

Sa paupière ne tremblait plus, ses mains s'étaient immobilisées. Elder vit que le moment était passé. Ils le tenaient, ils le tenaient presque, et ensuite ils l'avaient perdu. Ça arrivait. Involontairement, il porta la main à son visage pour essuyer le crachat qui, quelques instants plus tôt, avait coulé sur sa joue.

## 35

Elder avait vu Shane Donald la première fois dans un parc d'attractions à Skegness, où il apprenait le métier auprès d'un certain Alan McKeirnan, mécanicien pour une foire ambulante ; apprenait le métier, découvrit-on par la suite, de multiples manières. Quelques semaines auparavant, la foire s'étant installée à Mablethorpe, ils avaient emmené une adolescente de seize ans, Lucy Padmore, dans leur caravane : un endroit tranquille, isolé, à l'intérieur des terres. Ils l'avaient séquestrée pendant cinq jours avant d'enterrer son corps dans les dunes.

Après Skegness, ce fut à Rotherham. McKeirnan était employé dans un garage de Rawmarsh Road et habitait avec Donald dans une cave aménagée en studio au centre-ville. Les soupçons s'étaient confirmés. Les policiers surveillèrent la maison, attendant l'occasion de prendre McKeirnan lorsqu'il partirait travailler. Moins d'agitation, moins de confusion. Elder suivit Donald à l'épicerie du coin où il acheta le lait et les cigarettes pour la journée ; ainsi qu'un journal affichant en gros titre : *Les meurtriers de la collégienne toujours en liberté.*

Shane Donald n'avait pas tout à fait dix-sept ans à l'époque.

Peut-être le juge prit-il en compte la vie qu'il avait menée jusque-là : une enfance brisée, misérable ; un gamin malchanceux succombant à une mauvaise influence. La pitié, s'il s'agissait de cela, s'exprima par la faible longueur de la condamnation, tandis que McKeirnan écopait d'une lourde peine.

Relâché en conditionnelle, Donald avait immédiatement dérapé ; il s'était enfui avec une fille nommée Angel Ryan, qui l'avait par la suite livré à la police, craignant pour sa propre vie et pour celle de Donald s'il restait libre.

Elder ne l'avait pas revu depuis, jusqu'à ce matin.

Si Keach devait le contacter – un gros *si* –, il se demandait comment Donald réagirait. Par ailleurs, rien ne suggérait que Keach se trouvait encore dans les parages. Les signalements continuaient à arriver, peu nombreux, et tous assez éloignés. Doncaster était le plus proche – par deux fois, celui-là, en cours de vérification –, puis Manchester, les docks de Liverpool, un centre commercial à Burnley.

Elder était allé boire une bière avec quelques collègues de Sherbourne – Billy Lavery, Simone Clarke, Jason Lake – et resta pour une deuxième tournée. Après avoir refusé leur invitation à manger un curry, il dénicha un petit restaurant italien dans le quartier de Lace Market et choisit une table au fond, loin des fenêtres, heureux d'être enfin seul.

Il avait parlé à Katherine plus tôt dans la soirée. « Ça va, papa. Je t'assure, tout va bien. » Sa voix, aiguë, nerveuse, un débit rapide qui la trahissait. Elder l'avait rassurée de son mieux. En même temps, il ne voulait pas qu'elle commette la moindre imprudence, qu'elle s'expose à un risque quelconque. Mais quel risque ? Selon toute probabilité, Keach se trouvait à deux ou trois cents kilomètres de là.

Il rentrait à son hôtel quand son portable sonna.

« J'ai essayé de vous appeler plusieurs fois, dit Alex Hadley. Ça ne répondait pas.

– Qu'est-ce que je peux faire pour vous ?

– Votre fille… Il y a des éléments nouveaux. Je crois que nous allons devoir l'interroger encore. » Elle marqua une pause, pour lui laisser le temps d'assimiler ses paroles. « Après notre conversation de l'autre jour, j'ai pensé que vous aimeriez être présent.

– C'est prévu quand ?

– Demain matin. Vers onze heures.

– À Holmes Road ?

– Oui.

– J'y serai. »

La température chuta d'au moins cinq degrés à Nottingham cette nuit-là, et un vent d'est glacé soufflait le matin. En marchant de l'hôtel à la gare, Elder passa devant deux centres commerciaux, dont l'un semblait en partie désaffecté, et deux grands magasins aux vitrines condamnées. Il compta cinq hommes et une femme qui dormaient dehors, trois vendeurs du journal de rue *The Big Issue*, un joueur de flûte irlandaise, deux mendiants. À la gare, il acheta un café, un journal, et monta dans le train qui était déjà à quai.

Il avait laissé un message à Colin Sherbourne pour lui expliquer les raisons de son départ et le prier de le tenir informé. Ne parvenant pas à joindre Katherine, il lui avait envoyé un SMS. Les journaux s'intéressaient surtout à l'Europe, à la Syrie, aux frasques de stars de musique pop dont il n'avait jamais entendu parler, à des acteurs de séries télévisées qu'il n'avait jamais vues. Au bas de la page 7, il tomba sur le titre : *Meurtrier évadé toujours en fuite*, suivi d'un bref résumé des crimes d'Adam Keach. Rien à propos de l'enquête sur le meurtre d'Anthony Winter. Pas de nouvelles, dans ce cas, ça voulait vraiment dire pas de nouvelles.

Le train arriva à St Pancras avec cinq minutes d'avance. Des policiers armés patrouillaient les alentours du terminal de l'Eurostar ; le niveau de sécurité était toujours élevé après les récents attentats terroristes à Paris et Marseille, auxquels s'ajoutaient quelques incidents isolés au centre de Londres.

En se dirigeant vers le métro, il entendit parler français, espagnol, ourdou, italien, polonais et russe. Les deux jeunes femmes assises en face de lui dans le wagon étaient vêtues de jeans étroits, avec des rouges à lèvres éclatants et des foulards noirs dissimulant complètement leurs cheveux. À Euston monta un homme en kilt chargé d'un gros sac à dos. À Camden, une religieuse. Le seul à s'étonner était Elder. Il vivait dans les Cornouailles depuis trop longtemps.

Katherine attendait devant la buvette proche du commissariat, un gobelet à la main. Pantalon et pull noirs, blouson en jean, tennis blanc sale. Elle était pâle, les cheveux plats et ternes, des cernes sous les yeux. Elder se demanda combien de nuits sans sommeil elle avait accumulées.

Elle écarta le gobelet pour permettre à son père de déposer un rapide baiser sur sa joue.

« Tu es en avance, dit-elle en reculant.

— À peine.

— Tu veux un café ou quelque chose ?

— Non, ça va.

— Je peux finir le mien en route… »

Elder jeta un coup d'œil à sa montre. « C'est bon. On a le temps.

— On s'assoit un peu, alors ? »

Il y avait plusieurs sièges sur le trottoir autour, en bois et métal, la plupart occupés. Des gens qui buvaient, qui fumaient, des clochards. Deux chaises près du stand de fleurs étaient libres. La circulation progressait lentement, des autobus se succédaient en direction de North Finchley ou Liverpool Street, Victoria, Parliament Hill Fields.

« Tu sais pourquoi tu es convoquée ? demanda Elder.

– Non… Encore des questions à me poser, c'est tout ce qu'ils ont dit. »

Un homme avec une barbe de plusieurs jours et des yeux chassieux s'approcha en chancelant, main tendue. Katherine regarda ailleurs. Elder le dévisagea durement et l'homme s'éloigna en branlant la tête.

« On devrait peut-être y aller, dit Elder.

– Peut-être, oui », répondit Katherine.

## 36

L'agent à l'accueil les attendait. Alex Hadley vint à leur rencontre dans le couloir de l'étage, échangea une poignée de main avec Elder, lui demanda s'il avait fait bon voyage sans vraiment écouter la réponse. Attitude respectueuse, mais sans plus.

En approchant de la salle d'interrogatoire, Hadley ralentit le pas. « Ce sera peut-être pénible pour vous. »

Elder opina du menton, impassible. « On verra. »

Une pièce à l'atmosphère confinée, anonyme, peu différente de toutes celles qu'il avait fréquentées, sauf qu'il s'asseyait à l'époque de l'autre côté de la table. Il attendit que Katherine soit installée pour approcher sa chaise de la sienne, tandis que les deux policières prenaient place en face. Lorsque toutes les identités eurent été déclinées, Katherine fut à nouveau informée de ses droits. Prévenue, une fois encore, qu'elle pouvait partir à tout moment.

« Katherine, commença Hadley, j'aimerais que vous nous rappeliez votre relation avec Anthony Winter.

– Comment ça ?

– La nature de votre relation. Comment la décririez-vous ?

– Je travaillais pour lui.

– En tant que modèle ?

– Oui.
– Modèle vivant, n'est-ce pas ?
– Oui.
– Et à part ça ? »

Katherine battit des paupières, glissa un coup d'œil à Elder, leva une main pour attraper ses cheveux.

« Quand nous nous sommes parlé la première fois, vous avez indiqué que vous aviez aussi une relation personnelle avec Winter. »

La réponse mit un moment à venir. « Oui.

– Vous pourriez développer ? »

Katherine entortilla ses doigts dans une mèche de ses cheveux. « On était amis.

– Amis ?
– Oui.
– Amis proches ?
– Oui.
– Et cette amitié, cette amitié proche, diriez-vous qu'elle était physique ? »

Encore un coup d'œil à son père. « Oui, j'imagine…

– Vous imaginez ?
– Oui. Ben oui… Oui.
– Vous étiez amants ?
– Oui.
– Jusqu'au moment où Winter est mort, de manière infortunée ?
– Non.
– Non ?
– Ça s'était fini avant.
– Combien de temps avant ? »

Katherine pivota sur sa chaise, reprit sa position initiale. « Un mois. Six semaines. Je ne suis pas sûre. »

Hadley n'insista pas. « Et qui a mis fin à la relation, vous ou lui ? Ou est-ce qu'elle s'est terminée d'elle-même ? »

Un soupir, long et tremblant. « C'est Anthony.
– A-t-il donné une raison ?
– Non, pas vraiment.
– Il a bien dû dire quelque chose. »
Katherine regarda son père.
Elder se pencha en avant. « Ces questions présentent-elles un quelconque intérêt du point de vue de l'enquête ?
– Je le crois, oui. Si vous voulez bien me laisser poursuivre. »
Elder se radossa avec un signe affirmatif.
Hadley attendit la réponse, les yeux fixés sur Katherine.
« Il a dit… il a dit qu'on n'avait plus rien à faire l'un avec l'autre. Que… qu'on devait avancer.
– Et vous l'avez mal pris ? »
Katherine hocha la tête.
« Katherine ?
– Oui. Oui, évidemment.
– Au point que vous vous êtes entaillé les poignets ? »
Katherine tressaillit. Elder se souleva à demi sur sa chaise. « Je ne vois pas en quoi ceci vous concerne. Dans le cadre de votre investigation, en tout cas. »
Hadley soutint son regard. « J'essaie d'établir la force de la relation qui existait entre Anthony Winter et votre fille, afin d'expliquer un éventuel comportement ultérieur.
– Quel comportement ultérieur ?
– Nous y viendrons.
– Katherine, dit Alice Atkins, prenant la parole pour la première fois. Aimeriez-vous boire quelque chose ? De l'eau, peut-être ? »
Katherine fit non de la tête.
« Sûre ?

– Oui.
– Et vous êtes d'accord pour continuer ?
– Oui. »

Hadley s'éclaircit la gorge, lança un coup d'œil à Elder avant de reprendre. « Katherine, est-il exact que votre relation physique avec Anthony Winter consistait essentiellement à se faire mal l'un l'autre ? »

Katherine ferma très fort les yeux, serra les poings.

Elder voulut protester mais ravala ses paroles.

« Katherine ? dit doucement Hadley.

– Non. » La réponse elle aussi n'était qu'un souffle. « Non, ce n'est pas vrai. Je ne vois pas pourquoi vous dites ça. »

Les lèvres de Hadley esquissèrent un mince sourire. Aussitôt évanoui. « Saviez-vous que Winter avait pour habitude de filmer toutes les activités sexuelles auxquelles il se livrait dans son appartement de Chalk Farm et dans son atelier ?

– Non. » Yeux écarquillés, voix plus sonore. « Non, ce n'est pas possible.

– Je crains que si.

– Il n'aurait pas pu… Je l'aurais su.

– Il y avait des caméras cachées aux deux endroits. Nous avons trouvé les images. Certaines, dans un de ses ordinateurs. D'autres stockées dans un disque dur.

– Mais pas moi. Pas avec moi. Il n'aurait pas fait ça. » Elle se tourna vers son père, inquiète.

Elder sentit un grand froid le saisir de la tête aux pieds. Il sourit à Katherine en prenant son air le plus rassurant ; lui posa une main sur le bras.

Alice Atkins ouvrit un ordinateur portable. Après avoir recueilli l'approbation muette de sa chef, elle l'alluma.

Katherine jeta un regard impuissant à son père et implora en secouant la tête. « Non, vous ne pouvez pas. S'il vous plaît. S'il vous plaît. Non… Pas devant… »

Lorsque la première image apparut à l'écran, elle enfonça sa main dans sa bouche et la mordit violemment.

Elder abattit son poing sur la table.

Alice appuya sur une touche et l'image disparut.

Katherine se balançait d'avant en arrière, le visage et le cou inondé de larmes, une traînée de sang sur la joue provenant de sa blessure à la main.

« On va faire une pause, dit Hadley, et soigner ça… On reprendra après. »

« Mais qu'est-ce que vous foutez ? »

Elder avait exigé de parler à Hadley en tête à tête, ce qu'elle lui avait accordé à contrecœur. Ils étaient debout sur le parking du commissariat, à l'arrière du bâtiment. Hadley, qui ne fumait jamais, ayant à peine crapoté durant son adolescence, tira sur une cigarette qu'elle avait tapée à Chris Phillips, inhala la fumée et la rejeta lentement.

« Je mène une enquête.

— Vous traitez ma fille comme si elle était un suspect. Au mieux, un témoin hostile.

— J'essaie seulement de parvenir à la vérité.

— La vérité, c'est que Katherine n'a rien à voir avec la mort de Winter, et vous le savez.

— Ah bon ?

— Vous pensez vraiment qu'elle puisse avoir la moindre responsabilité ?

— Je pense que l'étendue de son implication mérite d'être éclaircie.

– Je rêve ! » Elder rejeta la tête en arrière, les yeux au ciel.

« Qu'y a-t-il ?

– Vous vous entendez, parfois ? On dirait un automate.

– Rester dans le détachement, ne pas se laisser envahir par les émotions… Vous avez pourtant appris ça, non ?

– En tout cas, vous, c'est sûr que vous avez été reçue avec mention très bien !

– Je choisis d'interpréter cette remarque comme un compliment, même si ce n'était pas exactement votre idée. Et je comprends combien ce doit être difficile pour vous. Dans de telles circonstances, surtout. » Elle tira encore sur sa cigarette. « Si vous préférez être remplacé par quelqu'un d'autre, un adulte accompagnant qui serait moins proche, moins affecté, on peut certainement arranger ça. »

Elder fit non de la tête.

« Vous êtes sûr ?

– Oui.

– Il y aura peut-être d'autres choses que vous trouverez pénibles à entendre. »

Elder la dévisagea un instant avant de répondre. « Je ne vous laisserai pas la malmener au-delà d'un certain point. Si vous dépassez cette limite, je lui suggérerai fortement de partir.

– Vous croyez vraiment que ce serait un bon conseil ?

– Si ça ne vous plaît pas, inculpez-la.

– Vous pensez que je ne le ferai pas ?

– Je pense que si telle était votre intention, vous l'auriez déjà fait. Je pense aussi que vous vous obstinez à essayer d'assembler des morceaux qui ne s'emboîtent pas. »

Hadley aspira une dernière bouffée de sa cigarette. « On y retourne. »

Katherine était pâle comme un linge ; sa main bandée reposait sur ses cuisses.

« Katherine, commença Hadley, vous vous sentez assez bien pour continuer ?

– Oui. »

Elder donna son assentiment d'un signe de tête. Il avait tenté de convaincre Katherine d'utiliser sa blessure pour remettre la suite de l'interrogatoire à plus tard, peut-être au lendemain, mais elle préférait en finir.

« Et je dois vous rappeler, enchaîna Hadley, que vous êtes toujours libre de partir.

– Je sais.

– Parfait. J'aimerais reparler de la dernière fois que vous avez vu Anthony Winter… Vous avez dit le lundi, je crois ? Le lundi avant le vernissage…

– Oui.

– Le lundi avant sa mort. »

Katherine ne répondit pas.

« Sur son invitation, vous êtes allée à l'atelier pour voir les tableaux.

– Oui, c'est ça.

– Et pendant que vous étiez là-bas, est-ce qu'il s'est passé quelque chose d'autre ? Vous avez regardé les toiles, mais à part ça ?

– Pardon, je ne comprends pas ce que vous voulez dire.

– S'est-il passé quelque chose entre vous et Anthony Winter ?

– On a… » Katherine tripotait ses cheveux, évitant le regard de son père. « … On a fait l'amour.

– Vous avez eu un rapport sexuel ?

– Oui.
– Sur le lit dans l'atelier ?
– Oui.
– Et par terre.
– Je ne sais pas. Je ne me rappelle pas.
– Vous ne vous rappelez pas ?
– Non.
– Mais vous vous souvenez peut-être d'autre chose ? Pendant que vous faisiez l'amour par terre ?
– Non !
– Rien avec la chaîne ?
– Hein ?
– La chaîne, Katherine. Celle que l'on voit dans le tableau. Vous ne vous souvenez pas que Winter vous l'a attachée autour du corps ? »

Katherine lâcha un gémissement angoissé.

Elder fut aussitôt debout. « C'est bon, on arrête tout de suite. Vous le savez parfaitement puisque vous avez les vidéos, avec l'heure et la date. Vous cuisinez ma fille uniquement pour la déstabiliser encore plus, en espérant qu'elle avouera quelque chose qu'elle n'a pas fait.

– Ou bien, répliqua vivement Hadley, pour établir une fois pour toutes pourquoi on a retrouvé de multiples traces de l'ADN de votre fille, en plus de ses empreintes, sur l'objet qui a servi à assassiner Anthony Winter. »

Elder se rassit pesamment.

« J'ai presque terminé, Katherine…, reprit Hadley calmement. Quand vous êtes venue la fois précédente, on vous a demandé de visionner deux séquences enregistrées par les caméras de surveillance près de l'atelier de Winter. Vous vous rappelez ?

– Oui, évidemment. »

Alice tourna l'écran de l'ordinateur vers Katherine et Elder.

« Vous avez affirmé que la personne à l'image n'était pas vous, c'est exact ?

— Oui.

— Vous en êtes sûre ? Absolument sûre ? Maintenant que vous regardez à nouveau, vous ne voulez pas changer d'avis ?

— Non, ce n'est pas moi, vous voyez bien. Papa, tu vois, hein ? En plus, ça ne pouvait pas être moi parce que j'étais à la maison.

— À Dalston ?

— Oui.

— Chez vous à Dalston. Dans l'appartement ?

— Ben oui.

— L'appartement où vous vivez en coloc ?

— Oui, oui. Mais vous le savez, ça.

— Donc il y aura quelqu'un, au moins une de vos colocataires, qui pourra certifier que vous étiez là, entre… disons vingt-deux heures et minuit le soir en question ? »

Katherine détourna les yeux, regarda son père. Fixa le plancher.

« Katherine ?

— Non.

— Aucune de vos colocataires ne peut le certifier, c'est ce que vous dites ?

— Oui.

— Pour quelle raison ?

— Parce qu'elles étaient sorties, en boîte, et moi, je… je suis restée à la maison.

— Seule ?

— Oui, seule.

— Pourquoi ne vouliez-vous pas…

– J'avais mal à la tête, mal au ventre, j'allais avoir mes règles. J'ai pris des cachets, je me suis fait une bouillotte et je me suis couchée.

– Et votre alibi se résume à ça ? »

Katherine baissa la tête.

« Vous avez posé vos questions, dit Elder, et vous avez obtenu vos réponses. Maintenant, soit vous concluez, soit on s'en va.

– Très bien, répondit Hadley. Mais avant, Katherine, j'aimerais que vous regardiez encore… et, à la lumière de ce dont nous avons parlé ici, de ce que vous avez admis, dites-moi si peut-être vous vous êtes trompée et qu'en fait, c'est vous sur cette séquence.

– Non. Non, ce n'est pas moi. Pas du tout. Papa, ce n'est pas moi… Tu vois bien, hein ? Tu vois ? »

Elder observa attentivement l'image. L'allure, la silhouette, le peu que l'on devinait des cheveux, leur longueur et leur couleur, même la démarche, ce pouvait tout à fait être Katherine. Oui, c'était possible.

« Non, dit-il. Ce n'est pas toi. »

## 37

Cinq jours s'étaient écoulés depuis l'évasion d'Adam Keach ; cinq jours pendant lesquels il avait erré dans la nature en hors-la-loi. Tina Morrison avait quitté son travail chez Greggs vers trois heures cet après-midi-là, les bras rompus à force de sortir du four des plateaux de chaussons précuits et de les apporter dans la boutique ; la voix rauque après avoir répondu à un flot ininterrompu de clients, dont un grand nombre ne semblaient jamais savoir ce qu'ils voulaient exactement quand arrivait leur tour de commander au comptoir. Deux nouilles instantanées Yum Yum ou quatre ? Le roulé à la saucisse, froid ou réchauffé ? Ce sachet de quatre doughnuts à la confiture, depuis combien de temps était-il là ? Et est-ce qu'on pouvait n'en prendre que deux ?

Elle se réjouissait de rentrer chez elle et de s'asseoir en allongeant les jambes, de prendre un bain, se détendre, se laver les cheveux. Sandra avait parlé de se retrouver plus tard au Black Boy... Tina se demandait combien de temps encore on aurait le droit de l'appeler ainsi, vu que vous pouviez à peine ouvrir la bouche de nos jours sans qu'on vous traite de raciste, de sexiste, ou d'un autre nom qu'elle ne comprenait même pas.

Après avoir descendu Carolgate, elle venait de traverser la place de l'hôtel de ville et continuait son chemin dans Exchange Street quand elle l'aperçut. Ce type, debout, qui la dévisageait. Sans se cacher, en plus. Ce n'était pas quelqu'un qu'elle connaissait. Elle ne l'avait jamais vu, jamais croisé. Elle détourna la tête, gênée, fit semblant de contempler la vitrine d'un magasin, et quand elle regarda de nouveau, il avait disparu.

Peut-être qu'elle s'était fait des idées. Qu'il ne l'avait pas du tout regardée.

Le temps n'était pas vilain, avec un peu de soleil, pour changer. Elle décida de passer par le parc pour aller au supermarché.

Le jeudi matin, Billy Lavery frappa à la porte de Colin Sherbourne et entra sans attendre d'y être invité. « Une jeune femme a disparu à Retford. Personne ne l'a revue depuis hier après-midi, quand elle est partie de son travail. »

Sherbourne leva les yeux, sentant immédiatement son pouls s'accélérer. « Une raison de penser qu'il y a un lien ?

— Deux types avec un comportement louche plus tôt dans la journée, sur un parking pas loin de l'endroit où la femme — Tina, elle s'appelle, Tina Morrison —, pas très loin de l'endroit où elle bosse.

— Un comportement louche, c'est-à-dire… ?

— Un agent de la circulation, en dehors de ses heures de service, les a vus regarder dans les voitures et a compris qu'ils essayaient de piquer quelque chose. Il a voulu intervenir et s'est fait tabasser. Six heures aux urgences. La police locale a recueilli une description. Ça pourrait être Keach… Rien de certain.

— Et l'autre ? Deux types, vous avez dit.

— Maigre, en pantalon de survêtement, plutôt blond…

— Shane Donald, vous pensez ?

– Possible. Mais des blonds en survêt, ce n'est pas ce qui manque.

– Bon. Allez interroger l'agent, débrouillez-vous pour obtenir une description plus précise. Il faut aussi vérifier les véhicules volés dans le coin depuis vingt-quatre heures… La vidéosurveillance du parking. Les caméras dans le centre-ville. Si ce sont eux, Keach et Donald, et qu'ils ont enlevé cette jeune femme, Tina, vous dites… ça remonte déjà à… quoi ? quinze ou seize heures ? » Il secoua la tête pour chasser les images qui affluaient à son esprit. « Espérons pour elle qu'on se trompe. »

L'agent de la circulation était encore passablement secoué quand Lavery lui rendit visite ; bandes élastiques autour de trois côtes cassées, points de suture sur la joue, pansements sur un côté de la tête où ses cheveux avaient été rasés. Il n'était toujours pas certain à cent pour cent de reconnaître Adam Keach sur les photos qu'on lui présenta, de face et de profil, mais se montra beaucoup moins hésitant dans le cas de Shane Donald. Lui, c'est sûr. Quelle petite merde.

Lorsque des policiers rattachés au commissariat de Worksop arrivèrent chez Donald, l'endroit était désert.

« J' l'ai vu hier matin, déclara un de ses voisins. À la gare. Vers dix heures, dans ces eaux-là. Il attendait le train pour Lincoln, à ce qu'y m'a semblé. »

Le 10 h 15, de Sheffield à Lincoln. Arrêt suivant : Retford, dix minutes plus tard, à 10 h 25.

Au début de l'après-midi ce même jour, Marek Gomolka, peintre décorateur polonais, signala que sa camionnette avait été volée devant une maison qu'il rénovait dans le quartier de Moorgate Park. Il avait passé toute la matinée à l'étage dans une pièce au fond et ne s'en aperçut qu'à 12 h 30 lorsqu'il descendit.

C'était la mère de Tina Morrison qui avait contacté la police après avoir apporté une tasse de thé à sa fille sur les coups de 7 h 30 le lendemain matin – Tina ne se levait pas et risquait d'être en retard. Elle découvrit alors que celle-ci n'avait pas dormi dans son lit. Toutes les deux s'étaient disputées la veille, le mercredi – pour des broutilles, en fait –, et Tina était furieuse en partant travailler. Ne la voyant pas revenir l'après-midi, sa mère avait pensé qu'elle était allée directement chez sa copine Sandra, puis sortie pour la soirée. Rien d'inhabituel. Elle avait cru l'entendre rentrer plus tard, pas loin de minuit, ça devait être, mais pensait à présent qu'elle avait dû se tromper. Sûrement le vent qui faisait trembler la fenêtre de la chambre.

Interrogée par Billy Lavery, Sandra jura qu'elle n'avait pas vu Tina depuis le week-end. On devait se retrouver au Black Boy hier soir, mais elle m'a pas fait signe… J'ai envoyé un SMS, j'ai pas eu de réponse. Elle avait plus de batterie, j'ai pensé. Ça lui arrive tout le temps. Au final, j'y suis allée sans elle. Je m' disais qu'elle se pointerait plus tard, mais elle est pas venue. Il lui est rien arrivé, hein ? Rien de grave ?

La caméra d'une station essence sur Welham Road, à l'est de Retford, montrait une camionnette blanche avec trois personnes à l'avant, une femme assise entre deux hommes, mais la mauvaise qualité de l'image ne permettait pas de les identifier. La camionnette, en revanche, apparaissait distinctement.

L'alerte fut donnée aux commissariats de la région – Bassetlaw, Lincoln et West Lindsey.

« Il a pu se barrer n'importe où, dit Lavery. Peut-être même qu'il est déjà en Écosse. »

Sherbourne n'y croyait pas. Si c'était bien Keach, et qu'il avait recruté Donald – avec des instructions précises, apparemment –, il saurait où aller ; il aurait un plan. Durant sa longue détention, dont il avait passé une partie en quartier d'isolement, il avait eu largement le temps de donner libre cours à son imagination pour élaborer divers scénarios. Trop de temps.

Sherbourne appela Elder, qui, a priori, veillait toujours sur sa fille à Londres. Lui raconta les récents événements.

« Le Lincolnshire, dit-il, ce n'est pas là qu'on a découvert le corps de cette jeune fille ?

— Lucy Padmore ? Oui, à Mablethorpe.

— Et c'était Donald, n'est-ce pas ? Donald et McKeirnan ?

— Oui.

— Vous pensez que Donald aurait pu suggérer d'y retourner ?

— À mon avis, c'est Keach qui pilote l'opération plutôt que Donald, mais ça reste envisageable. Quelque part sur la côte Est.

— Plus au nord, le Yorkshire… Du côté de Whitby, c'est là que votre petite…

— Oui », l'interrompit sèchement Elder.

Port Mulgrave. Il revoyait la route qui surplombait la mer, en venant de Runswick Bay et Hinderwell. Les cabanes délabrées au pied de la falaise, près de l'eau. Les cailloux qui roulaient sous ses pieds quand il était descendu, courant contre la montre.

« Vous me tiendrez informé ? demanda-t-il.

— Vous restez à Londres ?

— Encore un jour ou deux peut-être. Je ne sais pas trop.

— Bon. Vous me direz. » Sherbourne mit fin à l'appel.

Quelques heures plus tard, on découvrit la camionnette abandonnée non loin de l'A631, à vingt kilomètres au nord-est de Retford. Il faudrait attendre un autre signalement pour retrouver la piste du véhicule dans lequel Keach et Donald emmenaient leur prisonnière.

## 38

4 h 30 du matin, vendredi. Hadley ouvrit brusquement les yeux. Bientôt deux semaines que le corps d'Anthony Winter avait été retrouvé, et l'on n'avait toujours pas la moindre idée de l'identité de son meurtrier.

Pour ne pas réveiller Rachel, elle roula doucement vers le bord du lit et se leva aussi discrètement que possible. Après avoir enfilé son peignoir, elle passa par les toilettes en veillant à enjamber la latte du plancher qui craquait, puis descendit dans la cuisine.

Les premières lueurs du jour au-dessus des toits.

Le chant des oiseaux.

Des renards qui fouillaient dans les poubelles.

Elle voyait encore le visage d'Elder quand on lui avait demandé s'il reconnaissait sa fille, s'approchant de l'atelier le soir du meurtre. Un tressaillement, presque imperceptible. L'ombre d'une hésitation avant qu'il ne réponde par la négative.

Comme cette chanson, pensa Hadley, dans le film sur une femme qu'on avait découverte, morte depuis trois ans, chez elle à Wood Green… Ou était-ce à Finsbury Park ? Pas très loin de l'endroit où habitait

Alice. Du reggae, non ? Louisa Mark, la reine du lovers rock : « Caught You in a Lie[1] ».

Elder, aussi incertain qu'elle l'était elle-même. L'image, énigmatique, floue. Mais qu'est-ce que ça prouvait ? Outre la présence du doute. Ce pouvait être Katherine, se dit-elle, comme ce pouvait être l'une des femmes que Winter – ainsi que l'indiquait clairement l'analyse des données contenues dans son téléphone et son ordinateur – payait de temps en temps pour s'envoyer en l'air. Mark Foster travaillait d'arrache-pied, elle le savait, pour tenter d'établir des recoupements entre des sites Internet offrant des services spécialisés que Winter avait visités, des photos de célèbres travailleuses du sexe, et un fouillis de numéros de portable qu'il était en grande partie impossible de remonter.

Une jeune travailleuse du sexe avec des cheveux bruns, un sweat à capuche gris et un jean… Serait-ce si difficile ?

Alors qu'elle était debout devant la gazinière, une autre chanson lui vint à l'esprit, plus ancienne, que sa mère chantait quand elle s'affairait dans la cuisine. « Needle in a Haystack[2] ».

Au moment où l'eau frissonnait dans la bouilloire, elle entendit des pas descendre l'escalier.

« Tu le fais à la menthe ou au jasmin ? demanda Rachel.

— Il n'y a plus de menthe fraîche.

— Au jasmin, alors. Il y en a assez pour deux ?

— Toujours. »

Rachel écarta le col du peignoir d'Hadley et l'embrassa gentiment sur la nuque. Deux fois.

---

1. Je t'ai surpris en train de mentir.
2. Aiguille dans une botte de foin, chanson des Velvelettes, 1964.

« Attention. J'ai de l'eau bouillante dans les mains. »

Rachel rit, redoubla ses baisers, puis alla s'asseoir à la table. « Ce n'était pas seulement une envie de faire pipi, hein ? Pour que tu te lèves si tôt et ne reviennes pas te coucher ? »

Hadley acquiesça d'un grognement.

« Un cauchemar ?

— Pas exactement.

— Le boulot, alors ? »

Hadley apporta les mugs à la table et s'assit. « C'est cette fille, cette jeune femme, Katherine…

— Celle que Winter tringlait ?

— Tringlait ? Charmant. C'est un terme technique ? Vous parlez comme ça à vos collogues de psys ? »

Rachel fit non de la tête en souriant. « Quel est le problème ?

— Katherine… Je ne la comprends pas.

— Ah, comprendre. En effet, c'est davantage mon rayon. Alors qu'avec toi, la question se pose plutôt en termes de coupable ou non coupable.

— Ça, c'est des conneries, Rach. Tu le sais.

— D'accord, d'accord. Mais qu'est-ce que tu ne comprends pas ?

— Le coup du sexe… Principalement. »

Rachel fit une moue ironique. « C'est toujours là que ça coince, non ?

— Quand même… Il la plaque brutalement, elle est ravagée au point qu'elle s'entaille les veines, et à peine un mois plus tard elle recouche avec lui.

— Enfin, Alex. Qu'est-ce que ça a de si troublant ?

— Je n'en sais rien… Il faut dire aussi que ce n'est pas n'importe quel sexe.

— Ah non ?

— Des menottes. Des chaînes. Tous ces trucs sado-maso. Désolée, je ne pige pas. »

Rachel sourit. « Personne n'est parfait. »

Hadley frappa du poing sur la table. « Arrête !

– Quoi ?

– Arrête de rire de tout.

– C'est vrai, tu as raison. Et tomber dans la trivialité, je ne devrais pas… Pardon. »

Hadley appuya son menton sur ses mains, un long moment, puis se redressa et but un peu de thé. « Katherine… Quand elle avait seize ans, elle a été enlevée par deux brutes, deux malades. Ligotée, torturée, violée. On ne se remet jamais d'une chose pareille. Jamais. C'est impossible. »

Rachel marqua son assentiment d'un signe de tête.

« Et pourtant, quelques années après, elle a une relation avec un homme plus âgé qui prend son pied à l'attacher, à la menotter au lit, à lui infliger Dieu sait quelle punition et à lui faire mal. Tu comprends ça, toi ? Parce que moi, je n'y arrive pas.

– Pas sans avoir plus de précisions, non. Et sûrement pas sans avoir parlé à cette jeune femme moi-même. Je ne pourrais que généraliser, ce qui ne présenterait aucune utilité.

– Au stade où j'en suis, crois-moi, *tout* serait utile. »

Rachel écarta sa chaise de la table. « En me basant sur ce que tu m'as raconté, je me risquerai seulement à proposer une ou deux observations… Quand elle a vécu ces choses terribles, elle n'avait sans doute pas beaucoup d'expérience en matière de sexe. Elle avait peut-être été embrassée, pelotée par un camarade, elle était peut-être encore vierge, on n'en sait rien. Mais d'après ce qu'on *sait*, enfin, d'après les éléments que, toi, tu connais sur ce qui lui est arrivé, on peut raisonnablement présumer que le sexe doit avoir un lien très fort dans son esprit avec la maltraitance et la douleur. Avec le fait d'être impuissante ; prisonnière. Il est même possible qu'elle ait besoin de revivre un fantasme de viol pour atteindre l'orgasme. »

Hadley écoutait en secouant la tête, accablée.

« Encore une fois, continua Rachel, ce que je dis n'est pas forcément la vérité. Chaque situation a sa propre vérité. Mais si tu cherches une explication… » Elle sourit. « Évidemment, ça n'aide pas à résoudre ton autre problème.

– Lequel ?

– Est-ce qu'elle est capable de commettre un meurtre ? »

## 39

Tina Morrison fut retrouvée, titubant, couverte de sang, mais toujours en vie, sur le bas-côté de la M18 au sud de Doncaster, un peu avant sept heures du matin le samedi. Paul Swindells, en route pour le centre de distribution Ikea d'Armthorpe, arrêta son camion et descendit de la cabine après avoir allumé ses feux de détresse. Tina hurla en le voyant approcher et se défendit bec et ongles quand il voulut lui éviter de tomber sur la chaussée. Elle essaya de s'enfuir, mais trébucha et s'étala de tout son long. Elle se débattait faiblement encore lorsqu'il la releva, l'emmena dans le camion où il la fit asseoir à l'avant et appela les secours.

Deux heures plus tard, assise devant un box des urgences à l'hôpital de Doncaster, Simone Clark attendait de lui parler. La mère de Tina avait été autorisée à entrer, puis reconduite dans le couloir, au bord de la crise d'hystérie. À présent, affalée sur une chaise un peu plus loin, elle se rongeait les ongles en murmurant des prières silencieuses.

La police patrouillait dans la zone où Tina avait été découverte : Warning Tongue Lane et le parc naturel du Yorkshire, à l'est ; l'A6182 et White Rose Way, à l'ouest ; la réserve ornithologique de Potteric Carr, au nord. Après que l'on eut signalé la présence de deux hommes au comportement belliqueux, le personnel de la réserve fut interrogé, mais il s'agissait en fait d'une dispute entre des passionnés d'oiseaux dont l'un affirmait avoir aperçu un pluvier grand-gravelot au-dessus du lac Decoy.

Ayant enfin obtenu la permission du médecin, Simone approcha une chaise du lit de Tina et lui adressa un sourire compatissant. Hormis une profonde entaille au cou et à l'épaule, les blessures physiques de Tina semblaient superficielles. Il faudrait plus de temps, pensa Simone, pour que les autres cicatrisent.

Telle était la version que Simone rapporta à Colin Sherbourne, de retour à Nottingham : après la camionnette du peintre dans laquelle elle avait été embarquée de force, il y avait eu une voiture – Tina ignorait la marque – puis une autre camionnette, plus grosse. Ils avaient roulé pendant une éternité, en tournant en rond, lui semblait-il, puis ils s'étaient garés au bord d'un champ. L'un des hommes avait sorti une bouteille de vodka pendant que l'autre préparait un joint.

Au début, elle s'était montrée docile, pensant qu'ils la relâcheraient si elle se pliait à leur volonté, mais lorsqu'il apparut clairement que ce n'était pas leur intention, elle avait tenté de s'échapper. À partir de là, tout avait basculé. C'était devenu horrible. Vraiment horrible. Ils l'avaient attachée et lui avaient fait des choses. Pas tellement celui qui s'appelait Shane – il avait même essayé de dissuader l'autre, parfois – mais ensuite, à la fin, il avait participé aussi.

À ce point de son récit, submergée par la violence du souvenir, Tina avait craqué et s'était mise à sangloter. Patiemment, multipliant les mots de consolation, Simone l'avait aidée à terminer.

Elle avait dû s'évanouir, raconta Tina – perdre complètement connaissance, elle ne savait pas –, et quand elle était revenue à elle, Shane la secouait par l'épaule et lui chuchotait qu'il allait la détacher, qu'elle devait partir aussi loin que possible et promettre de ne jamais rien dire à personne.

« Et c'est ce qui s'est passé ? demanda Sherbourne. Elle s'est enfuie ?

– Apparemment. Mais il faisait nuit, elle n'avait aucune idée de l'endroit où elle se trouvait. Elle a sûrement couru à l'aveugle pendant des heures, dans la panique la plus totale, jusqu'à ce qu'elle tombe sur l'autoroute.

– Au bout du compte, dit Sherbourne, ça ne s'est pas trop mal fini. Quand on considère les autres possibilités… Elle est toujours en vie, au moins. »

Simone hocha la tête en silence.

« Et elle les a identifiés tous les deux, Keach et Donald ?

– Sur photos, oui.

– Bien. Maintenant, on n'a plus qu'à attraper ces salopards avant qu'ils remettent ça. »

Pourtant il n'y avait rien de nouveau le soir quand Sherbourne appela Elder, comme promis, pour le tenir au courant. Les deux hommes semblaient s'être envolés.

« La jeune femme… comment elle va ? demanda Elder.

– Physiquement, ç'aurait pu être pire. Pour le reste… »

Il n'avait pas besoin d'achever sa phrase, Elder saurait parfaitement remplir les blancs. Celui-ci avait vu Katherine l'après-midi. L'enlèvement et la fuite de Tina Morrison avaient été annoncés aux informations, après la hausse de 1 % de l'inflation et avant un meurtre à l'arme blanche au sud de Londres, le deuxième en trois jours.

Katherine avait agrippé la main de son père. « Ça ne s'arrête jamais, hein ?

– On dirait que non. »

La caméra montrait Colin Sherbourne faisant une brève déclaration devant le commissariat central de Nottingham ; la mère de Tina Morrison avait été interviewée quelques heures auparavant, incohérente, en larmes, devant l'hôpital de Doncaster. Il y avait des photos de Tina, heureuse, souriant ; une courte vidéo prise l'année précédente, en vacances à Ibiza avec des amis. Venaient ensuite des portraits d'Adam Keach et de Shane Donald... la police espère recueillir des témoignages... il est conseillé de rester vigilant... deux numéros à appeler.

Katherine détourna les yeux en frissonnant.

Elder attrapa la télécommande et l'image disparut.

« Au moins..., commença-t-il.

– Au moins, quoi ?

– Au moins il est à trois cents kilomètres.

– Tu n'en sais rien. Et on voit bien que les flics n'ont aucune piste.

– Ils le retrouveront, ne t'inquiète pas. En attendant, il ne viendra sûrement pas ici. À Londres. Dans un endroit qu'il ne connaît pas.

– Comment tu peux en être si certain ?

– Il restera là où il se sent plus à l'aise. Où il a ses repères. Nottinghamshire, Yorkshire du Sud, Lincolnshire... Quelque part sur la côte Est. Pas ici au sud. Trop audacieux. Trop risqué. »

Ils allèrent se promener à London Fields, déambulèrent entre les stands du marché, mangèrent des falafels dans du pain pita ; Katherine hésita devant un haut en velours proposé par une échoppe vintage ;

Elder lui demanda ce qu'elle pensait d'un collier en verre de mer et chaîne en argent qu'il envisageait d'offrir à Vicki, et, après maintes tergiversations, choisit finalement une broche coquelicot en émail rouge.

« Elle te manque, hein ? » dit Katherine avec malice.

Elder sourit sans répondre.

« Tu ne peux pas rester ici éternellement, tu sais. D'ailleurs, c'est pas la peine. Plus maintenant. » Elle insista en le tirant par la manche. « Je vais bien, je t'assure.

– Ah bon ?

– Oui, je pense.

– Ça ne vaudrait pas le coup de reprendre contact avec la thérapeute ?

– Non, papa. Non, vraiment pas.

– Et si la police veut encore t'interroger…

– Après la dernière fois ? J'ai l'impression qu'ils m'ont crue, pas toi ? Même si je n'ai pas franchement d'alibi.

– Sans doute. Je l'espère, mais je ne pourrais pas l'affirmer.

– Bref, de toute façon, ça va aller. Sérieux. J'ai été déstabilisée pendant quelques jours, c'est tout. Tu n'as plus besoin de veiller sur moi. Et je n'ai pas besoin d'un garde du corps non plus. Tu l'as dit toi-même, Adam Keach est à trois cents kilomètres d'ici. » Elle se haussa sur la pointe des pieds et l'embrassa sur la joue. « Mais je suis contente que tu sois venu. Sincèrement. »

Tandis qu'ils quittaient le marché, elle glissa sa main dans la sienne.

Elder dormait profondément quand Vicki appela. Le livre qu'il était en train de lire gisait ouvert sur le lit. Elle venait de rentrer d'un concert et parlait fort, d'une voix animée.

« Ça s'est bien passé, alors ? dit Elder en riant de son exubérance.

— Super. Génial. Dommage que tu n'aies pas été là.

— J'aurais bien aimé.

— Tu reviens quand ?

— Bientôt. Bientôt, je crois.

— Et Kate, elle…

— Elle va bien. Mieux que je ne m'y attendais. Ou alors elle fait semblant, auquel cas elle est douée pour la comédie.

— Ta présence a dû l'aider.

— J'espère. »

Silence. La respiration de Vicki.

« Tu me manques, tu sais, reprit-elle.

— C'est gentil.

— Et toi ?

— Est-ce que tu me manques, tu veux dire ?

— Mmm…

— Pas du tout. Absolument pas.

— Saleté. »

Elder rit.

« Rentre à la maison.

— À la maison ?

— Tu me comprends. »

Il hésita, ne sachant comment répondre. « Demain. Peut-être après-demain.

— Promis ?

— Promis. »

Elle devina qu'il croisait les doigts. Ce serait toujours ainsi avec lui, elle le savait.

« Tu veux que je te chante une berceuse ? »

Elder sourit. « Vu comment tu chantes, je doute que ça me donne envie de dormir. »

Après le premier couplet de « I'll See You in My Dreams », il lui dit au revoir avec un baiser sonore.

**40**

Les éditions du dimanche s'en donnaient à cœur joie. Un journaliste du *Telegraph* avait trouvé le filon et les autres s'étaient rués sur ses traces. Elder ramassa un exemplaire du *Mail* abandonné sur une table quand il descendit prendre son petit déjeuner dans la salle à manger de l'hôtel ; Hadley et Rachel lurent l'*Observer* au café de leur quartier en buvant un flat white accompagné de toasts à l'avocat, le tout offert par Rachel.

*Une victime du tueur en fuite interrogée par la police dans le cadre d'une enquête pour meurtre.*

L'information avait été divulguée, sans nul doute, en échange d'une somme d'argent non négligeable. Le journaliste, partant de l'interrogatoire de Katherine en lien avec le meurtre d'Anthony Winter, fournissait un profil d'Adam Keach, un résumé de ses crimes et de ses condamnations, une évocation des différents sévices subis par Katherine – que d'autres articles développaient avec un goût plus ou moins malsain pour le détail. Encore un coup dur pour elle, au moment où elle commençait à se relever du précédent.

Le compte rendu du meurtre d'Anthony Winter était illustré par des reproductions non autorisées des tableaux pour lesquels Katherine avait posé.

Il y avait une photo récente de Katherine, provenant de sa page Facebook, et plusieurs qui la montraient à seize ans, issues d'archives diverses. Les photos de Tina Morrison étaient celles qui avaient été produites jusque-là ; s'y ajoutait une autre, quelque peu incongrue, où on la voyait, souriante, dans son uniforme de Greggs.

L'image d'Elder qui apparaissait dans la plupart des journaux datait de dix ans et donnait l'impression d'un homme grave et dur. Le *Sunday Times* indiquait qu'il participait activement aux deux enquêtes : l'évasion d'Adam Keach et l'agression de Tina Morrison, dans les Midlands, et la chasse au meurtrier d'Anthony Winter, à Londres.

*Un policier des Cornouailles à la retraite prête main-forte pour résoudre deux affaires criminelles.*

Le journaliste révélait sans ambiguïté qu'Elder habitait la péninsule de Penwith, ce qui, outre les grossières inexactitudes de l'ensemble, provoqua plus particulièrement sa fureur.

Quand il téléphona à l'appartement, Chrissy décrocha. Non, elles ne recevaient jamais le journal du dimanche, ni aucun journal, d'ailleurs. Mais ce dont parlait Elder s'étalait partout sur les réseaux sociaux. Katherine n'avait encore rien vu, elle dormait... Chrissy promit de garder un œil sur elle.

« Demandez-lui de m'appeler, dit Elder. D'accord ?
– D'accord. »

Pendant ce temps, au café, Hadley prenait un macchiato après son flat white, le visage crispé par la colère.

« Si j'apprends que c'est quelqu'un à Holmes Road qui s'est laissé graisser la patte par le *Telegraph,* je te le ferai inculper, et foutre dehors... il aura à peine le temps de comprendre ce qui lui arrive.

– Tu ne crois pas que toute cette couverture médiatique pourrait aider ? dit Rachel. Même si ce n'est pas plaisant.

– Tu veux rire ?

– Ce type, Keach... Il aura peut-être plus de mal à se planquer, non ? Et ça ne pourrait pas faire sortir d'autres infos sur Anthony Winter ?

– Et Katherine Elder ? Tu y penses ? Voir tout ça déballé dans la presse à nouveau ?

– C'est vrai, dit Rachel. Ce ne sera pas facile pour elle. Vraiment pas. Avec ce qu'elle a déjà sur les épaules... J'espère qu'elle est bien soutenue. »

Quand Katherine se dirigea vers la salle de bains deux heures plus tard, Stelina était installée à la table, coiffée d'écouteurs anti-bruit, pour terminer une dissertation qu'elle allait rendre en retard. Chrissy, assise sur le balcon, répondait à des mails sur son ordinateur. Quant à Abike, comme d'habitude le dimanche matin, elle était partie écouter un concert à Wigmore Hall.

C'est seulement après être sortie de la douche que Katherine alluma son téléphone. Elle regarda d'abord ses messages, puis survola les nouvelles.

« Merde », lâcha-t-elle à voix basse, et elle ferma l'écran.

Son téléphone sonna un quart d'heure plus tard. Elle s'attendait à entendre son père, mais c'était Vida.

« Kate, ça va ?

– Oui, pourquoi ?

– J'ai lu tous ces trucs dans la presse. Je n'avais aucune idée... »

Katherine ne savait que répondre.

« J'ai pensé que tu n'avais peut-être pas envie d'être seule en ce moment, reprit Vida.

– C'est bon. Chrissy est là. Stelina aussi.

– D'accord, tant mieux. Ce que j'allais dire... si tu veux passer nous voir, Justine et moi...

– C'est sympa. Très sympa, mais je t'assure, ça va.

– Si jamais tu changes d'avis, ça nous ferait plaisir. Tu n'as qu'à venir un de ces quatre, avec Chrissy ?

– Oui, merci, j'aimerais bien. »

En raccrochant, Katherine s'aperçut avec étonnement qu'elle avait les larmes aux yeux. Comment certaines personnes pouvaient-elles être si gentilles, alors que rien ne les y obligeait ?

Elle envoya un SMS à son père pour le rassurer, se prépara du thé et des toasts, et rejoignit Chrissy sur le balcon. Une fois que toute cette agitation serait retombée, peut-être, ça irait...

# 41

Lundi matin. Un ciel bleu marbré. Hadley était partie tôt au travail et avait acheté un café à emporter dans la nouvelle enseigne qui venait d'ouvrir à Kentish Town près du commissariat de Holmes Road. Aiguillonné par la quantité d'informations indésirables qui avait afflué durant le week-end, le commissaire McKeon souhaitait s'entretenir avec elle de toute urgence.

Seule dans la salle de réunion, elle contempla les nombreux éléments exposés – photos, diagrammes, noms, dates et heures, images de vidéosurveillance –, cherchant un indice qui refusait encore d'apparaître.

Comme elle ne doutait pas de se le voir douloureusement rappeler par McKeon, trois semaines s'étaient écoulées depuis qu'elle avait reçu l'appel des Homicides et rendu visite à l'atelier d'Anthony Winter. Trois semaines au cours desquelles ce qu'elle avait appris avec son équipe n'avait guère fait avancer les choses : ils piétinaient. Si on enlevait Katherine Elder de l'équation, ils n'avaient aucun suspect crédible. Personne.

Aucun mobile non plus. Le sexe ou l'argent ? Quelqu'un qui nourrissait une rancune ? Qui jalousait la richesse et la célébrité nouvellement acquises de Winter ? Chris Phillips avait interrogé Rupert

Morland-Davis, de la galerie Abernathy Fine Art, lequel s'estimait lésé et persistait à intenter une action en justice contre la succession Winter, mais qui, d'après Phillips, était aussi peu susceptible d'avoir agressé Winter avec une telle violence que de voter pour les travaillistes à la prochaine élection. D'autant plus qu'il avait un alibi, doublement confirmé, pour le week-end en question.

Hadley souleva le couvercle de son café : une bonne couche de crème, encore tiède.

Les photos accrochées au tableau rendaient clairement compte de l'étendue des blessures de Winter. Acte délibéré visant à faire souffrir et à infliger le plus de dégâts possible ? Ou, comme l'avait suggéré Mark Foster, perte de contrôle et dérapage de l'assaillant malgré lui ? Jeu sexuel qui avait sauvagement, atrocement mal tourné ?

On continuait à éplucher le contenu des vidéos personnelles de Winter – avec une fascination déplacée, parfois, soupçonnait Hadley – pour tenter d'identifier les participants.

Elle s'écarta du tableau.

Le sexe ou l'argent ? Laquelle de ces deux options était la plus probable ? Au vu de ce qu'elle savait de Winter, tant dans sa vie personnelle que professionnelle, elle penchait évidemment pour le sexe. Ayant terminé son café, elle jeta le gobelet dans la poubelle et se rendit dans le bureau de son patron.

Elle fut bientôt de retour dans la salle de réunion, piquée au vif par les accusations à peine voilées de McKeon qui dénonçait un mélange d'incompétence, de mollesse et de direction défaillante.

Les conversations se turent lorsqu'elle entra.

« Vous avez lu les journaux du week-end... Il semble que nous soyons populaires aussi, et pas dans le bon sens, sur les réseaux sociaux. Vous pouvez donc imaginer la teneur de ma conversation avec le commissaire. Si vous avez une idée, le moindre élément qui pourrait faire progresser cette enquête, c'est le moment de les sortir. »

Howard Dean et Chris Phillips échangèrent un coup d'œil.

« Je crois que Howie a quelque chose, dit Phillips.

— Bon sang, allez-y ! J'écoute. »

Dean se leva. « J'ai visionné toutes les vidéos qu'on a trouvées dans le disque dur de Winter...

— Pas facile, lança Terry Mitchell à la cantonade, mais faut bien que quelqu'un s'y colle. »

Phillips le tança du regard.

« Et il y a un visage qui revient plusieurs fois. » Il s'approcha de l'un des ordinateurs. « Si vous regardez ici... avant qu'ils s'y mettent vraiment... »

Tous les yeux se tournèrent vers l'écran.

« Et ici... La même femme, je pense que vous en conviendrez. Grande, brune, mince, pas une once de graisse...

— Elle fait du sport, note bien, dit Mitchell.

— La ferme, Mitch ! lâcha Chris Phillips.

— Deux choses, continua Dean, imperturbable. Premièrement, elle ressemble beaucoup à la femme qui s'approche de l'atelier de Winter le soir où il a été tué... » Préparée par ses soins, l'image s'ouvrit dans le coin de l'écran.

Murmures d'assentiment, hochements de tête.

« Et deuxièmement, je crois savoir qui c'est.

— Je suis tout ouïe », dit Hadley en souriant.

Dean se fendit lui aussi d'un sourire et une autre image, en gros plan, légèrement floue, remplit l'écran :

une jolie brune avec les dents un peu en avant, coulant un regard charmeur vers l'objectif.

« Je vous présente Sorina Nicolescu, de Bucarest, vingt-quatre ans. D'après le descriptif, féminine, sensible, émotive. Et toujours "ouverte à la communication" avec des personnes intéressantes. C'est ce que dit le site web : femmes et jeunes filles roumaines, sexy, qui cherchent l'amour, les sentiments et le mariage… Elle apparaît aussi sur d'autres sites semblables, parmi lesquels celui-ci, conçu pour des gens avec certains goûts particuliers. »

L'image montrait Sorina vêtue d'une combinaison moulante en vinyle, un collier clouté autour du cou, brandissant une cravache avec un sourire provocant.

« Il n'y a aucun doute ? dit Hadley. C'est la femme qu'on voit dans les petites vidéos perverses de Winter ? »

Dean secoua la tête. « Non. Aucun doute.

– Alors on a intérêt à interroger Mme Nicolescu, de Bucarest, le plus vite possible. L'un de vous n'a qu'à s'inscrire sur un ou deux sites Internet, se présenter comme un homme intéressant, ouvert à la communication, qui cherche l'amour et l'amitié. Mark, vous peut-être ? »

Comme on pouvait s'y attendre, Mark Foster devint rouge écarlate.

## 42

Après s'être réveillé à six heures pendant des années et avoir suivi une routine qui consistait à passer à la salle de bains, puis à s'habiller pour aller travailler ; à mettre la bouilloire à chauffer en bas, préparer du thé, monter une tasse à sa femme avant de partir – je rentre à l'heure normale, poussin, sois sage –, Gary Talbot était incapable de traîner au lit le matin, même à présent qu'il n'avait plus ni emploi ni épouse.

À la demie, son sac à dos était prêt, avec thermos, cahier et jumelles. Pat n'avait jamais pu comprendre sa fascination pour les oiseaux. Elle l'accompagnait de temps en temps, emportait un livre ou un magazine, et plus d'une fois son tricot ; s'efforçait de manifester un brin d'enthousiasme quand il montrait un vol de sternes arctiques qui décrivait un cercle au-dessus d'eux avant de filer vers l'est, ou un busard des roseaux rassemblant de quoi construire son nid.

Oui, mon chou, très beau, disait-elle sans vraiment regarder, et elle rattrapait une maille perdue, tournait une page. Elle lui manquait fichtrement, ça on pouvait le dire. Depuis les nouvelles l'autre matin, il n'avait plus entendu parler des types qui avaient enlevé cette pauvre fille.

Son vieux sac sur le dos, il prit le bus en direction de Lakeside, descendit au magasin de bricolage B & Q et traversa la route, puis emprunta Mallard Way pour gagner la réserve.

Il irait d'abord à Willow Marsh, avec toujours la possibilité de couper par Black Marsh Field et de terminer de l'autre côté des marais, à Piper Marsh, plus tard dans la journée. L'idée, finalement, ce qu'il fallait bien se rappeler, c'est qu'on ne savait jamais ce qu'on allait observer, ni où ni quand. Comme la fois où il s'était assoupi – la petite sieste au boulot, en quelque sorte –, et réveillé pile à temps pour voir une barge à queue noire au-dessus de West Scrape. Sa première de l'année.

Quand il sortit sa thermos en milieu de matinée, il n'avait croisé que des bécasseaux et un huîtrier par-ci par-là. Calme mais agréable, une température correcte, une brise soufflant de l'ouest.

Il revissait le bouchon lorsqu'un mouvement sur la gauche capta son regard. Un butor ? Oui. Là, dans la roselière, le bec en poignard et le long cou. Il attrapa ses jumelles et fit le point.

À peine l'avait-il capturé dans ses lunettes que l'oiseau, soulevant une gerbe d'eau d'un tranquille coup d'aile, s'était envolé, laissant derrière lui ce qui ressemblait à un visage humain, en partie immergé entre les roseaux.

Le GPS indiquait un temps de trajet d'une heure et une minute entre Nottingham et Doncaster, mais, à cause d'un accident sur l'autoroute, les équipes d'intervention policière se trouvaient déjà sur place quand Colin Sherbourne et Simone Clarke arrivèrent à la réserve ornithologique de Potteric Carr. Plongeurs, techniciens de scène de crime en combinaison bleue, enquêteurs spécialisés de l'Unité de soutien tactique : la police du South Yorkshire déployant tous ses efforts.

Une tente blanche avait été dressée à une extrémité du marais. À l'intérieur était étendu le corps sans vie, nu, de Shane Donald – bras et jambes maigres, peau blanche, poils raréfiés sur le torse, pénis flasque reposant sur le scrotum ridé –, tel le prototype raté d'un modèle qui devait être plus achevé, plus complet.

L'angle de la tête fournissait une explication tout à fait claire : son cou avait été brisé.

« Si vous voulez vraiment savoir ce que je pense, dit le légiste, je répondrai qu'il a été pris en cravate par-derrière – regardez les bleus ici, et ici. Rapide torsion, fracture cervicale catastrophique... Paralysie et hémorragie interne, il a dû mourir en quelques secondes. Mais il vaudrait mieux ne pas citer mes paroles, du moins pas encore. »

Sherbourne ressortit de la tente.

« Des représailles ? suggéra Simone Clarke. Parce qu'il a libéré la fille.

— Ça en a tout l'air. Donald n'était plus l'âme sœur idéale.

— Une chose est sûre, un homme seul se fait moins remarquer que deux. »

Dans le ciel, une nuée de vanneaux errant d'un côté à l'autre dessina un motif noir et blanc.

Le premier signalement d'Adam Keach fut donné plus tard ce jour-là : un garage près de Pontefract, même mode opératoire qu'auparavant, vol de carte de crédit et vol de voiture – une Honda Accord que l'on retrouva abandonnée dans le parking d'un restaurant Little Chef sur la Grande Route du Nord. Aucun autre véhicule n'ayant disparu, il avait pu tout simplement faire du stop.

Silence radio ensuite. Jusqu'à ce qu'on aperçoive un homme ressemblant à Keach dans la gare centrale de Glasgow, devant Starbucks. Mais l'exploration des images de la vidéosurveillance aux guichets et le long des quais n'apporta rien de plus.

Fausse piste, pensa Sherbourne. Survint alors un deuxième signalement, le lendemain, cette fois sur le ferry reliant Mallaig, à l'ouest de l'Écosse, et l'île de Skye. Ce qui, si Keach était en effet passé par Glasgow, s'inscrivait dans une certaine logique, même si les trains desservant cette partie de l'Écosse – il le savait pour y avoir passé des vacances en famille – partaient de la gare Queen Street et pas de la gare centrale.

Le témoin avait envoyé une photo prise avec son portable, offrant une ressemblance telle que Sherbourne se prit à espérer et qu'un frisson d'excitation parcourut les rangs de la police locale ; après quoi il s'avéra que l'homme en question était un expert d'assurances déterminé à escalader au moins deux Munros pendant sa semaine de vacances. Il éprouva une gêne considérable en découvrant sa ressemblance physique avec Adam Keach.

Où qu'il fût, Keach était toujours en fuite.

## 43

Au début, Sorina fut agréablement surprise en voyant Mark Foster : après tous ces hommes en sueur qui mentaient de dix ou vingt ans sur leur âge, celui-ci semblait aussi jeune qu'il l'avait prétendu. Plus jeune. Mais quand Foster, presque honteux, lui montra sa carte de police, elle comprit qu'elle avait affaire à une tromperie d'une autre nature.

À présent, elle était assise dans une pièce sans fenêtre, face à deux policiers en civil – une femme et un homme –, l'air aussi sévère l'un que l'autre, et le bel enquêteur avait disparu.

Au début, après qu'on l'eut informée de ses droits, elle avait répondu à quelques questions de base : nom, âge, pays d'origine, adresse actuelle. La routine, se dit Sorina. Ce n'était pas la première fois qu'elle était interrogée par les autorités, et ce ne serait certainement pas la dernière.

Elle ne savait toujours pas ce que les flics voulaient vraiment. Combien de temps mettraient-ils avant d'en venir au fait ?

« Vous connaissez, je pense, un homme nommé Anthony Winter », dit Hadley.

Ah, conclut Sorina, pas longtemps.

« Je suis pas sûre… Winter, non, je crois pas…

– D'après les données de son téléphone et de ses mails, il vous a contactée à trois reprises au moins durant les huit dernières semaines.

– Je vois toujours pas…

– Sorina, vous n'êtes pas en cause ici. Nous cherchons seulement des informations.

– Des informations, oui, bien sûr. Si je peux, je vous aide.

– Bien, dit Chris Phillips en esquissant un sourire. Donc, Anthony Winter.

– Oui.

– Vous le connaissez ?

– Oui.

– Vous l'avez vu à plusieurs reprises ?

– Oui.

– Pour avoir un rapport sexuel ?

– Anthony… C'était un ami.

– Un ami avec qui vous aviez des relations sexuelles ?

– Oui. Bien sûr, c'est pas interdit de…

– Pour de l'argent ? »

Sorina regarda tour à tour ses interlocuteurs.

« Vous couchiez avec lui pour de l'argent ? demanda Hadley.

– Des fois, il me faisait des cadeaux.

– Des cadeaux ? dit Phillips. C'est gentil, ça. Quoi, par exemple ? Des chocolats ? Des fleurs, peut-être ? »

Sorina secoua la tête.

« Vous aviez des relations sexuelles avec Anthony Winter, dit Hadley, des relations d'un genre particulier, celui qui l'intéressait, où on se fait souffrir mutuellement, et en échange, vous étiez payée. C'est exact ?

– Oui.

– En espèces ?

– Oui.

– Et la dernière fois, c'était quand ?
– Je… je sais pas… je… je me rappelle pas.
– Ceci vous rafraîchira peut-être la mémoire », dit Phillips, et il ouvrit une courte séquence vidéo à l'écran. « C'est vous ? Qui arrivez à l'atelier de Winter ?
– Je suis pas sûre, on voit pas…
– Ah non ? Regardez. Regardez bien. Je vais geler l'image. Là… c'est vous ou c'est pas vous ?
– Oui, je crois.
– C'est vous ?
– Oui.
– Et là, vous partez, environ une heure plus tard. »
Sorina acquiesça.
« Vous voyez la date ? L'heure ?
– Oui.
– Samedi, le 8 avril. Le soir où Anthony Winter a été assassiné. »
Sorina frissonna et serra les bras contre sa poitrine.
« Vous savez comment il est mort, Anthony ? »
Un bref signe négatif de la tête.
« Il a été tabassé. Gravement. Un jeu sexuel qui est allé trop loin, peut-être, qui a duré trop longtemps. »
Sorina frissonna encore.
« C'est ce qui s'est passé ? dit Hadley d'une voix dure. Une partie de plaisir, un jeu qui a dérapé ? »
Sorina secoua la tête. La gorge sèche, incapable de parler.
« Est-ce que vous frappiez… est-ce que vous malmeniez Anthony pendant ces rapports ? Il vous le demandait ?
– Non, c'était pas comme ça.
– Comment, alors ?
– Parfois… parfois il voulait que je l'attache… Les mains derrière la tête. Derrière le dos.

– Et il ne vous demandait pas de le frapper ? De le gifler, peut-être ?

– Non. C'était toujours dans l'autre sens.

– Il vous frappait ?

– Oui. Après. Quand je le détachais. Mais pas toujours. Et pas très fort. C'était un jeu… Un jeu, c'est ça, comme vous avez dit.

– Quand vous êtes allée à l'atelier de Winter ce soir-là, dit Phillips en changeant de tactique, comment vous y êtes-vous rendue ?

– Rendue ?

– Oui, de quelle manière… Quel mode de transport ?

– En taxi. Je prends un taxi. Mini-cab. Toujours.

– Et après ? Pour rentrer chez vous ?

– Pareil.

– Vous êtes sûre ?

– Oui…

– Quelle compagnie ? Une qui se trouve près de chez vous ? On pourra vérifier, ils auront une trace dans leurs fichiers.

– J'arrive pas à me rappeler. Désolée.

– Parce que vous n'avez pas pris de mini-cab, en fait ? »

Sorina déglutit avec effort.

« Des fois on vient me chercher.

– Qui ? »

La gorge serrée, elle répondit : « Mon ami, Grigore.

– Grigore ?

– Oui.

– Et il est quoi ? Votre petit ami ?

– Non. Non, pas vraiment. Un ami, c'est tout.

– Un ami de Bucarest ?

– Non. D'ici. De Londres.

– Et vous diriez que c'est un bon ami ?

– Oui.
– Qui vous emmène parfois chez des clients, qui vient vous chercher après ?
– Parfois, oui.
– Et vous lui donnez de l'argent ?
– Non.
– Vous ne lui donnez jamais d'argent ? L'argent des clients ? Jamais ? »

Sorina baissa les yeux. « Des fois, oui.
– Donc c'est votre mac ?
– Non. Un ami. Juste un ami.
– Et l'argent que vous lui donnez, c'est pour l'essence ? » dit Phillips en riant.

Sorina ne rit pas. Au contraire, on voyait maintenant la peur au fond de ses yeux. Peut-être en avait-elle trop dit… Parlé alors qu'elle n'aurait pas dû.

« Ce Grigore, dit Hadley, est-ce qu'il a un autre nom ? »
Sorina laissa aller sa tête en avant. « Balaci, souffla-t-elle.
– Pardon ? Je n'ai pas entendu.
– Balaci.
– Grigore Balaci ?
– Oui. »

Une petite lumière s'alluma dans le cerveau de Hadley.

## 44

2013. Hadley travaillait en liaison avec la Brigade des mœurs à West Ham Lane. Les préparatifs des jeux Olympiques l'année précédente, intensifs en eux-mêmes, s'étaient prolongés par un renouvellement urbain qui avait amené un grand nombre de travailleurs temporaires dans la ville et sa région ; et, avec eux, une hausse de la prostitution. Salons de massage, bordels, racolage dans les rues. La plupart des femmes étaient étrangères, originaires d'Europe de l'Est en particulier, certaines venues d'Afrique, attirées par de fausses promesses et contraintes ensuite de se prostituer pour rembourser le prix exorbitant de leur voyage.

Obtenir de ces femmes qu'elles parlent, portent plainte, donnent des noms, était virtuellement impossible : elles avaient trop peur. Si elles essayaient de s'enfuir, elles étaient vite rattrapées et érigées en exemple. Battues. Tailladées. Seins ou visages mutilés au rasoir. Comme dans le film *Brighton Rock*, se disait Hadley, l'Angleterre des années 1930, pas ce meilleur des mondes post-olympique, ce paradis tout de verre et d'acier scintillant.

Et bien qu'elles soient les premières à en pâtir, les femmes n'étaient pas les seules victimes.

Les clients, aussi. Certains.

Le grand-père de Gerry Carlin prenait des paris illicites dans une pièce à l'étage de sa maison à Bromley-by-Bow ; quand les bookmakers purent exercer en toute légalité à partir de 1960, il ouvrit sa première boutique dans la grand-rue ; une deuxième non loin, à Stratford, gérée par son père. Aujourd'hui, il y en avait sept en tout, dans l'East End et jusqu'à l'Essex, toutes administrées par Gerry lui-même, et, malgré des concurrents géants tels Coral et William Hill, les bénéfices ne cessaient d'augmenter. La vie était belle.

Carlin avait été marié et divorcé deux fois – trois enfants, dont deux filles, des petits-enfants à présent –, et même à soixante ans passés, il avait toujours des besoins.

Pendant un temps, ceux-ci avaient été satisfaits par Nataliya, une jeune Ukrainienne qu'il retrouvait dans un petit hôtel de Romford Road, et qui venait maintenant discrètement chez lui. Une nouvelle femme de ménage, pensaient les voisins, si tant est qu'ils aient pensé quelque chose.

Deux mois après les premières visites de Nataliya, Gerry Carlin rencontra Grigore Balaci. À sa porte, où il était descendu accueillir la jeune femme.

« Monsieur Carlin… Je me suis dit qu'il était temps qu'on fasse connaissance. »

Goguenard, souriant, élégance tape-à-l'œil. S'exprimant dans un anglais légèrement vieillot avec un accent d'Europe de l'Est.

Lorsque Carlin voulut l'empêcher d'entrer, Balaci le bouscula sans ménagement. Le poussa contre le mur. Lui montra des photos sur son téléphone. Des photos prises dans l'hôtel de Romford Road.

« Vous n'aimeriez pas que votre famille les voie. Vos filles. Vos adorables petits-enfants. »

Carlin jeta un regard anxieux à Nataliya, qui se détourna.

« Cinquante mille livres, sinon elles seront partout sur Internet, en ligne, sur les réseaux sociaux. Et ensuite mille livres toutes les semaines, chaque fois que Nataliya viendra. C'est compris ? »

Comme Carlin ne répondait pas, Balaci lui envoya son poing dans le ventre, un coup de boule au visage, et appuya la lame d'un couteau contre son cou, juste sous l'oreille.

« D'accord…, dit Carlin. D'accord. Mais je n'ai pas une telle somme ici.

– Tu mens. » Une goutte de sang tomba sur le col de chemise de Carlin.

« Je peux vous donner deux mille, peut-être, pas plus. Demain… Revenez demain. J'aurai le reste. Mais vous devrez me promettre que les photos…

– Demain. Tout l'argent. Sinon… » Et, en riant, la lame frôlant la peau, il fit mine de trancher la gorge de Carlin.

Le lendemain, Hadley l'attendait avec trois autres policiers de West Ham Lane. Balaci fut emmené en garde à vue et inculpé pour possession d'une arme offensive, violence sur autrui et tentative d'extorsion.

Placé en détention provisoire, le juge ayant refusé la mise en liberté sous caution, il continua à nier les chefs d'accusation.

Nataliya était introuvable.

Six semaines avant la date du procès, l'une des boutiques de Carlin vit sa devanture explosée, une autre fut incendiée. Plus tard, Carlin déclara qu'il revenait sur son témoignage. Il avait mal interprété les actes de Balaci, mal évalué la situation. Il n'y avait eu aucune violence, pas de couteau, il était prêt à le jurer.

À contrecœur, le procureur demanda l'abandon des poursuites.

Grigori Balaci fut relâché.

Septembre 2013.

« C'est possible qu'il ait tenté un coup, vous croyez ? dit Phillips. Avec Winter ? »

Hadley tira une bouffée de la cigarette de Phillips ; la lui rendit. Ils étaient sortis sur le parking du commissariat et faisaient quelques pas dans la rue, derrière les poubelles de recyclage. Pour se dérouiller les jambes. Réfléchir.

« Pourquoi pas ? Winter avait de l'argent, Balaci devait le savoir. Et c'était quelqu'un de connu, il n'aurait pas voulu qu'on traîne son nom dans la boue. Surtout pas à ce moment-là. Balaci a pu revenir après avoir ramené Sorina chez elle. Il se serait débrouillé pour éviter les caméras de surveillance. »

Ils avancèrent encore un peu. Un camion des services municipaux les dépassa lentement. Plus loin, une camionnette en route vers la poste.

« Votre histoire avec le bookmaker…, reprit Phillips. Elle date de quand ? Quatre, cinq ans ?

— Quatre. Depuis, Balaci marche sur une corde raide. Soupçonné d'extorsion, de harcèlement, de gains illicites. Il a été interrogé, jamais inculpé.

— Ça ne mangerait pas de pain, dit Phillips, si on l'invitait à venir tailler une bavette.

— Au moins, c'est une piste. La seule…

— Vous inquiétez pas. On y arrivera.

— Vous croyez ?

— Mais oui, répondit Phillips avec un grand sourire. On a le droit de notre côté, pas vrai ?

— Si c'est tout ce qu'on a, alors que Dieu nous vienne en aide. »

Phillips leva les yeux au ciel en riant. « Le Seigneur se manifeste par des voies impénétrables, à ce qu'on dit. »

Le téléphone de Hadley sonna dans la poche de sa veste. « Tiens, c'est peut-être lui qui appelle. »

## 45

Grigore Balaci avait grossi depuis la dernière fois que Hadley l'avait vu ; une bedaine naissante que son élégant costume ne parvenait pas à cacher. Ses cheveux étaient plus clairsemés, avec quelques fils blancs. Mais le même visage étroit, les mêmes pommettes, les mêmes lèvres minces. Des bagues à trois de ses doigts. Un clou en or dans l'oreille droite. Des yeux sans cesse en mouvement.

Son avocat était barbu, presque chauve, prospère.
« Mon client est d'accord pour vous aider du mieux qu'il pourra… »

Assise à côté de Chris Phillips, Hadley laissa passer les platitudes en silence.

« Monsieur Balaci, dit-elle quand ils en eurent terminé avec les formalités. Vous vous souvenez de moi ?
– Non. Pourquoi, je devrais ? » Le ton était insolent, comme le regard.

« Peut-être pas. J'imagine qu'au bout d'un moment, tous les policiers qui vous arrêtent finissent par se ressembler. »

Balaci humecta ses lèvres d'une langue sournoise.
« Pas quand ils sont aussi jolis que vous. »

Hadley ne put réfréner une expression de dégoût.

« J'aimerais vous rappeler, dit l'avocat, que mon client n'a jamais été inculpé. Nous nous opposerons fermement à toute tentative de dénigrement de sa personne.

— Je doute, répliqua Hadley, qu'il soit possible de déconsidérer la personne de M. Balaci davantage qu'elle ne l'est déjà.

— Si telle est votre attitude… » L'avocat se leva.

« Vous êtes propriétaire, enchaîna aussitôt Phillips en s'adressant à Balaci, d'une Volvo S90 gris métallisé, immatriculée DR66TDP. »

Balaci haussa les épaules. L'avocat se rassit.

« Ce véhicule, continua Phillips, a été aperçu deux fois sur Highgate Road entre Linton House et le théâtre Le Forum, le soir du samedi 8 avril.

— Ah, un radar LAPI… J'ai vu le panneau.

— Vous reconnaissez donc que c'est vous qui conduisiez la voiture ?

— Qui ce serait, sinon ?

— Pourriez-vous nous dire pourquoi vous vous trouviez à cet endroit ? »

À nouveau, Balaci haussa les épaules. « J'accompagnais quelqu'un.

— Quelqu'un ?

— Une amie.

— Est-ce que cette amie a un nom ?

— Évidemment. Sorina. Sorina Nicolescu.

— Et quelle est la nature, diriez-vous, de cette amitié ? »

Balaci inclina la tête sur le côté. « On est compatriotes… De Bucarest.

— Vous avez laissé tomber ce que vous étiez en train de faire pour, non seulement, l'amener, mais la récupérer ensuite ? »

Encore un haussement d'épaules. « Elle m'appelle… je rends service.

– Pourquoi, je me demande, pourquoi n'a-t-elle pas pris un taxi tout simplement ? Au lieu de vous déranger ? »

Balaci eut un geste d'indifférence. « Les femmes parfois. Allez savoir. »

Hadley le dévisagea froidement.

« Vous saviez où elle allait ? demanda Phillips. Sorina. Quand vous l'avez déposée.

– Chez un ami.

– Un ami d'une amie, c'est ça ? »

Balaci sourit.

« Et vous savez comment il s'appelle, cet ami ? »

Balaci fit non de la tête. « Un artiste, je crois...

– Mais vous ne connaissez pas son nom ?

– Non.

– Vous êtes sûr ?

– Vous harcelez mon client, dit l'avocat. Il a déjà répondu à votre question. Il ignore le nom de cet homme.

– Il l'ignorait à ce moment-là, dit Hadley. Mais il l'a sûrement appris plus tard. Non ?

– Désolé, je ne vous suis pas.

– Plus tard, quand les nouvelles, la presse, les réseaux sociaux ont annoncé que cet artiste, Anthony Winter, avait été assassiné. »

Balaci croisa nonchalamment les jambes. « Je n'ai pas... comment vous dites déjà ?... fait le rapprochement.

– D'après ce que vous avez entendu, vous vous souvenez comment il a été tué exactement ?

– Non, mais il a été poignardé peut-être. Ça arrive tout le temps maintenant à Londres, des gens poignardés...

– Il a été battu. Tabassé à mort. Avec des menottes et une chaîne en fer.

– Des menottes… Désolé, je ne…

– Des menottes. » Hadley se pencha en avant. « Vous savez ce que c'est, non ? »

Balaci ne répondit pas.

« Inspecteur-chef, dit l'avocat, mon client n'a pas à subir votre agressivité.

– Je suis certaine que M. Balaci est capable de se défendre, n'est-ce pas, monsieur Balaci ? On discute, on ricane… vous avez l'habitude, hein ? Tout se négocie. » Elle planta ses yeux dans ceux de Balaci. « C'est ainsi que vous vous y êtes pris avec Gerry Carlin, vous vous rappelez ? Et Anthony Winter, pareil ? Vous l'avez un peu bousculé quand vous êtes revenu lui réclamer de l'argent ?

– De l'argent ? Quel argent ?

– Ce que vous pensiez pouvoir gagner.

– Gagner ? Gagner comment ? »

Balaci se tourna vers son avocat, et celui-ci leva la main, doigts écartés. « Ça suffit maintenant.

– En échange des photos, dit Hadley. Le même deal qu'avec Carlin ? Des photos que vous menaciez de publier sur les réseaux sociaux ? Des vidéos ? Les petits jeux auxquels il jouait avec votre amie, Sorina… Des jeux qui pouvaient nuire à sa réputation. Il aurait payé pour qu'ils ne soient pas montrés ! »

L'avocat était debout. « Cet entretien est terminé. Vous n'avez rien, pas le moindre élément de nature à incriminer mon client. Vous vous êtes servie de lui pour aller à la pêche aux informations, sans aucun motif valable, si ce n'est, apparemment, pour assouvir une rancune personnelle. Nous partons. Et soyez assurée que je porterai plainte en haut lieu. »

Balaci se leva aussi, souriant à Hadley, passant à nouveau sa langue de lézard sur ses lèvres. À la porte, l'avocat s'effaça devant son client, puis ferma rageusement le battant.

« Merde ! dit Hadley. Merde, merde, et merde ! Le salopard. Avec son petit air suffisant et mielleux… il m'a échappé. »

D'un violent coup de pied, elle envoya une chaise contre le mur.

« On ne le tenait pas, dit Phillips. Rien du tout. On n'a même pas marqué un point. »

Il ramassa la chaise et la remit à sa place.

## 46

Elder escalada l'échalier en granite et continua son chemin entre des bosquets d'ajoncs aux fleurs jaune vif, traversa un champ d'herbe grossière semé de fougères, puis descendit vers la mer. Sur sa gauche, les bâtiments abritant autrefois les machines à vapeur de la mine de Carn Galver se dressaient contre le ciel. Une buse tournoyait dans les airs en planant. Une semaine s'était écoulée depuis la dernière fois qu'il avait vu Katherine. Deux jours depuis leur dernier coup de fil. Trois jours, maintenant, depuis que le corps de Shane Donald avait été retrouvé. Il était difficile de croire la rumeur selon laquelle Adam Keach aurait été aperçu en Écosse.

Au téléphone, Katherine avait semblé plutôt gaie, compte tenu de ce qu'elle venait d'affronter ; elle était allée avec Chrissy chez une professeure d'art qu'elles connaissaient – Vida, c'était ça ? –, et avait mangé plein de bonnes choses, beaucoup ri, bu trop de vin. Elle envisageait même de reprendre le boulot d'ici une semaine, de recommencer à poser. Il fallait bien payer le loyer.

Elder avait ponctué l'entretien d'interjections enthousiastes, il avait envie d'y croire ; craignant pourtant que cette assurance nouvelle ne soit qu'une carapace susceptible de craquer à tout moment. Au-dessus de l'ancienne mine, la buse fondit soudain sur sa proie, plus vite que l'œil ne pouvait la suivre.

Colin Sherbourne, avec qui il s'était brièvement entretenu, ne croyait pas plus qu'Elder aux récentes apparitions de Keach, mais en l'absence de tout autre élément, il n'y avait rien à faire sinon rester vigilant et attendre.

L'attente. C'était insupportable pour Elder. Et aussi, quand on se trouvait à des centaines de kilomètres, le sentiment d'impuissance. Il se retenait de sauter dans le prochain train ou de prendre sa voiture.

« Il ne vous remerciera pas, lui avait dit Cordon. Sherbourne, il s'appelle ? Vous avoir sur le dos, avec vos hypothèses et vos suggestions… Comment réagiriez-vous à sa place ? Idem pour cette chargée d'enquête à Londres. Un policier à la retraite résout deux affaires criminelles, ça sonne bien pour un gros titre, mais vous savez comme moi que c'est de la poudre aux yeux. »

Elder avait beau lui donner raison, il ne pouvait lutter contre lui-même : être incapable d'agir, n'avoir aucune influence sur le cours des événements – en bref, ne pas élucider le crime –, ça ne passait pas, tout simplement.

« J'ai merdé », dit Hadley le matin dans la cuisine, debout devant le plan de travail en attendant que le grille-pain éjecte son toast. « J'ai complètement merdé et je n'ai aucune excuse.
– À mon avis, ce dont tu es seulement coupable – si tant est que tu le sois –, c'est d'une erreur de jugement. Et pas très grosse, en plus. Dis donc, tu sais que le pain ne grillera pas plus vite si tu restes plantée à le regarder ?

– Je n'ai pas tenu compte des faits, des faits objectifs. J'ai laissé mes émotions prendre le dessus. Et je me suis ridiculisée devant un subalterne.

– C'est ce qui t'énerve le plus. Tu en as conscience ?

– Oui, bon, épargne-moi ton analyse. Tu veux de la marmelade ou de la confiture ?

– De la marmelade. Non, tiens, du beurre de cacahuètes.

– Je ne crois pas qu'on en ait.

– J'en ai acheté l'autre jour.

– Où ça ? Je ne vois pas…

– Là, dans le placard, devant toi. »

Hadley attrapa le pot. Il lui échappa des mains, tomba par terre et se brisa.

« Merde ! Merde, merde et merde.

– C'est pas grave. Fais attention à ne pas te couper, il y a du verre partout. Attends, je vais balayer. Assieds-toi un peu.

– Non, ça va.

– Sûre ?

– Oui, oui, très bien. »

Rachel la serra dans ses bras, l'embrassa sur la joue, et alla chercher la pelle et la balayette. Tant pis, ce serait de la marmelade.

Une mauvaise surprise attendait Hadley lorsqu'elle arriva à Holmes Road. L'inspecteur principal Andy Price, chef de l'unité Esclavage moderne et kidnapping au sein de la brigade de lutte contre le crime organisé et l'exploitation des êtres humains. Hadley le connaissait pour l'avoir croisé à des conférences, elle connaissait son visage, son nom, sa réputation. Bienheureux les emmerdeurs, car le Royaume des cieux… Elle préférait ne pas se prononcer quant à la suite.

Pire encore, Price s'était apparemment entretenu avec le commissaire ; il sortait en fait de chez McKeon quand Hadley tomba sur lui.

« Alex, lança-t-il d'un ton jovial. Quelle heureuse rencontre. »

Ils entrèrent dans le bureau de Hadley, fermèrent la porte. Thé, café, verre d'eau furent offerts, poliment refusés.

« Grigore Balaci, dit Price. Qu'est-ce qui s'est passé ? »

Hadley prit une profonde inspiration. « Erreur de jugement, répondit-elle, en se remémorant les paroles de Rachel. Précipitation excessive, sans avoir correctement vérifié les faits. J'ai mal évalué la situation et nous n'aurions sans doute pas dû l'interpeller.

– Vous pensiez qu'il pouvait être impliqué dans votre meurtre ? L'artiste, Winter ?

– Je me suis dit que c'était possible, oui. Son nom s'est présenté et… je dois bien l'admettre, je suis allée trop vite. Balaci est parti en me riant au nez. »

Price hocha la tête et se passa une main dans les cheveux. « Au final, ce n'est peut-être pas une mauvaise chose.

– Pourquoi ? Il vous intéresse ?

– Grigore ? Pour être honnête, pas du tout. Du menu fretin, en ce qui nous concerne. C'est son oncle, Ciprian, que nous suivons de près. En collaboration avec l'Immigration et l'Administration fiscale et douanière, nous essayons de le coincer depuis plus d'un an. Trafic, enlèvements, proxénétisme et réseaux de prostitution, tout ça à grande échelle. Je voulais m'assurer qu'en asticotant un membre de la famille, vous ne risquiez pas de compromettre notre opération. Mais apparemment, ce n'est pas le cas. En fait, il se pourrait même que vous nous ayez rendu service.

– De quelle manière ?

– Si le vieux Ciprian ou un autre des Balaci nous soupçonnent d'être à leurs trousses, vous avez peut-être fait diversion en interrogeant Grigore.

– Vous êtes bientôt prêts pour votre coup de filet ? » demanda Hadley.

Price approcha son pouce de son index au point qu'ils se touchaient presque.

« Bonne chance », dit-elle en se levant.

Ils échangèrent une poignée de main à la porte.

\*

Le temps qu'Elder revienne au village, l'après-midi touchait à sa fin. Il restait encore plusieurs heures avant le coucher du soleil mais la température chutait déjà, tandis que de lourds nuages dérivaient dans le ciel. Il remontait le sentier entre l'église et le pub pour rentrer chez lui quand le tenancier l'appela.

« Ceci est arrivé pour vous, dit-il en brandissant une enveloppe. Quelqu'un qui ne connaissait pas votre adresse exacte. Ou qui l'a oubliée peut-être. »

Elder le remercia, jeta un coup d'œil à l'enveloppe, et, ne reconnaissant pas l'écriture, incapable de déchiffrer le cachet postal dont l'encre avait bavé, la fourra dans sa poche. Il verrait ça une fois qu'il aurait ôté ses gros souliers et mis la bouilloire à chauffer pour le thé.

Sa promenade lui ayant ouvert l'appétit, il se coupa un morceau de fromage et une tranche de pain, prit une pomme dans la corbeille et les emporta dans le jardin avec son mug de thé. Déplaça le banc pour profiter de la dernière chaleur du soleil.

Avec le couteau qui lui avait servi à tailler la pomme en quartiers, il décacheta l'enveloppe.

Une carte postale aux couleurs criardes, Skegness, des ânes sur la plage.
Il la retourna.

TU AS TOUJOURS UNE FILLE, FRANK ?
C'EST PAS FINI, TU VOIS
CE QUE JE VEUX DIRE ?
SALUT, ADAM

# 47

Les analyses scientifiques confirmèrent la présence des empreintes de Keach sur la carte et sur l'enveloppe ; le graphisme était similaire, sinon identique, à certains exemples de sa correspondance conservés dans les archives. La lettre avait été postée à Skegness la veille au matin, une caméra de vidéosurveillance montrait quelqu'un qui ressemblait à Keach près de la poste de Roman Bank, dans le centre-ville.

L'alerte fut donnée à la police du Lincolnshire ainsi qu'aux équipes de toute la région côtière autour de Skegness, jusqu'au district de Wolds, dans l'intérieur des terres.

Katherine, après avoir refusé de s'installer temporairement dans un foyer surveillé, bénéficia d'un dispositif de déclenchement d'alarme relié aux communications radio de la police ; une fois son numéro de portable enregistré dans le système, il lui suffisait de taper les deux premiers chiffres d'un code prioritaire pour qu'une réponse soit immédiatement activée. Deux agents de l'unité de Sécurité locale examinèrent la configuration de l'appartement, portes, serrures et points d'accès, afin d'établir un protocole personnalisé. Des patrouilles en nombre accru furent organisées dans le quartier, des contrôles d'identité effectués sur les piétons et les automobilistes. Que pouvait-on faire de plus ?

Elder parla plusieurs fois à Katherine, autant pour la mettre en garde que pour la rassurer, ce qui représentait un difficile exercice d'équilibre. Effrayée au début, elle était à présent plus calme, du moins en apparence, plus détachée ; maîtrisant, refoulant ses peurs.

Quand Elder proposa de venir à Londres, elle répondit que ce n'était pas la peine : la moitié des flics du coin défilait chez elle à intervalles réguliers, à quoi cela servirait qu'il soit là ? Elle ne voulait pas non plus, merci, se réfugier chez lui dans les Cornouailles. Elle avait une vie, après tout, qu'elle commençait juste à reconstruire, et elle n'allait pas s'empêcher de la vivre à cause de quelques mots griffonnés sur une carte postale.

Prudente ? Bien sûr qu'elle serait prudente. Quelle question.

Ce qu'il gardait pour lui, c'est qu'à son avis elle était inconsciente ; ou qu'elle affichait un courage de pure façade. La carte pouvait être une diversion, une façon de brouiller les pistes, il en avait discuté avec Cordon et avec Colin Sherbourne.

« S'il a vraiment l'intention de s'en prendre à Katherine, avait argumenté Cordon, pourquoi prévenir ? Ce n'est sûrement pas dans son intérêt. Non, moi ce que je pense, c'est qu'à part livrer une fausse info, il veut seulement vous filer les boules, vous inquiéter. Il vous annonce qu'il est toujours en liberté… Il vous nargue, voilà. D'ailleurs, comment saurait-il où elle habite ? Si c'est un crack en informatique, il pourrait la localiser grâce à son empreinte numérique sur les réseaux sociaux, mais ça m'étonnerait. Il n'a même pas été capable de se procurer votre adresse exacte, il s'est limité au nom du village que tous les journaux avaient donné. »

« On dirait que vous aviez raison, avait déclaré Sherbourne. Keach est resté sur la côte Est, dans des lieux qu'il connaît. Skeggy, Mablethorpe, peut-être jusqu'à Whitby, au nord. Saltburn. C'est là qu'on le trouvera. Et je vous garantis qu'on le trouvera. »

Ce même week-end, le propriétaire d'un minigolf à Ingoldmells, à trois kilomètres au nord de Skegness sur la côte, crut reconnaître Keach d'après la photo diffusée au journal télévisé et avertit la police.

« Carrément louche, si vous voulez mon avis, raconta-t-il aux policiers. Quand il a vu que je le regardais, genre, que j'étais curieux, il a déguerpi. Il est parti du côté des dunes. »

Lundi matin, Maureen Tracy, une mère célibataire qui habitait près du supermarché Tesco dans le centre de Skegness, entra dans la chambre de sa fille Jessica, âgée de seize ans, et découvrit que celle-ci n'avait pas dormi dans son lit. L'adolescente était allée à une fête avec des amis et n'était pas rentrée.

## 48

Les enquêteurs de Hadley redoublèrent d'efforts : ils épluchèrent à nouveau les images de toutes les caméras de vidéosurveillance, identifièrent les propriétaires des véhicules aperçus à proximité de l'atelier de Winter ce soir-là, retournèrent interroger les habitants des appartements voisins. Du fait de l'heure tardive, il n'y avait pas eu beaucoup de piétons dans cette portion de Highgate Road et ils en retrouvèrent la plus grande partie. Tel cet homme au comportement suspect, montré par une caméra en train de se faufiler dans l'allée menant à l'atelier : en réalité, quelqu'un qui avait passé plusieurs heures au pub Bull and Gate et éprouvait le besoin urgent de soulager sa vessie.

Mark Foster continuait à fouiller la vie personnelle et professionnelle de Winter, dans l'espoir que surgirait un indice, une piste à explorer. Avec l'aide de Rebecca Johnson et de Vida Dullea, Alice Atkins contacta les modèles qui avaient posé pour Winter pendant plusieurs années avant Katherine ; l'une d'elles reconnut s'être engagée dans une relation sexuelle de courte durée avec lui, une autre prétendit avoir repoussé ses propositions. Hormis quelques exceptions frappantes – une Ouest-Africaine, grande, aux cheveux ras, et une Chinoise fluette avec des tatouages sur tout le corps –, les modèles préférés de Winter, ainsi que le remarqua Alice après être remontée dix ou quinze ans en arrière, présentaient un certain nombre de caractères en commun avec Katherine Elder : même coupe et même couleur de cheveux, mêmes yeux noisette.

Entre-temps, Howard Dean tentait de découvrir l'identité des femmes que Winter avait fréquentées par l'intermédiaire de divers sites Internet. Tâche d'autant plus ardue que ces sites, aussitôt fermés, s'ouvraient ensuite sous un nom différent, tout comme les femmes y offrant leur sincère amitié : Valeria, l'Ukrainienne, ressemblait terriblement à Valmira, l'Albanaise.

Tôt le matin, à 5 h 30 précisément, quinze minutes avant l'heure officielle du lever du soleil, soixante-dix policiers de la brigade de lutte contre le crime organisé et l'exploitation des êtres humains avaient fait une descente au domicile de Ciprian Balaci, à Epping, et dans plusieurs locaux lui appartenant à Romford et Walthamstow. Une équipe de la BBC News étant présente sur les lieux grâce au tuyau fourni par une personne bien intentionnée, Hadley put suivre les moments forts de l'opération sur son portable au petit déjeuner. Ciprian Balaci, ligoté et emmené à l'arrière d'une camionnette, avant d'être inculpé pour détournement de fonds, évasion fiscale, proxénétisme et trafic d'êtres humains aux fins d'exploitation sexuelle. Quelque part dans les coulisses, pensa-t-elle, Andy Price devait se frotter les mains. Elle aussi aurait aimé pouvoir se réjouir.

Elle regagnait son bureau, après avoir enduré encore une fois les remontrances de McKeon, quand Mark Foster l'intercepta.

« Je peux vous parler ?

– Qu'est-ce qu'il y a, Mark ?

– Adriana…
– Qui ?
– Adriana Borrell, la sculptrice. L'ancienne petite amie de Winter.
– Oui, et alors ?
– Elle vient de rentrer de Chypre, apparemment. Elle a enfin répondu à un de mes messages.
– Bon. Et pourquoi me racontez-vous ça ?
– Pour savoir si on veut toujours l'interroger…
– L'interroger ? Oui, bien sûr, pourquoi pas ? »

Hadley tourna les talons et entra dans son bureau. Si ce garçon ne se décide pas à prendre plus d'initiatives, songea-t-elle, je vais devoir le renvoyer chez ses collègues en uniforme, vite fait.

En revenant de son jogging matinal, Elder trouva un message de Trevor Cordon sur sa boîte vocale. Un corps avait été découvert à Penlee Park, dans le centre de Penzance, voulait-il jeter un coup d'œil ? Tout, pensa Elder, pour distraire son esprit. Même un autre cadavre.

Cordon l'attendait à l'entrée du parc, côté Trewithen Road. Les techniciens de scène de crime avaient déjà sécurisé la zone et dressé une tente autour de la victime. Elder enfila une tenue de protection que Cordon gardait en réserve dans le coffre de sa voiture. Le mort était jeune, vingt-cinq ans tout au plus, peut-être moins ; cheveux blond roux, barbe de trois jours savamment taillée. Une balafre sombre, comme une deuxième bouche, à l'endroit où sa gorge avait été tranchée.

« Pauvre gars, souffla Elder à voix basse, en se parlant surtout à lui-même.
– J'ai d'abord pensé, dit Cordon, encore un drogué. Il en vient beaucoup dans ce coin du parc. Mais quand

j'ai mieux regardé... Non. Il est trop bien habillé. Décontract, mais soigné. Il ne dormait sûrement pas dehors. Et il avait l'air en trop bonne santé. Enfin, plus maintenant.

– Il a été tué sur place ? demanda Elder.

– Pas loin, je dirais. Il y a des traces de lutte près de la grille. À mon avis, il a été traîné ici après.

– Victime d'un vol ? »

Cordon inclina la tête sur le côté. « Pas de portefeuille, pas de téléphone. Seulement quinze pence dans ses poches et un billet de retour en train pour Falmouth.

– Un étudiant, peut-être ?

– Possible. On va faire une recherche d'identité.

– Est-ce qu'une disparition a été signalée ?

– Pas encore. »

Elder observa de plus près le visage qui semblait étrangement paisible. Même âge que sa fille, plus ou moins. Une vie soufflée trop tôt. Il appela Katherine dès qu'ils s'éloignèrent de quelques pas, uniquement pour entendre le son de sa voix et se rassurer.

Le message était direct et concis. « Désolée, je ne peux pas vous répondre pour l'instant, merci de me rappeler plus tard. »

Il avait déjà presque entièrement traversé le parc pour regagner le commissariat quand son téléphone sonna. Sans doute Katherine, pensa-t-il, voyant qu'il avait essayé de la joindre.

Colin Sherbourne s'exprimait d'une voix neutre, détachée. Jessica Tracy, l'adolescente portée disparue, avait été retrouvée et ramenée chez elle, saine et sauve, piteuse, en proie à une épouvantable gueule de bois après une nuit passée à boire trop de vodka, trop de mauvais vin, et à consommer trop de pilules.

« Pas d'autres nouvelles ? demanda Elder.

– De Keach ? Non, rien depuis Ingoldmells. Mais on continue les recherches. »

Alors qu'il longeait les courts de tennis, son téléphone sonna à nouveau.

« Salut, papa. J'ai vu que tu avais appelé. J'étais partie courir. »

Souriant, Elder s'assit sur un banc à l'écart du chemin.

## 49

Adriana Borrell était grande, plus grande encore grâce à des talons d'une belle hauteur, vêtue de manière saisissante : veste en suède très lâche, chemise à jabot rose, pantalon treillis serré à la taille par une ceinture en cuir rouge vif, écharpe à motifs enroulée autour de la tête. Elle avait un visage tanné et creusé de rides, la voix de quelqu'un qui ne se souciait pas des méfaits du tabac sur la santé.

Sa poigne, lorsqu'elle serra la main de Hadley, était ferme et assurée. « Il paraît que vous vouliez me voir. »

Le mot « gouinasse » traversa l'esprit de Hadley dans un éclair de malice qu'elle ne laissa pas transparaître.

« Je pensais qu'on pourrait parler d'Anthony Winter.
— Vous cherchez toujours le salopard qui l'a tué ?
— Oui.
— Il y a dix ou douze ans, je vous l'aurais zigouillé avec plaisir. »

Hadley sourit. « Je présume que ce n'est pas un aveu déguisé ?
— Appelez ça plutôt un fantasme.
— Donc, vous n'avez pas été effondrée en apprenant la nouvelle ? »

Un sourire creusa encore davantage les rides de la sculptrice. « J'ai ouvert une bouteille de chablis que j'avais mise de côté et j'ai bu un coup. Plusieurs coups, même. » Son rire était aussi rocailleux que sa voix.

« Vous êtes restés ensemble jusqu'à… quoi ? 2008 ? 2009 ?

— 5 novembre 2008. Je suis partie à Larnaca. Quand l'avion a décollé à Gatwick, on voyait le début du feu d'artifice[1]. C'était pas mal…. Dans le genre festif. » Elle jeta un regard tout autour. « J'imagine qu'on ne peut pas fumer ici ?

— Je crains que non. »

Adriana rit. « Atteinte à mes droits humains.

— 2008, dit Hadley, sans plus perdre de temps. Il y a dix ans, en gros. C'est une colère, une haine, qui durent longtemps.

— Oh, ne vous inquiétez pas. Je n'ai pas exactement passé toutes ces années à ruminer. Il peut s'écouler des mois sans que je pense à lui. Surtout quand je suis là-bas. Trop de choses à vivre. Trop de boulot.

— Mais vous vous êtes quand même réjouie de sa mort ? »

Adriana haussa les épaules, comme pour dire : pourquoi pas ?

« C'était quoi… la raison de cette colère ?

— Contre Winter ? À part le fait que c'était une belle ordure, vous voulez dire ? Comme doivent l'être la plupart des artistes, ceux qui sont bons et qui le savent, pour réussir. Pour qu'on les remarque.

— Oui, à part ça. »

---

1. Le 5 novembre est une fête traditionnelle au Royaume-Uni, célébrée avec des feux de joie ou des feux d'artifice.

Adriana étira ses bras devant elle en écartant les doigts. « Pardon. Quand je reste trop longtemps assise, je m'ankylose.

– Vous préféreriez qu'on marche un peu ? Qu'on aille parler ailleurs ?

– C'est possible ?

– Je ne vois pas pourquoi ce ne le serait pas. »

Les yeux d'Adriana s'éclairèrent. « Et je pourrai fumer ?

– Il n'y a pas de règles qui l'interdisent. »

Au fond du parking, elles tournèrent à droite dans Regis Road, et, traversant au feu, se dirigèrent vers la petite place près du pont de chemin de fer où des sièges étaient disposés entre le fleuriste Natasha's Flowers et un camion de café Bean About Town.

En réponse à la question muette de Hadley qui indiquait le camion du menton, Adriana déclina et sortit un mince paquet de cigarillos de sa poche.

« À chacun son addiction, dit-elle quand Hadley revint avec un double expresso.

– Bon, alors... Anthony Winter... »

Adriana tira une grande bouffée ; souffla la fumée par la bouche et le nez. « J'ai su dès le début qu'il ne serait pas ce qu'on appelle fidèle. Et je l'ai accepté. Du moins, je le croyais. Mais ce que je n'ai pas supporté, ce sont les mensonges qui allaient avec. Ils ont fini par gâcher tout ce qu'il avait de bien. Et puis, le côté sadomaso... J'étais partante pour essayer. Un peu, quoi. Pas pour se faire vraiment mal. Mais Winter, il en voulait toujours plus. Au point que le sexe normal – je ne sais pas trop ce qu'on entend par normal, mais vous me comprenez –, bref, le sexe normal n'était tout simplement pas une option. J'ai commencé à en avoir assez d'être attachée au lit ou de fouetter Winter sur le dos pour qu'il puisse avoir un orgasme. » Elle tapota un étroit cylindre de cendre et le regarda tomber par terre. « Ensuite il y a eu l'histoire avec la petite…

— La petite ?

— Melissa.

— Sa fille.

— Sa fille, oui. Melissa. »

Hadley eut soudain la chair de poule. « Qu'est-ce qui s'est passé ?

— Elle posait pour lui. Je crois qu'elle ne voulait pas, au début. J'ai l'impression que sa mère ne voulait pas non plus, mais il a réussi à les convaincre. » Elle secoua vivement la tête. « Ce n'était pas facile de lui dire non, à Winter.

— C'est tout ? Elle posait pour lui et ça ne vous plaisait pas ? » Dans l'esprit de Hadley s'engouffrèrent pêle-mêle tous les tableaux de Winter qu'elle avait vus. « Elle posait nue, vous voulez dire ?

— Oui, bien sûr. Forcément, avec Winter.

— Elle avait quel âge à l'époque ? Quatorze ans ? Quinze ?

— Dans ces eaux-là, oui. Il faudrait lui demander à elle pour être sûre. Demander à sa mère. »

Hadley retint un instant sa question, l'anticipa dans sa bouche avant de la prononcer. « Hormis le fait qu'elle posait, y avait-il autre chose que vous désapprouviez ? Entre Winter et sa fille ? »

Adriana écrasa son cigarillo. « Je n'en dirai pas plus. Désolée. »

Hadley sélectionnait déjà un numéro sur son téléphone. « Alice, lâchez immédiatement ce que vous êtes en train de faire. On retourne à Munchkinland. »

## 50

Cette fois, le temps était moins clément : un crachin ininterrompu qui vous portait sur le système. Qui s'infiltrait sous vos vêtements, pensa Hadley, sous votre peau, et se glissait jusqu'au fond de votre âme. Le ciel d'un gris de plomb pesait comme un implacable couvercle. On ne s'assiérait pas sous la tonnelle, dans l'odeur des fleurs et la caresse du soleil.

Une faible lueur brillait à l'une des fenêtres de l'étage, où les rideaux n'étaient pas complètement tirés. Elles entendirent les pas pressés de Susannah Fielding qui descendait l'escalier. Lorsqu'elle ouvrit la porte, elle ne parut qu'à moitié surprise.

Elles la suivirent dans la cuisine et refusèrent poliment de s'asseoir.

« Un thé, alors, il y en a pour une minute. Je mets la bouilloire à… »

Hadley secoua la tête. « Nous voulons seulement vous poser quelques questions à propos de Melissa. Ce ne sera pas long.

– Melissa, oui, elle est un peu malade ces jours-ci.

– À propos de sa relation avec son père.

– Avec Anthony… ?

– Quand elle était plus jeune, elle a posé pour lui, je crois ?

– Oui. Oui, c'est exact.

– C'était après avoir posé pour vous ? Le portrait dans le couloir…

– Oui.

– Et les cours d'équitation, dit Alice avec un sourire encourageant.

– En effet. » Susannah lui rendit son sourire. « Vous vous rappelez.

– Quand elle posait pour son père, continua Hadley, c'était différent.

– Je ne…

– Elle posait nue.

– Oui…

– Quel âge avait-elle à l'époque ?

– Elle… elle devait avoir quatorze ans, je pense. Oui, c'est ça, quatorze.

– Et qu'en pensiez-vous ? Vous, sa mère ?

– Eh bien… je ne sais pas… vraiment, je ne me rappelle pas. Je… Mais pourquoi ? En quoi est-ce important, maintenant ? Je ne comprends pas.

– Le fait qu'il demandait à Melissa de poser ainsi. Comment le viviez-vous ?

– Je me disais… » La paupière gauche de Susannah fut saisie d'un tremblement incontrôlable. « Je me disais qu'il n'y avait rien de mal, puisque c'était son père. » Elle vacilla et tendit la main vers le dossier de la chaise la plus proche.

« Vous devriez peut-être vous asseoir ? dit Alice, inquiète, en s'avançant pour la soutenir.

– Oui, je crois… »

Alice la prit par le bras et l'aida à s'asseoir pendant que Hadley remplissait un verre d'eau. On entendait le tic-tac d'une horloge au fond de la pièce ; un bruit de pas étouffés au-dessus. Susannah Fielding était d'une pâleur de cire.

« Anthony s'est-il comporté de manière inappropriée avec votre fille, madame Fielding ? Et si oui, en aviez-vous conscience ?

– Non, non ! Bien sûr que non ! Bien sûr... » Susannah se pencha soudain en avant et écrasa son front, violemment, sur la table de la cuisine.

Alice se précipita en lâchant un petit cri involontaire, l'attrapa par les épaules, la releva doucement. Elle saignait du nez et une bosse se formait déjà sur son arcade sourcilière droite. Hadley mouilla un torchon pour l'appliquer sur son visage.

Au milieu de l'agitation, personne ne remarqua que quelqu'un avait descendu l'escalier.

« C'est à moi que vous devriez parler », dit Matthew Fielding en entrant dans la cuisine.

Un silence lourd, chargé de tensions, régnait dans la salle d'interrogatoire. Matthew Fielding était assis à côté de son avocat, raide, le regard dur et froid. Visage mince, cheveux courts en brosse.

« Mon client est prêt à faire une déposition », dit l'avocat.

Hadley sentit un brusque afflux de sang lui cogner dans les tempes. À côté d'elle, après une brève crispation, Chris Phillips se détendit.

« Mel était malade depuis des années, commença Fielding d'une voix sans émotion. Il y avait tout le temps un truc qui n'allait pas. Sans cause, sans raison particulière. Le médecin l'examinait, ne trouvait rien, lui prescrivait deux ou trois pilules pour la remonter. Après, à la fac, elle a fait une sorte de dépression. Ce devait être ça... Moi, j'étais déjà parti à l'armée et j'avais les nouvelles que maman me donnait, si je lui posais des questions. En réalité, elle ne me disait rien. Elle ne voulait pas que je m'inquiète, parce que j'avais suffisamment de soucis dans ma vie... Mais cette fois-ci, quand je suis revenu en permission, Mel et moi on est sortis prendre un verre ensemble. Ça ne nous était presque jamais arrivé. On n'avait jamais parlé non plus, enfin, vraiment parlé, seuls tous les deux... pas depuis qu'on était gosses. Et encore, on n'était pas tellement proches. Mais elle s'est mise à me raconter... on discutait d'un autre sujet, et tout d'un coup elle me raconte ce qui s'est passé. Avec... avec, vous savez... avec... »

Il se tut, regarda tour à tour Hadley et Phillips, fixa le plafond.

« J'y suis allé. Le soir-même. Mel a essayé de m'empêcher, parce que à quoi bon, ça ne servirait à rien... Mais non, moi, je voulais que ce soit déballé, je voulais voir son visage quand je l'obligerais à me dire... à me dire ce qu'il avait fait. Au début, il a carrément refusé de me parler. Et puis il est devenu tout gentil, il m'a proposé à boire... je crois qu'il avait déjà pas mal picolé. Il a mis son bras sur mes épaules. Enfin, il a essayé. C'est là que je l'ai frappé la première fois. Pas fort, mais il est quand même tombé, et j'ai vu la peur dans ses yeux. Et en le voyant avec cet air-là, j'ai repensé à comment il nous avait bousillé nos vies, à Mel, maman et moi, et je l'ai frappé encore. Je l'ai obligé à raconter ce qui s'était passé avec Mel. Je crois qu'il a compris alors que j'allais le tuer. Il a commencé à crier, à hurler, il a essayé de s'enfuir, et je l'ai rattrapé, j'ai ramassé la chaîne et... »

Il s'interrompit à nouveau, pour calmer sa respiration ; et reprit avec un débit plus lent, d'une voix maîtrisée.

« La vérité, c'est que je ne savais plus ce que je faisais. J'ai déjà vu ça arriver, dans un échange de tirs, au combat, vous ne contrôlez plus rien. Ce n'est plus vous. Il y a quelque chose d'autre qui agit à votre place. Comme si, pendant un moment, vous sortiez littéralement de vous-même. »

Les traits figés, il considéra ses interlocuteurs assis de l'autre côté de la table et croisa les bras sur sa poitrine.

« Vous voyez ça comment ? demanda Phillips dans le bureau de Hadley, une fois Matthew Fielding conduit dans une cellule en attendant d'être inculpé.
– À mon avis, il essaiera de plaider l'homicide involontaire, une sorte de responsabilité réduite, une folie passagère, quelque chose dans ce goût-là… Pour le procureur, ce sera un meurtre, pur et simple.
– Si seulement un meurtre pouvait être pur et simple, déclara Phillips d'un air songeur.
– Je vous le fais pas dire ! »

## 51

Le corps découvert à Penlee Park avait été identifié : Scott Masters, vingt-deux ans, terminant une licence en photographie à l'université de Falmouth. On retrouva son sac à dos abandonné dans un jardin de Trewithen Road, à une soixantaine de mètres de l'entrée du parc. Le sac contenait encore ses cahiers, ainsi qu'un petit livre de photos de Saul Leiter ; son Nikon D5600 digital SLR avait disparu.

« J'ai regardé sur Internet, dit Cordon. Pas loin de mille livres. »

Elder émit un petit sifflement.

« Un descriptif a été envoyé à toutes les boutiques de matériel photo dans la région, aux prêteurs sur gages... Le coupable a peut-être essayé d'en tirer un peu de cash. Idem pour le téléphone.

– On sait s'il était venu seul de Falmouth ?

– Apparemment, oui. Il y avait une expo à la galerie d'art de l'Exchange qu'il voulait voir. Un de ses amis à la fac devait l'accompagner et a annulé à la dernière minute... Il est dévoré de remords, bien sûr.

– Est-ce que la famille...

– Ses parents ont été prévenus.

– Et l'arme du crime ? »

Cordon secoua la tête. « Aucune trace pour l'instant. D'après ce qu'on peut dire, une lame assez longue, entre dix-sept et vingt centimètres, large de quatre. Genre couteau de cuisine. S'il a été balancé, il y a de fortes chances qu'on le retrouve. À moins qu'il ait été jeté à la mer, évidemment. Auquel cas la marée le ramènera peut-être. Entre-temps, on interroge les employés du musée, on visionne les images de la vidéosurveillance, on cherche quelqu'un qui se rappellerait avoir vu Masters, éventuellement en train de parler à une personne en particulier... On montre sa photo dans d'autres endroits où il serait passé, où il aurait bu un café.

– Vous pensez qu'il aurait pu engager une conversation... avec celui qui l'a agressé ensuite ?

– C'est possible.

– Ce qui m'interpelle, dit Elder, si le coupable ne connaissait pas la victime – comme on semble le présumer pour l'instant –, s'il s'agit d'une rencontre purement fortuite... Qu'il l'ait menacé, attaqué, ceinturé par-derrière, d'accord, mais pourquoi l'avoir tué ? Et pourquoi avec cette sauvagerie ?

– Il a peut-être paniqué, répondit Cordon. Ou alors, l'adrénaline a pris le dessus et il n'a pas pu s'arrêter. »

Ou bien il aime ça, pensait Elder. Ce n'est pas la première fois, et sans doute pas la dernière.

Après avoir quitté le commissariat, profitant d'un bon signal réseau – ce qui était un luxe pour lui –, Elder appela Katherine, d'abord, puis Vicki.

« Qu'est-ce que tu me fais, là, papa ? dit Katherine. Deux fois en deux jours. On pourrait croire que tu me fliques. » Mais il y avait un sourire dans sa voix. Et au bout de dix minutes d'un échange plutôt détendu, l'ayant assuré qu'elle allait parfaitement bien, que personne ne rôdait dans l'ombre, qu'elle ne recevait pas d'appels bizarres – à part celui d'Elder –, elle mit fin à la conversation parce qu'elle devait filer.

« Prends soin de toi, dit Elder.

– Toi aussi. »

Vicki ne voulait pas trop parler. Elle donnait deux concerts cette semaine, craignait d'attraper mal à la gorge, évitait les courants d'air et se gargarisait toutes les deux heures avec de l'eau salée.

« Je te rappellerai peut-être plus tard, Frank. On pourrait aller prendre un verre au Tinner's. Mais je ne te le promets pas, d'accord ? Je vais voir comment je me sens. »

Elder, qui n'avait presque rien mangé de la journée, était affamé en rentrant chez lui. Il ouvrit une boîte de haricots à la tomate, les réchauffa en ajoutant une bonne rasade de sauce Worcester dans la casserole, puis râpa un peu de fromage lorsqu'il les eut servis sur une assiette accompagnés de toasts.

À cette heure de la journée, quand ce n'est déjà plus l'après-midi et pas encore le soir, il se sentait toujours à la fois agité et désœuvré. Il prit un livre qu'il avait acheté à la boutique de charité à Newlyn, mais le posa moins de dix minutes plus tard en s'apercevant qu'il ne comprenait pas un seul mot de ce qu'il lisait.

Pas d'autre solution : il enfila ses chaussures, attrapa une veste sur la patère, et, sans oublier de glisser la clé sous la pierre près de la porte pour le cas où Vicki déciderait de faire courir un risque à sa gorge et débarquerait avant qu'il soit de retour, s'éloigna à grandes enjambées. Au lieu de partir en direction de la pointe, il traversa le village et s'engagea sur le sentier qui le mènerait au ruisseau, puis, après avoir grimpé à flanc de colline, en direction du dolmen de Zennor Quoit.

Lorsqu'il parvint au sommet, les mollets brûlants, des lumières commençaient à s'allumer dans le village. Au fond, derrière les maisons, au-delà des champs, la mer déployait ses tons verts et gris tel un tissu froissé.

Il inspira l'air à pleins poumons et rebroussa chemin.

Quand il arriva, la clé avait disparu.

Il ouvrit la porte, sourire aux lèvres. « Vicki ? »

Le premier coup s'abattit sur son épaule gauche, fracassant l'os et ébranlant son corps tout entier. Le deuxième, au moment où il se tournait, l'atteignit à la tempe et l'envoya violemment contre le mur.

Dans la pénombre, il vit son assaillant reculer en brandissant un objet qui ressemblait à un manche de pioche. Il leva instinctivement le bras pour se protéger. Le coude broyé sous la violence de l'impact, il s'effondra avec un hurlement de douleur.

Un pied lui défonça les côtes pendant qu'il essayait de s'enfuir à quatre pattes.

Des mains l'attrapèrent par ses vêtements et le hissèrent à genoux. Traîné au milieu de la pièce, il fut ensuite plaqué à terre sur le dos.

« Alors, Frank, ça te plaît jusqu'ici ? »

La vision trouble, un œil tuméfié, Elder distingua Keach qui s'asseyait sur lui à califourchon et tapotait le manche de pioche contre la paume de sa main.

« C'est pas ce que t'avais prévu, hein ? »

Elder rua de son mieux et reçut encore plusieurs coups. Puis, jetant la pioche, Keach sortit un couteau à longue lame de sa veste.

« Maintenant, on va parler de Katherine. » Il posa la pointe du couteau sur la pomme d'Adam d'Elder et appuya jusqu'à faire perler une goutte de sang. « Je t'ai dit que c'était pas fini. Tu as reçu ma carte ?

Pas mal joué, non ? Mais ce que j'ai pas dit, c'est que je vais d'abord m'occuper de toi.

– Salaud », grogna Elder, et le couteau s'enfonça encore.

« Y aura pas de sauvetage cette fois, Frank. Pas de prince charmant, pas de beau chevalier. Pas de papa qui délivre sa petite chérie… »

Rassemblant ce qui lui restait de forces, Elder essaya de le désarçonner. Keach se contenta de rire en maintenant la pression. « Une dernière chose, Frank. C'est toi qui m'as envoyé en taule, tu te rappelles ? Toutes ces années derrière les barreaux, c'est à toi que je les dois. »

Il se pencha en avant. La lame transperça la gorge d'Elder, puis produisit un bruit d'air aspiré quand il la retira.

« Dis au revoir, Frank… »

Appuyant de tout son poids sur la main qui tenait le couteau, il le planta entre les côtes d'Elder.

## 52

Après avoir longuement tergiversé, Vicki décida que, oui, elle irait passer une heure ou deux chez Frank. Mais elle ne resterait pas. Elle rentrerait comme Cendrillon et s'accorderait une bonne nuit de sommeil.

La voiture de Frank n'était pas garée à sa place habituelle. Serait-il parti quelque part sur un coup de tête, se demanda-t-elle, sans la prévenir ? Elle remarqua ensuite que la porte de la maison était entrebâillée. Il l'attendait.

Elle franchit le seuil et alluma la lumière.

Elle vit d'abord Frank, étendu par terre, à plat ventre. Pensa qu'il était tombé et avait perdu connaissance. Ou bien une crise cardiaque. Un AVC.

Puis elle aperçut le sang.

Elle s'agenouilla près de lui pour le retourner, les mains tremblantes. Quand elle se pencha sur son visage, elle sentit un souffle ténu contre sa joue. Il cligna faiblement d'un œil et un son étranglé monta de sa gorge comme s'il essayait de parler.

« Keach », parvint-il à dire, tandis qu'elle approchait son oreille de sa bouche. Après qu'il eut prononcé ce mot, à peine un murmure, une bulle de sang jaillit entre ses lèvres.

Se relevant aussitôt, Vicki l'enjamba, décrocha le téléphone et appela les secours.

L'ambulance arriva en moins de quinze minutes, les premiers policiers peu de temps après. Cordon rejoignit Vicki qui s'était enfuie dans le jardin. Livide, incapable de rester à l'intérieur.
« Ça va aller, dit-il. Il s'en sortira. »
Elle abandonna sa tête contre sa poitrine et pleura.
Les ambulanciers emportèrent Elder sur une civière.
« Vous avez touché à quelque chose ? demanda Cordon. Touché quoi que ce soit dans la maison ? »
Vicki hocha la tête. « Je l'ai retourné. Je voulais voir…
– Pas de problème, dit Cordon. Ne vous inquiétez pas… »
Une policière apparut derrière lui. Il repoussa doucement la main de Vicki agrippée à son bras. « Je dois vous laisser. Plus tard, quand vous vous sentirez prête, on recueillera votre déposition.
– La voiture de Frank…, dit Vicki.
– Oui, eh bien ?
– Elle n'est pas là. »
Pas de réseau, Cordon dut utiliser la ligne fixe. Le commandant des Opérations spéciales prit son appel au quartier général, et, quelques minutes plus tard, l'unité armée du groupe d'intervention avait été déployée et l'hélicoptère de la police décollait.

Il y avait deux hypothèses. Soit Keach tenterait de passer entre les mailles du filet en prenant les routes secondaires, à la faveur de la nuit, soit il filerait le plus vite possible vers l'est par l'A30.

Bientôt, l'hélicoptère repéra la voiture d'Elder qui se dirigeait vers la bretelle d'Oakhampton, au nord du Dartmoor National Park. La décision fut prise d'installer un barrage routier plus loin sur la bretelle afin de l'obliger à entrer dans le parc en empruntant l'itinéraire bis. Il serait alors plus facile, et moins risqué pour les civils, de positionner des agents armés et d'obtenir une complète immobilisation.

Alors qu'il roulait toujours pied au plancher, Keach devait s'en douter.

Un tracteur s'avança en travers de la chaussée, trois voitures de police surgirent derrière lui ; la première parvint à sa hauteur et le força à se rabattre sur le bas-côté.

Il s'arrêta en dérapant, des policiers se précipitèrent tout autour, hurlant des ordres dans la lueur aveuglante des phares.

« Police ! Sortez du véhicule. Mains sur la tête.
– Sortez du véhicule. Mains sur la tête. »

Quand Keach ouvrit sa portière pour descendre, il tenait un couteau à la main.

« Lâche ce couteau ! Lâche ce couteau, immédiatement ! »

Les policiers resserrèrent l'étau.

« Si tu ne le lâches pas, on tire ! »

Keach sourit.

Et, sans cesser de sourire, il fit un pas en avant en brandissant le couteau.

Oh, merde, pensa le commandant en charge de l'opération. Il *veut* qu'on tire. Un putain de suicide assisté par les flics !

« Lâche le couteau ! Lâche-le ! »

Keach se rua vers le policier le plus proche, les trois autres firent feu instantanément.

Il était déjà mort quand il s'écroula.

« Salopard… » Le commandant pensait déjà au débriefing avec le commissaire, aux rapports que son équipe devrait écrire, aux photos, aux vidéos, à l'inévitable enquête de la Commission des plaintes concernant la police. Et tout ça pour quoi ? En regardant Keach, il s'éclaircit la gorge et, plutôt que de contaminer la scène, ravala sa salive.

Vicki était assise dans le couloir devant les soins intensifs ; si on lui avait demandé depuis combien d'heures elle était là, elle aurait sans doute été incapable de répondre. L'une des infirmières lui avait apporté un thé mais elle n'y avait pas touché, le gobelet reposait toujours à ses pieds. Trevor Cordon, inquiet, était venu puis reparti, on l'attendait au boulot, il repasserait. L'ex-femme et la fille d'Elder étaient en route.

Quand un médecin sortit et s'éloigna d'un pas pressé, elle le rattrapa et lui demanda des nouvelles d'Elder. Était-il conscient ? Allait-il s'en sortir ? Souffrait-il ?

« Je ne peux rien vous dire pour l'instant, répondit le médecin en évitant son regard. On fait tout notre possible. »

## 53

Katherine lui tenait la main quand il mourut. Elle sentit la dernière crispation de ses doigts, vit la vie s'éteindre dans son regard.

Quelques instants plus tôt, il avait ouvert les yeux, et, en la découvrant à ses côtés, avait souri faiblement. Elle avait eu l'impression que son cœur allait se fendre en deux.

Au bout d'un moment, des mains respectueuses l'aidèrent à se lever et l'entraînèrent. Il y avait une procédure à suivre, des gestes à effectuer.

Dehors, elle s'accrocha désespérément à sa mère et sanglota entre ses bras.

La chapelle était à moitié pleine. Il y avait de la musique, que personne ne pouvait vraiment identifier ; Cordon, dans son uniforme qu'il n'avait pas porté depuis des années ; quelques policiers du coin. Colin Sherbourne avait envoyé ses excuses et une couronne. Une poignée de voisins, parmi lesquels certains qu'Elder devait à peine connaître ; le propriétaire du Tinner's Arms. Karen Shields arriva juste après le début de la cérémonie, son train ayant été retardé. Vida Dullea était descendue en voiture avec les colocataires de Katherine, et elles étaient assises toutes ensemble

– Abike, Chrissy et Stelina – au deuxième rang, derrière Katherine et Joanne.

La prêtre avait demandé si un membre de la famille souhaitait parler du défunt, et Katherine, à ce moment-là, avait pensé dire quelques mots, mais une fois le moment venu, submergée par l'émotion, elle en fut incapable. La prêtre n'insista pas, elle comprenait.

Vicki chanta « Body and Soul », *a cappella*. Sa voix s'étrangla seulement à la fin.

Deux jours plus tard, Joanne et Katherine emportèrent l'urne contenant les cendres d'Elder sur la pointe derrière le village. Vicki les accompagnait, marchant légèrement en retrait. Les nuages défilaient à toute vitesse contre le ciel bleu. En bas, la mer lançait ses vagues contre les rochers et les reprenait dans de grandes gerbes d'écume argentée.

Tenant fermement l'urne d'une main, Katherine s'approcha du bord ; ouvrit le couvercle, et, après une hésitation, jeta son père dans le vent. Comme quelques cendres s'accrochaient encore à ses doigts, elle leva le bras vers le ciel, les secoua, et il ne resta plus rien de lui.

Achevé d'imprimer en décembre 2021
sur les presses de Normandie Roto Impression s.a.s.
61250 Lonrai (Orne)
pour le compte des Éditions Payot & Rivages
60/62, avenue de Saxe - 75015 Paris
N° d'imprimeur : 2106482
Dépôt légal : décembre 2021

*Imprimé en France*